FIVE LITTLE PIGS

AGATHA CHRISTIE EDITOR'S CHOICE

FIVE LITTLE PIGS

다섯 마리 아기 돼지 애거서 크리스티 장편 소설 | 원은주 옮김

황금가지

FIVE LITTLE PIGS
by Agatha Christie Mallowan

정식 한국어 판 출간에 부쳐

나는 한국에서 우리 할머니의 작품을 정식으로 출간한다는 소식을 듣고 무척 기뻤다. 할머니가 1920년부터 1970년 무렵까지 오랜 세월에 걸쳐 집필한 작품들은 21세기인 지금 읽어도 신선하고 재미있다. 등장 인물들이 워낙 자연스러워서 요즘 사람들과 다를 바 없고 이들이 등장하는 상황과 장소가 전 세계 사람들의 애정과 향수를 자극하기 때문이다. 한국 독자들은 이번에 새로 나온 정식 한국어 판을 통해 그 동안 접하지 못했던 애거서 크리스티의 일부 작품들을 읽을 수 있을 것이다. 덕분에 한국에 새로운 세대의 애거서 크리스티 팬들이 탄생할지도 모르겠다는 생각을 하면 가슴이 벅차다.

애거서 크리스티는 대표적인 두 명의 주인공으로 기억되는 작가이다. 14권의 작품에 등장하는 마플 양은 영국의 작은 시골 마을에서 평온한 나날을 보내며 뜨개질과 수다로 소일하는 미혼의 할머니이지만, 놀라운 기억력과 날카로운 두뇌 회전으로 주변에서 벌어진 살인 사건을 해결한다.

그리고 마플 양과 상반되는 성격을 지닌 에르퀼 푸아로는 자신만만하고 콧수염을 포함한 자신의 외모와 벨기에라는 국적에 대한 자부심이 상당하다. 그는 이집트와 이라크를 비롯한 세계 각지에서 수수께끼를 해결하며『오리엔트 특급 살인*Murder On The Orient Express*』,『나일 강의 죽음*Death On The Nile*』,『애크로이드 살인 사건*The Murder Of Roger Ackroyd*』등 애거서 크리스티의 여러 대표작에 모습을 드러낸다.

황금가지의 대담하고 참신한 표지와 전반적인 디자인 덕분에 작품의 성격이 잘 살아난 것 같아 기쁘다. 또한 한국 독자들이 할머니의 원작이 지닌 참된 묘미를 느낄 수 있도록 충실한 번역을 위해 애써 준 점도 높이 사고 싶다.

할머니의 작품이 20세기의 그 어떤 작가들보다 많이 팔리고 있는 이유는 나이와 국적에 상관없이 읽을 수 있는 재미와 감동을 갖추었기 때문이다. 모쪼록 한국 독자들도 황금가지에서 선보이는 애거서 크리스티 작품들을 즐겁게 감상하기를 바란다.

매튜 프리처드

애거서 크리스티의 손자

ACL 이사장

스티븐 글랜빌에게

차례

서장: 칼라 레마챈트

에르퀼 푸아로는 방 안으로 들어온 젊은 여성을 흥미로운 눈으로 찬찬히 바라보았다.

그녀가 보낸 편지에는 이렇다 할 내용이 전혀 적혀 있지 않았다. 단순히 만나 달라는 요청뿐이었으며, 어떤 이유에서인지는 조금도 언급하지 않았다. 지극히 간단하고 사무적인 편지였다. 야무진 글씨로 칼라 레마챈트가 젊은 여성이라는 사실을 짐작할 뿐이었다.

그리고 드디어 편지의 주인공인 키가 크고 늘씬한 20대 초반의 여성이 푸아로의 앞에 모습을 드러낸 것이다. 누구든 한 번씩 다시 돌아 볼 만큼 매력적인 아가씨였다. 값비싸고 멋진 코트와 스커트에 화려한 모피를 두른 세련된 옷차림이었다. 목선은 우아하고 이마는 반듯했으며 섬세한 콧날에 고집스러워 보이는 턱을 하고 있는 동시에 아주 생기발랄해 보였다. 보는 사람의 시선을 단숨에 사로잡는 것은 그녀의 미모라기보다는 바로 그러한 생동감이었다.

조금 전만 해도 자신이 늙었다는 생각을 하고 있던 에르퀼 푸아로는 그녀의 등장에 다시 젊음, 활기, 열정을 느꼈다!

푸아로는 이 젊은 여성을 맞이하기 위해 앞으로 다가서면서, 그녀의 어두운 회색 눈이 주의 깊게 자신을 관찰하고 있다는 사실을 알아차렸다. 아주 진지한 시선이었다.

그녀는 자리에 앉은 다음 푸아로가 권한 담배를 받아 들었다. 담배에 불을 붙인 다음에도 그녀는 한동안 담배만 피우며, 여전히 진지하고 골똘히 생각하는 눈빛으로 푸아로를 바라볼 뿐이었다.

푸아로가 점잖게 말을 건넸다.

"네, 물론 결정을 내리셔야겠죠, 그렇죠?"

그녀는 깜짝 놀랐다.

"무슨 말씀이시죠?"

듣기 좋은 허스키한 음색이 살짝 배어 있는 아주 매력적인 목소리였다.

"지금 고심하고 계시는 거죠? 그렇지 않습니까? 제가 그저 사기꾼일지 아니면 당신이 필요로 하는 그 사람일지를 말입니다."

그녀는 미소를 짓고는 말했다.

"네, 그 비슷한 거예요. 무슈 푸아로, 그러니까…… 제가 상상했던 모습과는 좀 달라서요."

"제가 좀 나이가 많죠? 아가씨가 상상했던 것보다 더 말입니다."

"네, 그것도 그렇고요."

그녀는 주저하듯 말했다.

"솔직히 말씀드릴게요. 저는……, 최고를 원해요. 최고가 필요하고요."

"그렇다면 안심하셔도 좋습니다. 저는 최고니까요!"

"겸손하진 않으시군요. 그래도 선생님의 말을 믿어 보고 싶은 마음이 드네요."

푸아로는 만족스러운 듯 말했다.

"근육만 사용하는 게 능사는 아닙니다. 몸을 구부리고 앉아 발자국을 조사하거나 담배꽁초를 줍고 유리 조각을 조사하는 것은 제게 아무런 의미도 없습니다. 그저 의자에 앉아 생각만 하는 걸로 충분하죠. 바로 이것……."

푸아로는 달걀 모양의 머리를 톡톡 치며 말했다.

"바로 이것만 굴리면 모든 일이 해결되니까요."

"저도 알고 있어요. 바로 그 때문에 선생님을 찾아온 거죠. 저는 선생님께서 멋지게 일을 해결해 주셨으면 해요!"

칼라 레마챈트가 말했다.

"얼마든지 맡겨만 주십시오!"

푸아로는 격려하듯 그녀를 바라보았다.

칼라 레마챈트는 심호흡을 하고는 입을 열었다.

"제 이름은 칼라가 아니라 캐롤라인이에요. 제 어머니의 이름과 같아요. 어머니의 이름을 딴 것이니까요."

그러고는 잠시 말을 멈추었다.

"그리고 제 성은 사실 레마챈트가 아니라……, 크레일이고요."

에르퀼 푸아로는 잠시 무언가를 생각하는 듯 이마를 찡그리며 중얼거렸다.

"크레일, 들어 본 적이 있는 것 같습니다만……."

다시 칼라가 입을 열었다.

"제 아버지는 화가셨어요. 비교적 유명하셨죠. 위대한 화가셨다고 말하는 사람들도 있어요. 제 생각에도 그랬던 것 같아요."

에르퀼 푸아로가 물었다.

"에이미어스 크레일?"

"네."

그녀는 잠시 말을 멈추더니 다시 이었다.

"그리고 제 어머니 캐롤라인 크레일은 남편을 살해했다는 죄목으로 재판을 받으셨죠!"

"아하! 이제 기억이 나는군요……. 하지만 아주 희미하네요. 당시에 제가 외국에 있었거든요. 아주 오래 전 일이죠."

"16년 전이에요."

이제 그녀의 얼굴은 새하얗게 질려 있었고 두 눈만이 불빛처럼 타올랐다.

"생각나세요? 제 어머니는 재판에서 유죄를 선고 받으셨어요. 정상 참작이 되어서 교수형을 당하시진 않았지만……. 대신 무기 징역을 선고받으셨죠. 하지만 재판이 끝나고 1년도 채 지나지 않아 돌아가시고 말았어요. 아시겠어요? 이미 다 끝난 일이에요. 완전히,

끝났어요…….”

푸아로가 조용히 입을 열었다.

“그래서요?”

칼라 레마챈트라고 스스로를 소개한 이 젊은 여성은 두 손을 꼭 잡았다. 그러고는 망설이듯 천천히, 하지만 중간중간 강조를 넣어가며 이야기를 시작했다.

“제가 처한 상황을 정확히 이해해 주셔야 해요. 그 일이 일어났을 때 저는 다섯 살이었어요. 너무 어려서 아무것도 몰랐죠. 물론 제 어머니와 아버지, 그리고 갑자기 집을 떠나 시골로 가게 된 것은 기억해요. 돼지들이라든가, 통통한 체격에 착했던 농장 아줌마……. 다들 아주 친절했던 게 기억나요. 그리고 모두들 저를 아주 이상하게 바라봤던 것도 뚜렷이 기억나고요. 흘끗거리며 훔쳐보는 듯한 눈길로요. 어리긴 했지만 뭔가 잘못되었다는 걸 느낄 수 있었어요. 아이들은 왜 대부분 느낌으로 알잖아요. 하지만 정확히 뭐가 잘못된 건지는 몰랐죠.

그러고 나서 배를 탔어요. 잔뜩 들떠 있었죠. 며칠 동안 배를 타고 나니 캐나다였고 사이먼 삼촌이 절 마중 나오셨더군요. 저는 삼촌과 루이즈 숙모와 함께 몬트리올에 살게 되었고, 제가 엄마, 아빠가 어디 갔느냐고 묻자 그저 곧 오실 거라고만 대답하셨죠. 그리고……, 그러고는 잊어버린 것 같아요. 아무도 제게 그렇게 말하지는 않았지만 저는 부모님이 돌아가셨다는 걸 직감했었나 봐요. 더이상 부모님 생각을 하지 않았죠. 저는 아주 행복했으니까요. 사이

먼 삼촌과 루이즈 숙모는 저에게 정말 잘해 주셨고, 학교에 다니면서 친구들도 많이 생겼어요. 그리고 제게 레마챈트 외에 다른 이름이 있었다는 건 아예 잊어버리고 살았죠. 루이즈 숙모는 제게 캐나다에서는 그 이름을 써야 한다고 말씀하셨고, 당시에는 숙모의 말이 옳다고 생각했어요……. 그저 새로운 캐나다식 이름일 뿐이라고요. 그러고는 좀 전에도 말했듯이 다른 이름이 있다는 사실을 까맣게 잊어버리고 말았어요."

그녀는 도전적으로 턱을 들어 올리며 말했다.

"절 보세요. 어떤 생각이 드세요? '걱정거리라고는 조금도 없는 아가씨잖아!'라고 생각하시죠? 저는 부족한 것 없이 자랐어요. 아주 건강하고 어디에 내놔도 빠질 것 없는 외모에 인생을 맘껏 즐길 수 있을 만큼 젊죠. 스무 살 때까지는 그 누구도 부럽지가 않았어요.

하지만 제 마음 속에서 하나 둘씩 의문이 생겨나기 시작했어요. 제 어머니와 아버지에 대한 의문이요. 내 부모님들은 누구였을까? 어떤 사람들이었을까? 저는 결국 부모님에 대해 알아내야겠다고 다짐했어요.

마침내……, 삼촌과 숙모님이 사실을 말씀해 주셨지요. 제가 스물한 살 때요. 돌아가신 부모님의 유산을 받게 되어 말씀하실 수밖에 없었죠. 그리고 편지 한 장도 함께 받았는데 어머니께서 돌아가실 때 제게 남긴 것이었어요."

순간 그녀의 표정이 변하면서 생기를 잃었다. 불타오르던 눈 또한 빛을 잃어 어둡고 흐릿한 물웅덩이 같았다.

"그때 알았어요. 제 어머니가 살인으로 유죄를 선고받으셨다는 사실을 말이죠. 그건……, 정말이지 끔찍한 얘기였어요."

그러고는 잠시 말을 멈추었다.

"그리고 한 가지 더 말씀드릴 게 있어요. 저는 약혼자가 있는데 삼촌께서 결혼은 좀 더 기다리라고 말씀하셨죠. 제가 스물한 살이 될 때까지 결혼할 수가 없다면서요. 나중에 이 사실을 알고서야 삼촌이 왜 그런 말씀을 하셨는지 이해가 되더군요."

푸아로는 처음으로 몸을 움직이며 입을 열었다.

"약혼자의 반응은 어땠습니까?"

"존 말씀이세요? 존은 신경 쓰지 않았어요. 달라질 건 아무것도 없다고 말했죠. 그 사람과 저는 그저 존과 칼라일 뿐, 과거는 중요하지 않다고 했어요."

그녀는 몸을 앞으로 숙였다.

"저흰 아직 약혼한 상태예요. 짐작하시겠지만 아무래도 신경을 쓰지 않을 수가 없는 일이잖아요. 저에게는 중요한 문제예요. 그리고 존에게도 중요한 문제죠……. 우리에게 중요한 것은 과거가 아니에요, 미래죠."

그녀는 주먹을 꽉 쥐었다.

"저희는 아이들을 원해요. 둘 다 아이들을 원하죠. 그리고 우리 아이들이 자라면서 저희처럼 두려워하는 일은 없었으면 좋겠어요."

"어느 누구에게나 조상 중에는 포악하고 사악한 사람들이 있기 마련입니다."

"이해 못하시는군요. 물론 그건 맞는 말씀이에요. 머나먼 조상이라면 그런 사람이 있었는지조차 모르고 살겠죠. 하지만 저흰 달라요. 바로 제 어머니라고요. 그리고 가끔씩……, 존이 절 바라보는 눈길에서 느낄 수가 있어요. 아주 순간적이지만 느낄 수가 있어요. 저희가 나중에 결혼을 해서 말다툼이라도 하게 된다고 생각해 보세요. 그리고 절 바라보는 그이의 눈길을 보고, 그리고 전 그이 눈길의 의미를 의식하게 되겠죠?"

"아버님께서는 어떤 방법으로 살해당하신 거죠?"

칼라의 목소리는 분명하고 단호했다.

"독살당하셨어요."

"그렇군요."

그리고 침묵이 흘렀다.

차분하고 사무적인 칼라의 목소리가 침묵을 깼다.

"선생님께서 양식 있는 분이라 정말 다행이에요. 이게 얼마나 중요한 문제인지 아시겠죠? 선생님께서는 성급하게 판단을 내리시거나 위로의 말을 건네지 않으시잖아요."

"충분히 이해합니다. 하지만 제게서 무얼 원하시는지는 잘 모르겠군요."

칼라 레마챈트는 아주 간단하게 답했다.

"저는 존과 결혼하고 싶어요! 존과 꼭 결혼할 거예요! 그리고 적어도 딸 둘에 아들 둘은 낳고 싶어요. 선생님은 그 일을 가능하게 해 주셔야 해요!"

"그러니까 제가 피앙세와 이야기를 나눠 보길 원하신다는 겁니까? 아, 아닙니다. 제가 어리석은 말을 했군요! 뭔가 다른 걸 원하시는 거죠? 속 시원히 털어놔 보세요."

"무슈 푸아로, 잘 들으세요. 확실히 해 주셔야 해요. 저는 선생님께서 살인 사건을 조사해 주셨으면 합니다."

"살인 사건이라면……?"

"네, 맞아요. 어제 일어났든 16년 전에 일어났든 살인 사건은 살인 사건이죠."

"하지만……."

"잠시만요, 무슈 푸아로. 아직 말씀드리지 않은 게 있어요. 아주 중요한 거예요."

"뭐죠?"

"제 어머니는 결백하세요."

에르퀼 푸아로는 코를 문지르며 중얼거렸다.

"뭐, 당연히 이해는 합니다만……."

"그저 정에 휩쓸려서 드리는 말씀이 아니에요. 편지에 그렇게 쓰여 있었어요. 어머니께서 돌아가시기 전에 제게 남기신 편지에 말이에요. 제가 스물한 살이 되는 해에 삼촌께서 주신 거죠. 어머니께서 그 편지를 남기신 이유는 한 가지에요. 분명 그럴 거라고 확신해요. 편지에 전부 적혀 있는 어머니의 결백이요. 어머니께서는 아무 짓도 하지 않으셨어요. 저도 그게 사실이라고 생각하고요."

에르퀼 푸아로는 아주 간절히 자신을 바라보고 있는 젊고 생기

넘치는 얼굴을 골똘히 바라보았다. 그리고 천천히 입을 열었다.

"투 드 멤(그래도)……."

칼라는 미소를 지었다.

"아니요, 제 어머니는 그런 분이 아니셨어요! 거짓말일지도 모른다고, 정에 호소하는 거짓말일지도 모른다고 생각하시는군요?"

그녀는 진지한 얼굴로 몸을 숙였다.

"잘 들으세요, 무슈 푸아로. 아이들이 본능적으로 잘 아는 것들이 몇 가지 있어요. 물론 단편적이긴 하지만 저는 제 어머니를 기억해요. 그리고 제 어머니가 어떤 분이셨는지는 또렷이 기억해요. 어머니는 절대 거짓말이라곤, 그것이 설령 어떤 선의의 거짓말이라고 해도 단 한마디도 하지 않으셨어요. 무슨 일이든 솔직하게 말씀해 주셨죠. 치과에 갈 때나 손에 박힌 가시를 빼낼 때나 아플 거라고 솔직하게 말씀해 주시는 그런 성품을 가진 분이셨어요. 전 특별히 어머니를 좋아하진 않았지만 어머니를 믿었죠. 그리고 지금도 마찬가지에요. 어머니가 아버지를 죽이지 않았다고 말씀하신다면, 죽이지 않으신 거예요! 어머니는 자신이 죽을 것을 알면서 편지에 거짓말을 쓸 분은 아니시라고요."

천천히, 하지만 그다지 달갑지 않은 듯 에르퀼 푸아로는 고개를 끄덕였다.

칼라가 계속 말을 이었다.

"그렇기 때문에 제가 존과 결혼하는 것에는 아무런 문제가 없어요. 저는 괜찮다는 걸 아니까요. 하지만 존은 그렇지가 않아요. 그

이는 제 어머니가 결백하다고 생각하는 게 피붙이로서 당연히 드는 생각이라고만 여기고 있어요. 그래서 분명히 하고 싶어요, 무슈 푸아로. 선생님께서 분명히 밝혀 주셔야 해요!"

에르퀼 푸아로는 천천히 입을 열었다.

"마드무아젤께서 하신 말씀이 모두 사실이라 치더라도, 이미 16년이라는 시간이 흘렀습니다."

"오, 물론 힘든 일일 거예요. 그러니 선생님만이 하실 수 있는 일이죠!"

에르퀼 푸아로의 눈이 살짝 빛났다.

"정말이지 최고의 찬사로군요, 엥(그렇죠)?"

"저는 선생님에 대해 익히 들어 알고 있어요. 어떤 사건을 맡으셨는지, 그 사건들을 어떻게 해결하셨는지도요. 선생님께서는 심리학에 관심이 있으시죠? 심리학은 시간이 지난다고 해서 변하는 게 아니잖아요. 물리적인 것들……, 그러니까 담배꽁초와 발자국, 유리 조각은 사라져 버리죠. 더 이상은 그런 것들을 찾을 수가 없어요. 하지만 여전히 그 사건의 모든 증거들을 살펴볼 수 있고, 어쩌면 그 사건과 관련된 사람들과 이야기를 나눠 보실 수도 있을 거예요. 모두들 아직까지 살아 있으니까……. 그리고 말씀하신 대로 의자에 앉아 생각해보실 수 있잖아요. 그러면 어떤 일이 벌어진 건지 알 수 있으실 거에요……."

에르퀼 푸아로는 자리에서 일어섰다. 한 손으로 콧수염을 쓰다듬으며 말했다.

"마드무아젤, 정말 영광입니다! 저에 대한 믿음에 반드시 보답해 드리도록 하겠습니다. 살인 사건 조사를 맡도록 하죠. 16년 전에 발생한 사건을 되짚어 보고 진실을 밝혀내겠습니다."

칼라는 자리에서 일어났다. 그녀의 눈은 빛나고 있었지만 단 한마디만 했다.

"좋아요."

에르퀼 푸아로는 집게손가락을 흔들며 덧붙였다.

"한 가지만 더 말씀드리죠. 저는 진실을 밝혀내겠다고 말씀드렸습니다. 누구의 편도 아니죠. 그리고 어머니께서 결백하다는 마드무아젤의 확신도 아직 인정할 수는 없습니다. 만약 어머니께서 유죄라면……, 에 비엥(그렇다면) 어떻게 하시겠습니까?

칼라는 꼿꼿하게 머리를 세우며 대답했다.

"저는 어머니의 딸이에요. 단지 진실만을 원해요!"

"그렇다면 앙 아방(앞으로)이군요. 아, 이렇게 말하면 안 되겠군요. 과거를 조사해야 하니 앙 아르예르(뒤로)라고 해야 할까요……."

제1부

피고 측 변호사

"크레일 사건을 기억하냐고?"

몬태규 디플리치 경이 물었다.

"물론이지, 기억하고 말고. 아주 매력적인 여성이었지. 정서 불안이었지만 말이야. 완전히 자제심을 잃고 말았어."

그는 푸아로를 곁눈으로 흘끗 바라보았다.

"갑자기 그건 왜 묻는 건가?"

"그냥 궁금해서."

"자네답지 않게 허술한 대답이군."

디플리치는 증인들에게 무시무시한 인상을 심어 주기로 유명한 '늑대의 미소'를 지어 보였다.

"자네도 알다시피 내가 실패한 사건 중 하나지. 혐의를 벗겨 주지 못했어."

"그건 알고 있네."

몬태규 경은 어깨를 으쓱하며 말했다.

"물론 그때는 지금처럼 경험이 많지도 않았지만, 그래도 할 수 있는 한 모든 노력은 다 기울였다고 생각하네. 협조 없이는 큰 성과를 이뤄내기가 힘들어. 결국 우발적인 사건이라고 인정받아 종신형으로 감형을 얻어 내긴 했지. 정숙한 부인들과 어머니들이 탄원서를 내기도 하고 그녀에게 동정심을 보이는 사람들도 많았네."

몬태규 경은 의자에 등을 기대고는 기다란 다리를 쭉 뻗었다. 그의 얼굴에는 골똘히 생각에 잠긴 듯 진지한 표정이 떠올랐다.

"만약 캐롤린 크레일이 남편을 총으로 쐈다거나 칼로 찔렀다면 무슨 수를 써서든 혐의를 벗겨 낼 수 있었을 거야. 하지만 독이라……. 안 되지, 독은 어떻게 해 볼 도리가 없어. 정말 어려워……, 아주 어려워."

"피고 측 주장은 뭐였나?"

에르퀼 푸아로가 물었다.

이미 신문 기사를 읽어 알고 있었지만, 아무것도 모르는 척 몬태규 경에게 묻는다고 해서 해될 것은 없을 거라는 생각이었다.

"아, 자살이었지. 그것밖에는 도리가 없었어. 물론 그것도 별다른 효과를 내진 못했지만 말이야. 크레일은 그럴 만한 사람이 아니었거든! 자넨 그 사람을 본 적이 없지, 그렇지? 대단한 정력가에 쾌활한 친구였어. 엄청난 바람둥이에 애주가로, 세속적인 향락을 추구하고 즐기는 사람이었다고. 그런 남자가 조용히 자리에 앉아 자살한 거라고 배심원들을 설득시키는 건 불가능한 일이야. 도무지 이치에 맞지 않으니까 말일세. 그래, 처음부터 승산 없는 싸움이라는 생각이 들었어. 게다가 피고가 협조적이지 않으니 원! 그녀가 증인석에 앉는 순간부터 우리가 질 거라는 걸 알았네. 싸우려는 의지가 전혀 없더군. 하지만 피고를 증인석에 앉히지 않으면 배심원들은 자기 나름대로 결론을 내려 버리니 어쩔 수 없었어."

"그래서 협조 없이는 큰 성과를 얻어 내기 힘들다고 말한 겐가?"

"그렇다네. 알다시피 우리가 마술사는 아니지 않은가. 재판 승소 여부의 절반은 피고인이 배심원들에게 어떤 인상을 남겨 주느냐에 달려 있으니까. 그에 따라 배심원들이 판사의 약술과 정반대의 평결을 내는 경우도 많이 봐 왔네. 배심원들은 '그래, 저 사람 짓이 분명해.'라거나 '저 사람은 절대 그런 짓을 하지 않았어, 절대!'라고 생각하거나 둘 중의 하나지. 캐롤라인 크레일은 자신을 구하기 위한 노력조차 하지 않았어."

"왜 그랬을까?"

몬태규 경은 어깨를 으쓱했다.

"난들 알겠나. 물론 그녀는 남편을 사랑했기에 정신을 차리고 자신이 무슨 짓을 저질렀는지를 깨닫고는 망연자실했던 거야. 충격에서 헤어나지 못했을 거라고 생각하네."

"그렇다면 자네는 그녀가 유죄라고 생각했나?"

디플리치는 약간 놀란 듯 했다.

"음…… 글쎄. 그때는 그걸 당연하게 받아들였던 것 같아."

"그녀가 자신이 유죄라는 걸 자네에게 인정한 적이 있나?"

디플리치는 충격을 받은 듯 심각한 표정을 지었다.

"물론 없어……. 그런 적은 없지. 자네도 알다시피 변호사들은 나름의 관례가 있지 않나. 항상 결백을 가정하지. 자네가 그 사건에 그렇게 관심이 있는데 메이휴와 연락을 취할 수가 없다는 게 안타깝군. 나에게 변호를 의뢰한 메이휴가 나보다 더 많은 걸 알고 있을 텐데, 그도 이젠 고인이 되었으니……. 아, 그리고 그 아들인 조지 메이휴가 있긴 하지만 그 사건이 일어날 당시에는 어린 애였어. 알다시피 오래 전 일이니까."

"그래, 나도 알아. 자네가 그렇게 많은 걸 기억하고 있어 정말 다행이군. 자네 기억력이 정말 대단한데."

디플리치는 푸아로의 말에 기분 좋은 표정을 지으며 중얼거렸다.

"뭐, 대략적인 골자 정도는 기억하지. 아주 중요한 사건일 경우에는 특히 그래. 크레일 사건도 언론에서 대대적으로 다룰 정도였으니까. 남녀 문제에 다들 호기심을 가졌던 게지. 사건에 연루되었던 그 어린 아가씨가 굉장히 이목을 끌었어. 난 그 아가씨가 꽤 냉정한 사람이라고 생각했네만."

"내가 너무 끈질기게 묻는 걸 용서하게. 한 번만 더 묻겠네, 캐롤라인 크레일이 유죄였다고 확신하나?"

디플리치는 어깨를 으쓱하며 대답했다.

"솔직히…… 자네와 나 사이이니까 말하지만 그 점에는 의심의 여지가 없다고 생각해. 그래, 그 여자가 범행을 저지른 거야."

"그녀에게 불리한 증거는 뭐였나?"

"아주 확실한 증거가 있었어. 먼저 동기가 있었네. 캐롤라인과 남편은 수년 동안 부부싸움이 끊이질 않았어. 남자가 끊임없이 이 여자 저 여자와 바람을 피워댔으니 어쩔 도리가 없었겠지. 원래 그렇게 생겨먹은 남자니까. 예술가적 기질 때문에 그러려니 하면서 캐롤라인은 그런대로 잘 참고 견뎌 냈어. 알다시피 그 남자는 최고의 화가였잖은가. 그 사람 작품은 정말이지 엄청난 고가에 팔려 나가거든. 흉측하고 괴상망측한 게 내 취향은 아니야. 하지만 걸작이라는 건 분명하지.

뭐, 아까도 말했지만 가끔씩 여자 문제가 있었고 크레일 부인은 혼자 속으로만 삭히는 순종적인 여자는 아니었으니까 물론 다툼이 생겼지. 하지만 크레일은 언제나 결국엔 부인의 곁으로 돌아왔어. 바람피우던 상대와 끝내고 말이야. 하지만 마지막으로 만나던 여자는 좀 달랐어. 사실 여자라기보다는 어린 아가씨라고 말하는 게 더 정확할 거야. 새파랗게 어렸지, 겨우 스무 살이었으니까.

이름이 엘사 그리어였네. 요크셔에 사는 한 제조업자의 외동딸이었어. 돈 있겠다, 자신감도 있겠다, 게다가 자신이 원하는 걸 잘 알고 있는 아가씨였지. 그런 여자가 에이미어스 크레일을 원했던 거야. 그래서 엘사는 크레일에게 자신의 초상화를 그려 달라고 했고……. 사실 크레일은 '새틴 옷에 진주 귀걸이를 한 블링커티 블랭크 부인' 같은 사교계 명사들의 초상화는 그리지 않았지만 그렇다고 전혀 그리지 않은 것도 아니었네. 얼마나 많은 여성들이 그의 모델이 되고 싶어 했는지는 모르겠지만, 그는 그런 일에 시간을 낭비하지 않았어! 하지만 엘사의 초상화를 그렸고, 결국엔 그녀에게 완전히 빠져 버리고 만 거야. 뭐, 사십 줄에 들어서고 결혼 생활도 오래 됐으니, 어린 여자애한테 넘어가 바보짓을 할 만도 했겠지. 엘사 그리어는 아직 어렸지만 크레일은 그녀에게 빠져 정신을 차리질 못했고 하루빨리 아내와 이혼하고 엘사와 결혼하겠다는 생각뿐이었다네.

캐롤라인 크레일은 그걸 참을 수가 없었던 거야. 그래서 남편을 위협한 게지. 그 여자를 포기하지 않는다면 죽여 버리겠다고 위협하는 걸 두 명이나 들었다고 하네. 그리고 결국 캐롤라인은 자신의 말을 실행에 옮겼어! 그 사건이 일어나기 전날, 부부는 이웃집에서 함께 차를 마셨는데 그 이웃집 남자가 취미삼아 약초로 약을 만들었다는군. 그 중에 코닌, 그러니까 헴록*으로 만든 독극물이 있었는데, 아주 치명적인 약이라 그것 때문에 동네에서도 워낙 말들이 많았나 봐.

그 다음 날 이웃집 남자는 코닌 병이 반이나 비어 있는 걸 발견했고, 코닌이 약간 남은 빈 병이 크레일 부인의 방에서 발견된 거야. 서랍장 깊숙이 숨겨 놨다더군."

에르퀼 푸아로는 불편한 듯 몸을 뒤척이고는 말했다.

"누군가 크레일 부인의 서랍 속에 넣어 뒀을 수도 있잖아."

---

* 높이는 22미터 정도로, 여름에 흰색 또는 노란색의 작은 꽃이 핀다. 독이 있어 사약으로 쓰이며 물가나 습지에 자란다.

"그래! 하지만 크레일 부인은 경찰에게 자신이 그 약을 가져갔다고 털어 놓았어. 섣부른 행동이긴 하지만, 그 당시에는 조언을 해 줄 변호사가 없었으니까. 경찰이 그 약병에 대해 묻자, 아주 솔직하게 자신이 이웃집에서 가져온 거라고 인정했지."

"이유는 뭐라고 하던가?"

"자신이 먹을 작정으로 가져간 거라고 했어. 하지만 왜 병이 비어 있는지, 그리고 왜 그 병에 자신의 지문밖에 없는지는 설명하지 못했네. 그게 아주 치명적이었지. 크레일 부인은 에이미어스 크레일이 자살한 거라 주장했지만, 만약 크레일 부인이 방에 숨겨 둔 병에서 코닌을 가져간 게 남편이라면, 병에는 그의 지문도 묻어 있어야 정상이지 않겠어?"

"코닌은 크레일이 마신 맥주에 들어 있었지?"

"그래. 크레일 부인은 냉장고에서 맥주병을 꺼내 직접 정원에서 그림을 그리는 남편에게 가져다 주었지. 부인은 맥주를 잔에 따라 남편에게 건네고는 그가 마시는 걸 지켜봤다고 하네. 그리고 크레일만 남겨 둔 채 모두들 점심 식사를 하러 갔지……. 종종 끼니를 거르곤 했나 봐. 어쨌든 식사가 끝나고 크레일 부인과 가정 교사가 정원에 나갔다가 크레일이 죽은 걸 발견했어. 우린 크레일이 갑작스레 후회와 불안감에 사로잡혀 스스로 독을 먹은 거라고 주장했지만, 다 헛소리야. 그럴 사람이 아니니까! 그리고 무엇보다도 지문이라는 가장 확실한 증거도 있었고."

"경찰이 맥주병에서 크레일 부인의 지문을 발견했나?"

"아니, 크레일의 지문만 발견됐지……. 하지만 그것 또한 의심의 여지가 있어. 가정 교사가 의사를 부르러 간 사이에 시체 옆에는 크레일 부인만 있었으니까. 분명 병을 닦고 그 위에 남편의 지문을 찍어 둬서 자신은 그 병에 손도 안 댄 것처럼 해 놓고 싶었겠지. 뭐, 소용없는 일이 되고 말았지만. 그 사건의 검사였던 루돌프가 철저히 파헤쳐 그런 자세로는 손에 병을 쥘 수가 없다는 걸 법정에서 확실히 증명해 보였거든! 물론 우리도 크레일이 죽어 가는 순간 몸이 뒤틀려 그렇게 잡을 수도 있다는 걸 증명해 보이려 최선을 다했지만, 솔직히 말해 우리 주장은 그다지 설득력 있지 않았네."

"맥주병 속의 코닌은 분명 크레일 부인이 정원으로 내가기 전에 넣어 둔 게 분명하군."

"맥주병에는 코닌이 전혀 발견되지 않았어. 잔에서만 발견됐지."

몬태규 경은 잠시 말을 멈추었다. 큼직하고 잘생긴 얼굴이 갑자기 굳어지더니 획 하니 고개를 돌려 푸아로를 바라보았다.

"이봐, 푸아로 자네, 대체 무슨 꿍꿍이야?"

"만약 캐롤라인 크레일이 결백하다면, 어떻게 코닌이 맥주 안에 들어가게 된 걸까? 자네는 당시에는 에이미어스 크레일 본인이 넣었을 거라고 주장했지만, 개인적 생각으로는 그럴 가능성은 아주 희박하다고 했어. 내가 보기에도 자네 말이 맞는 것 같아. 크레일은 그럴 사람이 아니지. 그렇다면, 즉 캐롤라인 크레일의 짓이 아니라면, 다른 누군가의 짓이겠지."

디플리치는 침을 튀기며 열변을 토했다.

"아, 집어치워. 케케묵은 일을 다시 꺼내 뭐하겠다고. 벌써 옛날에 다 끝난 일이야. 그 살인은 크레일 부인의 짓이었다네. 그 당시에 크레일 부인을 직접 봤다면 자네도 금방 알 수 있었을 거야. 크레일 부인의 얼굴에 다 쓰여 있었다고! 배심원의 평결에 안도한 것 같다는 생각마저 들 정도였으니까. 전혀 겁먹거나 불안해하지도 않았고 그저 재판을 마치고 다 끝내 버리길 바라는 것 같았어. 정말이지 대단한 여자였네……."

"하지만 크레일 부인은 죽으면서 자신의 결백을 주장하는 편지를 남겼어."

"그래, 하지만 자네나 나도 그런 입장에 처했다면 결백을 주장했을 거야."

"크레일 부인의 딸 말로는 그럴 사람이 아니라더군."

"딸이 그랬다고……? 하! 딸이 그 사건에 대해 뭘 알겠나? 이봐, 푸아로. 딸은 재판 당시에 갓난애였다고. 네 살, 아니 다섯 살이나 되었을라나? 사건이 일어난 후에 이름을 바꾸어 외국에 사는 친척에게 보내졌는데, 그런 애가 뭘 알겠나? 뭘 기억하겠어?"

"때로 아이들이 사람을 정확히 파악하기도 하지."

"그럴지도 모르지. 하지만 이번 경우에는 아니야. 당연히 딸이라면 자신의 어머니가 그런 짓을 하지 않았다고 믿고 싶겠지. 그렇게 믿게 내버려 둬. 나쁠 건 없으니까."

"하지만 안타깝게도 증거를 원하고 있어."

"캐롤라인 크레일이 남편을 죽이지 않았다는 증거 말인가?"

"그래."

"음, 그런 증거를 찾아낼 순 없을 거야."

"그렇게 생각하나?"

유명한 변호사는 자신의 오랜 친구를 유심히 바라보았다.

"난 항상 자네가 정직한 사람이라고 생각했네, 푸아로. 그런데 지금 뭘 하고 있는 겐가? 어린 아가씨의 어머니에 대한 애정을 이용해 돈이나 벌어 보려는 심사야?"

"그 아가씨를 몰라서 하는 소리야. 보통내기가 아니라고. 아주 기가 센 아가씨지."

"그래, 에이미어스 크레일과 캐롤라인 크레일의 딸인데 오죽하겠어. 그 아가씨가 원하는 게 뭔가?"

"진실을 원해."

"흠……, 불쾌한 진실과 부딪치게 되겠군. 푸아로, 솔직히 말해 나는 그 사건에는 일말의 의심의 여지도 없다고 생각하네. 캐롤라인 크레일이 남편을 죽인 거야."

"미안하네만, 친구. 난 뭐든 직접 확인해 봐야 직성이 풀리잖나."

"글쎄, 자네가 무얼 더 알아낼 수 있을지 모르겠군. 그 재판에 관한 것은 신문을 읽어 보면 되겠지만, 검사였던 험프리 루돌프는 이미 죽었으니……. 가만 있자, 그 후임이 누구더라? 포그였던 것 같아. 그래 맞아, 포그. 그 사람과 이야기를 나눠 볼 수 있겠군. 그리고 사건 당시 그 집에 있었던 사람들도 있으니까. 물론 그 사람들이 자네가 끼어들어 옛날 일을 죄다 들춰내는 걸 반기진 않겠지만, 그래도 자네라면 그들에게서 뭔가 알아낼 수도 있겠지. 자네 말주변이 워낙 좋으니 말이야."

"아 그래, 사건과 연관이 있는 사람들. 그게 아주 중요하지. 어떤 사람들이었는지 기억하나?"

디플리치는 곰곰이 생각해 보았다.

"어디 보자……, 워낙 오래전 일이라. 그 집에 있던 사람은 모두 다섯 명이었어. 하인들은 포함시키지 않았네. 충직하고 나이가 많은 데다 겁먹은 듯한 하인 둘이 있었지만 아무것도 모르더군. 그런 사람들을 의심할 필요는 없지."

"다섯 명이 있었다고? 어떤 사람들인가?"

"음, 먼저 필립 블레이크. 그 사람은 크레일과 어릴 적부터 알고 지낸 죽마고우였지. 사건 당시에 그 집에 머무르고 있었어. 지금도 살아 있고 가끔씩 골프장에서 마주치곤 한다네. 세인트 조지 힐에 살고, 주식 중개인이야. 주식 투자를 해서 재미 좀 본 후 꽤 성공해서 부유하게 살고 있어."

"그렇군. 다음은 누구지?"

"그 다음은 블레이크의 형이야. 전형적인 시골 사람이지. 집에만 처박혀 있는 그런 사람이야."

순간 푸아로의 머릿속에 노랫가락이 떠올랐다. 그는 그 생각을 억누르려 했다. 항상 동요 가락이나 떠올리고 있으면 안 되는 일이었지만, 최근 들어 시도 때도 없이 동요 가락이 떠올랐다. 그리고 아직도 그 노래 가락이 머릿속에 맴돌았다.

'작은 돼지 한 마리는 시장에 갔네. 작은 돼지 한 마리는 집에 있네……'

푸아로는 중얼거렸다.

"외출을 잘 안 하는 부류였다, 그건가?"

"그런 사람이었어. 이것저것 약이랑 약초를 다루는……, 약사처럼 말이야. 그게 그 사람 취미였어. 이름이 뭐였더라? 무슨 문학가랑 똑같은 이름이었는데……. 아, 생각났어. 메러디스, 메러디스 블레이크. 아직 살아 있는지 어쩐지는 나도 모른다네."

"그리고 그 다음은?"

"그 다음? 모든 문제의 원인인 엘사 그리어야."

"작은 돼지 한 마리는 로스트비프를 먹었네."

푸아로가 중얼거렸다.

디플리치는 푸아로를 뚫어지게 쳐다보며 말했다.

"그래, 그 여자가 고기를 듬뿍 먹고 자란 건 맞아. 수완이 좋아서 그 사건 이래로 남편을 세 번이나 갈아 치우면서 이혼 법정을 맘껏 들락거렸어. 그래도 매번 더 나은 상대를 고르긴 하더군. 레이디 디티섬이 현재 그녀의 이름이야. 《태틀러》* 아무 거나 펼쳐 봐도 그 이름을 발견할 수 있을 거야."

"그리고 나머지 두 명은?"

"한 명은 가정 교사야. 이름은 기억나지 않지만 꼼꼼하고 유능한

---

* 영국 귀족 사회 소식지

여자였지. 톰슨, 존스, 뭐 그런 이름이었는데. 그리고 나머지 한 명은 캐롤라인 크레일의 이부 여동생이었지. 그때가 열다섯 살 정도였을 거야. 이젠 유명 인사가 됐어. 뭘 발굴하고 먼 오지로 탐험도 떠난다던데……. 그래 워런, 이름이 워런이었어. 안젤라 워런, 요즘 보기 드문 대단한 아가씨야. 예전에 한번 본 적이 있다네."

"그렇다면 꿀꿀거리며 우는 작은 돼지는 아니겠군?"

몬태규 디플리치 경은 푸아로를 이상하다는 듯 쳐다보곤 냉담하게 대꾸했다.

"자기 외모 때문에 꿀꿀거리며 울었을지도 모르지! 자네도 알다시피 그 아가씨 외모가 영 볼품없잖아. 얼굴 한쪽에 길게 흉터가 졌으니. 그 아가씨는……. 아닐세, 자네가 직접 만나 보는 게 낫겠지."

푸아로는 자리에서 일어섰다.

"정말 고맙네, 친절하게 알려 줘서 말이야. 만약 크레일 부인이 남편을 죽이지 않았다면……."

디플리치가 끼어들었다.

"하지만 크레일 부인의 짓이 분명해, 친구. 내 말을 믿어도 좋아."

푸아로는 디플리치가 끼어든 것도 모른 채 계속 말을 이었다.

"……그렇다면 이 다섯 명 중 한 명이 범인이겠군."

"그중 한 명이 범인일 수도 있겠지."

디플리치는 의심스러운 어조로 대꾸했다.

"하지만 그 사람들이 왜 그런 짓을 저질러야 했을까? 그 사람들에게는 아무런 이유가 없는데 말이야! 나는 그중 누구도 범인이 아니라고 확신하네. 자네도 한번 잘 생각해 봐!"

하지만 에르퀼 푸아로는 미소를 지으며 고개만 저을 뿐이었다.

검사

"유죄가 분명합니다."

포그 씨는 간결하게 대답했다.

에르퀼 푸아로는 검사의 깡마르고 윤곽이 뚜렷한 얼굴을 골똘히 바라보았다.

쿠엔틴 포그 검사는 몬태규 디플리치와는 전혀 다른 타입이었다. 디플리치는 사람들을 끌어당기는 매력과 함께 압도적이고 약간 심술궂기까지 한 성격의 소유자였다. 그는 순식간에 극적으로 태도를 바꾸어 원하는 것을 얻어 내곤 했다. 한순간에는 잘생기고 점잖으며 매력적인 신사였다가, 다음 순간 마법처럼 변해 이빨을 드러내고 무시무시한 미소를 지으며 상대방을 잡아먹을 것처럼 구는 것이다.

쿠엔틴 포그는 깡마르고 창백했으며 개성이란 게 결여된 사람 같았다. 그가 던지는 질문은 조용하고 철저히 감정이 배제되어 있었지만 아주 집요했다. 디플리치가 칼날이라면 포그는 송곳이었다. 그만큼 꾸준히 집요하게 밀고 나갔다. 포그는 한 번도 극적인 명성을 얻은 적은 없었지만, 법률에 관한 한 최고라는 명성을 가지고 있었으며 맡는 사건마다 족족 승리를 이뤄 냈다.

에르퀼 푸아로는 생각에 잠긴 듯한 시선으로 그를 바라보았다.

"그렇게 생각하시는군요?"

포그는 고개를 끄덕였다.

"캐롤라인 크레일이 증인석에 앉아 있던 모습을 보셨어야 합니다. 험프리 루돌프 검사님께서(아시겠지만, 그분이 담당 검사셨습니다.) 그 여자를 아무 소리도 못하게 만드셨죠, 찍소리도요!"

그는 잠시 말을 멈추더니 뜻밖의 말을 했다.

"전반적으로 지나치게 수월한 재판이었습니다."

"무슨 말씀이신지 잘 이해를 못하겠습니다만?"

포그는 두드러진 눈썹을 살짝 찌푸렸다. 섬세한 손으로 윗입술을 두드리며 입을 열었다.

"어떻게 말씀을 드려야 할까요? 지극히 영국인다운 견해라. '앉아 있는 새 맞추기'라고나 할까요? 가장 적절한 표현 같습니다만, 이해하시겠습니까?"

"말씀대로 지극히 영국인다운 견해로군요. 하지만 이해는 합니다. 중앙 형사 법원에서나, 이튼의 운동장에서나, 시골 사냥터에서나, 영국인들은 희생자에게 도망칠 기회를 주는 걸 좋아하죠."

"바로 그겁니다. 하지만 그 사건의 경우 피고인은 기회를 얻지 못했습니다. 험프리 루돌프 검사님은 피고인을 완전히 거꾸로 매다셨죠. 먼저 디플리치의 피고인 심문부터 시작을 했습니다. 캐롤린 크레일은 마치 처음 파티에 참석한 어린 소녀처럼 순진하게 증인석에 서 있었죠. 디플리치의 질문에 미리 외워 둔 답변을 하면서 말입니다. 정말이지 아주 순진해 보였어요. 그리고 전혀 설득력은 없었고요! 그저 시키는 말만 하더군요. 그것이 디플리치의 잘못은 아니었습니다. 그 노련한 사기꾼은 자기 역할을 완벽히 해냈지만, 어떤 연극이든 두 명의 배우가 필요한 법이고 혼자서는 극을 완성할 수가 없으니까요. 헌데 피고인의 연기가 디플리치의 연기를 받쳐 주지 못했죠. 그게 배심원들에게 최악의 인상을 심어 준 겁니다. 그리고 검사님이 자리에서 일어났습니다. 그분을 보신 적이 있나요? 그분이 돌아가신 것은 법조계의 커다란 손실입니다. 가운을 휘날리며 날렵하게 돌아서서는……, 직격탄을 날리셨죠!

아까도 말씀드렸지만, 피고인을 찍소리도 못하게 만드셨습니다. 이리저리 이야기를 돌리고 함정을 만들어 매번 그녀를 궁지에 몰아넣었습니다. 피고인의 진술에 모순점이 있다는 것을 스스로 인정하게 만드셨고, 그러한 발언을 하게 만들었죠. 그렇게 피고인을 점점 더 깊은 수렁에 빠뜨린 겁니다. 그러고는 항상 그렇듯 아주 그럴 듯하고…… 매우 설득력 있는 발언으로 마무리를 지었고요.

'크레일 부인, 부인께서 자살을 하기 위해 코닌을 훔쳤다는 이야기는 거짓말에 불과합니다. 다른 여자 때문에 부인을 떠나려는 남

편에게 먹이려고 코닌을 훔쳤겠죠. 그리고 실제로 부인은 교묘한 방법으로 남편에게 코닌을 먹였습니다.'

그러자 너무나도 아름답고 우아하며 섬세한 크레일 부인은 그를 바라보며 이렇게 말했습니다. '오, 아니에요……. 아니에요, 저는 그러지 않았어요.' 정말이지 들어 본 중에 가장 시시하고 가장 설득력 없는 말이었습니다. 그리고 저는 디플리치가 자리에서 몸을 뒤척이는 걸 보았죠. 그도 다 끝장났다는 걸 알았던 겁니다."

포그는 잠시 말을 멈추었다가 다시 이었다.

"하지만…… 잘 모르겠습니다. 어쩌면 그게 가장 현명한 방법이었을지도 모르죠! 기사도를 자극했으니까요! 배심원들은……, 아니 법정에 있는 모든 사람들은 그녀가 아무런 기회도 얻지 못했다고 느꼈습니다. 그녀는 자신을 방어하기 위해 싸울 수도 없었다고 말입니다. 루돌프 검사님처럼 영리하고 거대한 인물을 상대로는 어떻게 해 볼 도리가 없었을 겁니다. 그저 가련하고 설득력 없이 '오, 아니에요……. 아니에요, 저는 그러지 않았어요.'라는 말을 하는 게 고작이었죠. 하지만 그런 태도가 동정심을 불러 일으켰습니다. 그럼요, 만약 그녀가 의도했던 게 그거라면 성공한 셈입니다!

어떤 면에서는 그게 그녀가 할 수 있는 최선의 방법이었을 겁니다. 배심원들은 고작 30분 동안 토의를 하고는 들어와서 '유죄이지만 자비롭게 선처를 바란다.'는 평결을 내렸으니까요.

게다가 크레일 부인은 이 사건에 연루된 또 다른 아가씨와 극명한 대조를 이뤘습니다. 그 아가씨 말입니다. 배심원들은 처음부터 그 아가씨에게 냉담한 반응을 보였습니다. 그녀는 재판 내내 눈 하나 깜빡 안 하고 태연했어요. 아주 아름다운 외모에 쌀쌀맞은 신세대 아가씨였습니다. 법정에서는 다들 그 아가씨를 가정 파괴범의 대표적인 인물로 생각했죠. 성적 욕망에만 사로잡혀 아내와 어머니의 권리를 무시하는 그런 아가씨들이 싸돌아다니면 가정을 안전하게 지킬 수가 없다는 식으로요. 게다가 그 아가씨는 아무것도 감추지 않고 솔직했죠. 놀라울 정도였습니다. 자신은 에이미어스 크레일과 사랑하는 사이였으며 그의 아내와 아이들에게서 그를 빼앗아 간 것에 대한 양심의 가책은 조금도 느끼지 않는다고 하더군요.

배짱이 두둑했다는 점에서는 그 아가씨를 존경합니다. 디플리치가 반대 심문을 하면서 비열한 소릴 했지만 그녀는 잘 받아 넘기더군요. 하지만 법정 안에 있던 사람들은 그 아가씨에게 냉담했습니다. 판사조차도 그 아가씨를 마땅찮아했죠. 그때 판사는 아비스였는데, 젊은 시절에는 사고 꽤나 치고 다녔지만 법복만 입으면 도덕심이 투철하게 변하는 사람입니다. 캐롤라인 크레일에 대한 약술이 꽤나 관대했더랬죠. 크레일 부인의 범행 사실을 부정하지는 않겠지만 배심원들의 동정심에 호소한다는 내용이었습니다."

"판사는 피고 측의 자살이라는 주장을 지지하지는 않았나요?"

에르퀼 푸아로의 질문에 포그는 고개를 저었다.

"그건 전혀 논리적이지 못한 주장이었습니다. 물론 디플리치가 최선을 다하지 않았다는 말은 아닙니다. 오히려 감탄이 나올 정도로 훌륭했죠. 고결하고 예술가적 기질을 지닌 한 남자가 어느 날 갑자기 사랑스러운 젊은 아가씨와 사랑에 빠져 양심에 커다란 가책을 느끼게 되었다는 이야기를 감동적으로 그려 냈어요. 그러다 그런 자신의 모습에 혐오감을 느끼고 아내와 아이들에게 죄책감을 느껴 순식간에 목숨을 끊어 버렸다는 겁니다! 명예롭게 죽음을 택했다는 거죠. 정말이지 아주 감동적인 연기였습니다. 디플리치의 절절한 목소리에 눈물이 다 나올 지경이었으니까요. 자신의 무모한 사랑과 양심 사이에서 갈등하다 파멸하고만 불쌍한 예술가가 눈앞에 선했습니다. 그 효과는 정말 대단했죠. 물론 디플리치의 연기가 끝나는 순간 마법도 깨져 버렸지만 말입니다. 다들 에이미어스 크레일에 대한 환상을 간직하기엔 그에 대해 너무 많은 걸 알고 있었던 겁니다. 크레일은 절대 그럴 만한 사람이 아니라는 것을요. 그리고 디플리치는 크레일이 자신의 주장과 같은 사람이라는 걸 입증하는 그 어떤 증거도 제시하지 못했고요. 오히려 크레일은 아주 기본적인 양심조차 없는 사람이었습니다. 무정하고 제멋대로인 데다 자기 생각만 하는 이기주의자였어요. 그에게 양심이란 게 있었다면 그건 그림에만 적용됐을 겁니다. 절대 조잡하고 형편없는 그림은 그리지 않았으니까요. 어떤 유혹이 있어도 말입니다. 하지만 그것만 제외하면 아주 혈기 왕성하고 인생을 마음껏 즐기는 그런 사람이었습니다. 열정적으로 인생을 살았죠. 그런데 자살이라고요? 다른 사람이라면 몰라도 그 사람만큼은 아닙니다!"

"피고 측 변론이 그리 현명하지 못했던 건가요?"

포그는 앙상한 어깨를 으쓱했다.

"달리 무슨 방도가 있었겠습니까? 그저 팔짱끼고 가만히 앉아서 검찰에게 증거를 대라고 할 수도 없는 노릇이지만 피고인의 유죄를 입증할 증거는 넘쳐 날 정도였으니까요. 크레일 부인은 독약을 가져갔고, 본인도 그 사실을 인정했습니다, 수단과 동기, 기회……. 모든 요소가 다 맞아 떨어졌죠."

"누군가 이러한 정황을 일부러 꾸며 놓았을 가능성도 있지 않습니까?"

포그는 퉁명스럽게 대꾸했다.

"크레일 부인은 대부분의 사실을 인정했습니다. 뭐, 지나치게 솔직했던 거죠. 지금 다른 누군가가 크레일을 죽이고 그 부인이 한 것처럼 꾸며 놓은 거 아니냐는 말씀이시죠?"

"말이 안 된다고 생각하십니까?"

포그는 천천히 입을 열었다.

"아무래도 그렇죠. 미지의 인물 X가 있을 거라는 말씀이신데, 그 인물을 어디서 찾을 수 있겠습니까?"

"용의자는 분명 한정되어 있습니다. 그 사건이 벌어질 당시 그 집에 있었던 사람들이 모두 다섯 명이라지요?"

"다섯 명이요? 어디 보자. 약초 연구에 몰두하던 나이 좀 먹은 얼간이가 하나 있었지요. 위험한 취미였지만 온화한 성품을 지닌 사람이었습니다. 얼빠진 사람처럼 맹했고요. 그 사람을 X라고 보긴 어렵습니다. 그리고 그 아가씨……, 그녀라면 캐롤라인을 죽였지 에이미어스를 죽이진 않았을 겁니다. 그 다음으로 크레일의 절친한 친구였던 주식 중개인이 있었죠. 그 사람이 X라는 건 추리 소설에나 있을 법한 얘기지 실제로는 아닐 겁니다. 그게 끝인 것 같은데……. 아, 맞아요. 크레일 부인의 어린 여동생도 있었는데 범행을 저질렀을 거라고 생각하긴 힘들어요. 그렇게 전부 네 명입니다."

"가정 교사를 빠뜨리셨군요."

"아, 그렇군요. 가정 교사란 정말 불쌍한 사람들이에요. 아무도 기억해 주지 않으니까. 잘은 아니지만 희미하게는 기억이 납니다. 평범한 중년 여자였지만 꽤 유능한 교사였죠. 심리학자라면 그녀가 크레일에게 삐뚤어진 연정을 품어서 그를 살해했다고 말할지도 모르겠군요. 억눌렸던 노처녀의 히스테리 때문에요! 하지만 그건 아닐 겁니다. 아니에요, 희미하긴 하지만 제가 기억하는 바로 그 여자는 신경질적인 타입이 아니었습니다."

"아주 오래전 일이죠."

"15년인가 16년인가 전입니다. 네, 그 정도 됐을 거예요. 그러니 그 사건에 대한 제 기억이 그다지 정확하진 않을 겁니다."

"천만의 말씀입니다. 놀라울 정도로 잘 기억하고 계셔서 정말 감탄했습니다. 마치 눈앞에 펼쳐진 광경을 묘사하시는 것 같던데요, 그렇죠?"

포그가 천천히 입을 열었다.

"네, 당신 말이 맞습니다. 아주 선명하게 제 눈앞에 당시의 광경이 보입니다."

"아주 흥미롭군요. 그 이유가 뭔지 말씀해 주시겠습니까?"

"이유요?"

포그는 곰곰이 질문의 의미를 생각해 보았다. 그의 깡마르고 지적인 얼굴에 흥미로운 기색이 떠올랐다.

"그렇군요. 이유가 뭘까요?"

"무엇이 그렇게 선명하게 보이십니까? 증인? 변호사? 판사? 피고석에 앉아 있던 피고?"

포그는 조용히 입을 열었다.

"바로 그겁니다! 제대로 짚으셨어요. 전 언제까지라도 그녀의 모습을 떠올릴 수가 있을 것 같습니다……. 이상한 일이죠, 낭만이라는 건. 그녀에겐 낭만적인 분위기가 풍겼습니다. 그녀가 정말 아름다웠는지 어쨌는지는 모르겠습니다. 그다지 젊지도 않았고, 피곤해 보이는 데다 눈 주위도 거뭇거뭇했죠. 하지만 마치 그녀가 세상의 중심인 것 같았습니다. 모든 관심, 모든 소란의 중심에 있었어요. 하지만 정작 그녀는 그곳에 없었습니다. 몸만 그곳에 남겨 둔 채 정신은 어디론가 아주 먼 곳으로 떠났죠. 입술에 살짝 예의 바른 미소만 띤 채 침묵을 지키고 듣기만 했습니다. 그녀는 마치 빛과 그림자처럼 자신만의 세계에 빠져 있었습니다. 그리고 그 때문인지 완벽한 몸매에 아름다운 얼굴, 생생한 젊음을 가진 그 아가씨보다도 더 생동감이 넘쳐 보였죠. 저는 배짱 두둑히 자신을 괴롭히는 사람과 당당히 맞서 싸우며 결코 기죽지 않았다는 점에서 엘사 그리어에게 감탄했습니다. 하지만 동시에 싸우지 않았다는 점에서, 빛과 그림자로 이루어진 자신만의 세계에 침잠했다는 점에서 캐롤라인 크레일에게도 감탄했습니다. 그녀는 싸우지 않았으므로 결코 패배하지도 않았죠."

그리고 포그는 잠시 말을 멈추었다.

"한 가지는 확실히 말씀드릴 수 있습니다. 캐롤라인 크레일은 자신이 죽인 그 남자를 사랑했습니다. 너무나 사랑한 나머지 그의 죽음과 함께 그녀의 반쪽도 죽어 버린 겁니다……."

포그 검사는 말을 멈추고는 안경을 벗어 닦았다.

"이런, 제가 너무 이상한 말을 한 것 같군요! 아시겠지만 그 당시에 저는 꽤 젊었습니다. 야심 넘치는 젊은이였죠. 그러니 당시의 일이 인상 깊었나 봅니다. 하지만 캐롤라인 크레일이 분명 아주 보기 드문 여성이었다는 것은 확실합니다. 절대 그녀를 잊을 수가 없을 거예요. 네, 절대 잊을 수 없을 겁니다……."

젊은 변호사

조지 메이휴는 신중하고 애매한 답변만을 늘어놓았다.

물론 그 사건에 대해서도 거의 기억하지 못했다. 그의 아버지가 그 사건을 맡았지만, 조지는 그 당시 겨우 열아홉 살이었다.

그랬다, 그 사건은 엄청난 반향을 일으켰었다. 크레일은 아주 유명한 사람이었으니까. 그 사람 그림이 걸작이었다. 아주 대단한 걸작. 두 점은 테이트 미술관에 전시되어 있었다. 뭐 별로 중요한 건 아니지만.

무슈 푸아로가 그에게 양해를 구했지만, 정작 그는 푸아로가 그 사건의 어떤 점에 관심을 가지고 있는지를 알아채지 못했다. 아, 그 딸! 정말인가? 캐나다? 그는 뉴질랜드라고 알고 있었다고 했다.

조지 메이휴는 처음보다는 긴장이 풀린 듯 좀 더 편한 태도를 보였다.

그건 어린 소녀에게는 충격적인 일이었다. 조지는 그녀에게 깊은 동정심을 느꼈다고 했다. 물론 그녀가 진실을 아예 몰랐더라면 더 좋았을 것이다. 하지만 이제 와서 이야기해 봐야 쓸모없는 짓이지 않나.

딸이 알고 싶어 한다고? 그렇다고 한들, 하지만 뭘 더 알고 싶다는 건가? 재판 보고서에 다 적혀 있는데. 그는 정말 그 사건에 대해 아무것도 아는 바가 없었다.

아니, 크레일 부인이 유죄라는 데는 의심의 여지가 없었다. 유죄를 입증하는 증거는 충분했다. 예술가들이란 같이 살기 힘든 사람들이지 않은가. 크레일은, 그도 충분히 이해하는 바이지만, 항상 여자들이 끊이질 않았다.

그리고 크레일 부인 또한 아마도 소유욕이 강한 여자였던 것 같다. 그러한 사실을 받아들일 수가 없었을 것이다. 요즘 같은 세상이라면 간단하게 이혼하고 말 일이었을 텐데.

그러고는 조심스럽게 덧붙였다.

"어디 보자……. 그러니까 레이디 디티셤이 사건에 연루되었던 그 아가씨죠."

푸아로는 그런 것 같다고 대꾸했다.

"가끔씩 신문에 등장하더군요. 여러 번 이혼 법정에 들락거린 모양입니다. 알고 계시겠지만 아주 부자예요. 디티셤 이전에는 어떤 탐험가와 결혼을 했었죠. 항상 세간의 이목을 끌어요. 아무래도 유명세 타는 걸 좋아하는 여자인 것 같습니다."

"아니면 영웅 숭배자이거나요."

조지 메이휴는 푸아로의 말에 당황한 표정으로 의아스럽다는 듯이 대꾸했다.

"어쩌면, 그럴 수도 있겠죠……. 네, 그럴 수도 있을 것 같군요."

그러고는 곰곰이 생각에 빠져 들었다.

푸아로가 입을 열었다.

"오랫동안 크레일 가의 일을 담당하셨나요?"

조지 메이휴는 고개를 저었다.

"그렇지 않습니다. 조너선 앤드 조너선 변호사 사무실이 크레일 가의 전속이었죠. 하지만 조너선 씨는 그런 상황에서는 크레일 부인을 위해 제대로 일하기가 어려울 거라고 생각하셔서, 저희 아버지에게 넘기셨던 겁니다. 조너선 씨를 직접 만나 보시는 것도 좋은 방법일 것 같군요. 물론 일흔이 넘은 나이로 은퇴하신 상태이긴 하지만, 크레일 가 사람들과 개인적인 친분이 있으시니 저보다 훨씬 많은 걸 알고 계실 겁니다. 사실 저는 더 이상 말씀드릴 수 있는 게 없습니다. 당시에는 어렸고 법정에도 참석한 적이 없으니까요."

푸아로가 자리에서 일어서자, 조지 메이휴도 자리에서 일어서며 이렇게 덧붙였다.

"제 서기인 에드먼즈와도 이야기를 나눠 보시죠. 당시에도 저희 법률 사무소에 근무했고 그 사건에 관심이 아주 많았답니다."

에드먼즈는 말이 느린 사람이었다. 법률 사무소에서 일하는 사람이라 그런지 눈빛에 경계심이 어려 있었다. 그는 이야기를 시작하기 전에 유심히 푸아로를 관찰했다.

"네, 크레일 사건이라면 기억이 납니다."

그러고는 엄중하게 덧붙였다.

"불명예스러운 사건이었죠."

그는 날카로운 눈매로 평가하듯 푸아로를 바라보며 다시 말했다.

"이제 와서 다시 들춰내기엔 너무 오래 전 일입니다."

"법정에서 판결이 내려졌다고 해서 항상 사건이 끝났다고는 할 수 없습니다."

에드먼즈는 네모난 머리를 천천히 끄덕였다.

"틀린 말씀은 아닙니다."

"크레일 부인에게 딸이 하나 있죠."

"네, 어린 아이가 하나 있었던 게 기억납니다. 외국에 있는 친척 집으로 보냈다죠?"

"그 딸은 자신의 어머니가 결백하다고 굳게 믿고 있습니다."

에드먼즈의 텁수룩한 눈썹이 치켜 올라갔다.

"그렇게 된 거군요. 그것 때문에 찾아오신 건가요?"

"혹시 그러한 믿음을 뒷받침해 줄 만한 증거가 있나요?"

에드먼즈는 곰곰이 생각하더니 천천히 고개를 저었다.

"솔직히 말씀드리자면 없습니다. 저는 크레일 부인을 존경했죠. 어떤 일을 저질렀든지 간에 그분은 진정한 숙녀셨어요! 그 난잡한 어린 여자 애랑은 전혀 달라요. 얼굴에 철판을 깐 것처럼 어찌나 뻔뻔스럽던지! 벼락부자 출신의 쓰레기라는 배경을 그대로 보여 주더군요! 반면 크레일 부인은 기품 있는 분이셨습니다."

"그럼에도 불구하고 살인자였다 이건가요?"

에드먼즈는 얼굴을 찌푸렸다. 그러고는 전보다 더 자연스럽게 말하기 시작했다.

"저도 스스로에게 그 질문을 수도 없이 던져 보곤 했습니다. 매일매일요. 너무나도 조용하고 우아하게 피고석에 앉아 있는 크레일 부인의 모습을 보면서 '난 절대 믿지 않을 거야.'라고 수도 없이 되뇌었죠. 하지만 푸아로 씨, 믿지 않을 수가 없었어요. 그 독약이 저절로 크레일 씨의 맥주에 들어간 건 아니지 않습니까. 누군가가 넣은 거죠. 그리고 크레일 부인이 넣은 게 아니라면 누가 그랬겠습니까?"

"그게 문제죠. 누가 그랬느냐?"

다시 한 번 에드먼즈는 예리한 눈길로 푸아로의 얼굴을 살펴보았다.

"그렇게 생각하십니까?"

"에드먼즈 씨의 생각은 어떻습니까?"

잠시 침묵이 흘렀고, 에드먼즈 씨가 입을 열었다.

"다른 누가 그랬을 거라는 증거는 없었습니다……, 전혀요."

"그 사건의 재판에 참석하셨죠?"

"매일요."

"증인들이 하는 말도 들으셨고요?"

"들었습니다."

"그중에서 뭔가……, 이상한 점을 발견하진 않으셨습니까?"

에드먼즈는 퉁명스럽게 대꾸했다.

"증인 중 한 명이 거짓말을 했을 거라 그런 말씀이십니까? 그중 한 명이 크레일 씨를 죽이기라도 했다는 건가요? 죄송합니다만 푸아로 씨, 그건 영화 속에나 나올 법한 이야깁니다."

"적어도 고려는 해 봐야지요."

푸아로는 열심히 설득을 했다.

푸아로는 에드먼즈의 날카로운 얼굴, 가늘게 뜨고 생각에 잠긴 눈을 유심히 지켜보았다. 에드먼즈는 서서히 안타깝다는 듯 고개를 저었다.

"그리어 양은 아주 냉혹했고 앙심을 품고 있었습니다! 그 여자가 증언대에 올라서 한 발언 중에는 도가 지나친 말들이 많았지만, 그래도 그 여잔 크레일 씨가 살아 있기를 바랐을 겁니다. 죽어 버린 크레일 씨는 그녀에게 아무런 쓸모도 없을 테니까요. 그녀는 크레일 부인이 교수대에 오르길 바랐습니다……. 그건 자신이 사랑하던 남자를 죽음으로 몰아넣었기 때문이었겠죠. 마치 먹이를 빼앗긴 암호랑이 같았어요! 하지만 좀 전에도 말했듯 그녀가 원한 건 살아 있는 크레일 씨였습니다. 그리고 필립 블레이크 씨 또한 크레일 부인의 반대편에 섰죠. 불공평하게도 말입니다. 부인에 대한 적의를 잔뜩 드러냈지만 그 사람의 입장에서는 솔직한 심정이었을 겁니다. 크레일 씨의 가장 절친한 친구였으니까요.

그분의 형인 메러디스 블레이크 씨는 형편없는 증인이었습니다.

말할 때마다 우물쭈물하고 머뭇거려 답변에 자신이 없어 보였죠. 물론 저는 그런 증인들을 수도 없이 많이 봐 왔습니다. 진실을 말할 때조차 거짓말을 하는 것처럼 보이죠. 메러디스 블레이크 씨는 어쩔 수 없이 대답해야 하는 것만 빼고 그 이상은 말하고 싶지 않았겠지만, 그럴 수는 없었습니다. 변호사가 집요하게 파고들었거든요. 게다가 이 조용한 신사는 다른 사람 말에 쉽게 휘둘리는 타입이었습니다. 반면 가정 교사의 경우는 꽤 의연하게 대처했습니다. 쓸데없는 말은 하지 않고 요점을 탁 짚어 적절하게 대답했죠. 증언만 들어서는 그 여자가 어느 편인지를 알 수 없을 정도였어요. 영리한 여자였지만 좀 무뚝뚝한 성격이었습니다."

그는 잠시 말을 멈추었다가 다시 이었다.

"분명 증언대에서 진술한 것보다 훨씬 더 많은 걸 알고 있었을 겁니다. 분명해요."

"제가 생각하기에도 그럴 것 같군요."

이렇게 대꾸한 푸아로는 알프레드 에드먼즈 씨의 갸름하고 주름진 얼굴을 유심히 바라보았다. 아무런 표정도 없는 평범한 인상이었다. 하지만 에르퀼 푸아로는 그가 중요한 암시를 준 게 아닌가 하는 생각이 들었다.

늙은 변호사

콜레브 조너선 씨는 에섹스 주에 살고 있었다. 몇 차례 정중한 편지가 오간 후, 마침내 저녁 식사와 잠자리를 제공하겠다는 왕족식의 초대장을 푸아로에게 보냈다. 이 노신사는 확실히 특이한 인물이었다. 젊은 조지 메이휴가 무미건조하고 평범했다면, 조너선 씨는 오래된 와인 같았다.

이야기를 시작하는 데에도 나름의 접근법을 가지고 있어, 자정이 다 되어 향긋한 브랜디 한 잔을 마시면서야 마침내 허심탄회하게 이야기를 시작했다. 마치 동양 사람처럼, 그는 아무런 연락도 없이 불쑥 찾아오는 무례를 피한 에르퀼 푸아로에게 감사를 표했다. 이제 적절한 시기가 됐다고 생각한 그는 크레일 가에 대한 이야기를 풀어 놓았다.

"저희 회사는 대대로 크레일 가와 깊은 인연을 맺었습니다. 저는 에이미어스 크레일을 비롯해 그의 부친인 리처드 크레일과 잘 알고 지내는 사이였고, 조부인 에녹 크레일도 기억합니다. 그들 모두가 사람보다도 말을 더 중요하게 생각하는 부류의 지방 유지들이었죠. 승마 경주와 여자를 좋아했고 감성과는 담을 쌓고 살았고요. 그들은 감성을 불신했습니다. 하지만 리처드 크레일의 부인은 달랐습니다. 이성보다는 감성으로 똘똘 뭉친 여자였으니까요. 시와 음악을 사랑했고, 하프도 연주했죠. 그녀는 자신이 병약하다는 사실을 즐겼고, 소파에 그림처럼 누워 있는 걸 좋아했습니다. 그녀는 소설가 킹슬리 에이미스의 추종자였죠. 그 때문에 아들의 이름을 에이미어스라고 지었습니다. 남편은 터무니없는 이름이라며 비웃었지만 결국 아내의 고집에 손을 들고 말았죠.

에이미어스 크레일은 부모의 다양한 특징을 골고루 이어받았습니다. 허약한 어머니에게서 예술가적 기질을 물려받았고, 아버지에게서는 추진력과 냉혹한 이기주의를 물려받은 겁니다. 크레일 가 사람들은 죄다 아집이 강했죠. 어떤 경우에도 자신의 견해만 고집했어요."

노신사는 섬세한 손가락으로 의자의 팔걸이를 톡톡 두드리며 푸아로에게 날카로운 눈빛을 보냈다.

"제가 맞는지는 모르겠습니다만, 무슈 푸아로. 제 생각에 당신은 그러니까……, 사람들의 성격에 관심이 있는 것 같은데, 맞습니까?"

"그건 제가 어떤 사건을 맡든지 가장 기본적으로 관심을 두는 부분이죠."

"무슨 뜻인지 알겠습니다. 언제나 그렇듯 범인의 속성을 파헤치는 것이군요. 아주 흥미로워요, 정말이지 흥미진진합니다. 물론 우리 회사에서는 한 번도 범죄 소송을 맡은 적이 없습니다. 그래서 기회가 온다고 해도 크레일 부인을 제대로 변호하기 힘들었을 겁니다. 그런 면에서 메이휴 변호사가 적임자였습니다. 그리고 메이휴 변호사는 디플리치에게 변호를 의뢰했고요. 물론 법정에서 뛰어난 기지를 발휘하진 못했을지 몰라도, 몸값이 비싼 변호사였고 그만큼 극적인 상황을 연출해 냈죠! 단지 흠이라면 캐롤라인이 그런 연출을 따라와 줄 여자가 절대 아니라는 걸 파악하지 못했다는 겁니다. 캐롤라인은 '극적인' 여자가 아니었으니까요."

"그렇다면 어떤 분이셨습니까? 제가 가장 알고 싶은 부분이 바로 그겁니다."

"네, 물론 그러시겠죠. 어쩌다 그녀가 그런 짓을 저질렀느냐, 그거야말로 가장 중요한 질문이겠죠. 저는 캐롤라인을 결혼하기 전부터 잘 알고 있었습니다. 결혼 전에는 성이 스폴딩이었죠. 감정의 기복이 심하고 불행한 아이였습니다. 아주 활기가 넘치기도 했고요. 그녀의 어머니가 일찍 남편을 여의어서 캐롤라인을 아주 애지중지 키웠습니다. 그러다 재혼을 하고 동생을 낳았어요. 그래요……, 아주 슬프고 고통스러웠을 겁니다. 사춘기 시절의 어리고 열정적이며 질투심 많은 아이들에게는 말이죠."

"질투심이 많았나요?"

"격렬할 정도로 질투심이 많았죠. 그 때문에 아주 유감스러운 사건이 하나 벌어지기도 했답니다. 불쌍한 것, 그 사건 이후로 심한 자책에 빠졌어요. 하지만 무슈 푸아로, 잘 아시겠지만 그런 일들은 흔히 벌어지곤 합니다. 누구나 자신의 행동을 멈출 수 없을 때가 있지 않습니까. 그러면서 성숙하는 법이지요."

"무슨 일이 벌어졌던 거죠?"

"캐롤라인이 그 아기……, 그러니까 어린 동생에게 문진(文鎭)을 집어 던졌습니다. 그 때문에 아이는 한쪽 시력을 잃고 추한 몰골이 되고 말았죠."

조너선 씨는 한숨을 쉬며 다시 입을 열었다.

"이 일이 재판에 어떤 영향을 미쳤을지는 쉽게 짐작하실 수 있을 겁니다."

그는 다시 고개를 저으며 말했다.

"캐롤라인 크레일이 자신의 화를 주체하지 못하는 그런 여자라는 인상을 심어 주고 말았죠. 하지만 그건 사실이 아닙니다. 네, 절대 사실이 아니에요."

그는 잠시 말을 멈추었다가 다시 시작했다.

"캐롤라인은 결혼 전 앨더베리에 자주 놀러 오곤 했어요. 말도 잘 타고 아주 열정적인 아가씨였죠. 그러다 리처드 크레일의 마음에 들게 된 겁니다. 캐롤라인은 크레일 부인, 그러니까 리처드 크레일의 부인도 자주 방문해서 아주 싹싹하고 상냥하게 굴었습니다. 크레일 부인도 캐롤라인을 마음에 들어 했고요. 캐롤라인은 집에서는 행복하지 않았지만, 앨더베리에서는 행복했습니다. 에이미어스의 여동생인 다이애나 크레일과도 친해졌죠.

근처에 살고 있던 필립 블레이크와 메러디스 블레이크 형제도 앨더베리에 자주 놀러 왔습니다. 필립은 그 시절에도 비열하고 돈만 밝히는 놈이었어요. 저는 옛날부터 그 애가 영 마음에 들지 않았지만 말솜씨만큼은 좋았고, 신뢰할 수 있는 친구라는 평판도 얻고 있었죠. 메러디스는 제 나이 또래 사람들의 표현을 빌리자면 남자답지 못한 얼간이였고요. 식물과 나비를 좋아했고 항상 새와 동물들을 관찰하곤 했습니다. 요즘에는 그걸 자연 학습이라고 부르죠. 안타깝게도……, 그 젊은이들은 죄다 부모들의 기대에 미치지 못했던 겁니다. 하나같이 사냥, 총 쏘기, 낚시 같은 전형적인 시골 생활에는 어울리지 않았어요. 메러디스는 새와 동물을 쏘고 사냥하기보다는 그저 지켜보는 걸 좋아했고, 필립은 확실히 시골보다는 도시를 선호해서 돈벌이가 되는 사업을 벌였고요, 다이애나는 신사적이지 못한 놈과 결혼을 했어요. 전쟁에서 임시 장교를 했던 사람이라고 하더군요. 그리고 강인하고 잘생긴 데다 남자다운 에이미어스마저 세상에 그 많고많은 직업 중에서 화가를 택해 재능을 꽃피우고 말이죠. 그냥 제 생각이지만 리처드 크레일은 그 충격으로 죽은 게 아닌가 싶어요.

오래지 않아 에이미어스는 캐롤라인 스폴딩과 결혼을 했습니다. 항상 싸움과 말다툼이 끊이지 않았지만, 그건 다 사랑 싸움이었어요. 서로에게 아주 푹 빠져 있었죠. 그렇게 계속 서로를 아꼈어요. 하지만 에이미어스도 결국엔 다른 크레일 가 남자들과 다를 바 없는 냉혹한 이기주의자였습니다. 캐롤라인을 사랑했지만 한 번도 그녀를 배려하지 않았어요. 그저 자기 기분 내키는 대로 행동했죠. 제가 보기에는 다른 누구보다도 캐롤라인을 사랑했지만, 그래도 예술이 우선이었습니다. 항상 예술이 먼저였고 한 번도 그 자리를 여자에게 내준 적이 없어요. 예술적인 자극을 얻느라 수많은 여자들과 바람을 피웠지만, 더 이상 별 볼일 없다 싶으면 가차 없이 버렸습니다. 크레일은 감성적인 남자도 로맨틱한 남자도, 그렇다고 철저한 호색가도 아니었지요. 그 사람이 유일하게 신경을 쓰는 여자는 자신의 아내뿐이었습니다. 아내가 자신을 위해 많은 걸 참고 견딘다는 사실을 알고 있었으니까요. 아시다시피 크레일은 아주 유명한 화가였고 캐롤라인 또한 그 사실을 존중해 주었죠. 크레일은 수없이 바람을 피웠지만 다시 부인에게 돌아갔습니다. 바람을 정당화할 그림과 함께 말이죠.

엘사 그리어만 만나지 않았더라면 계속 그런 식이었을 겁니다. 엘사 그리어는……."

조너선 씨는 고개를 저었다.

"엘사 그리어는 어떤 여자였습니까?"

푸아로의 물음에 조너선 씨는 뜬금없는 말을 내뱉었다.

"불쌍한 아이예요, 불쌍한 아이."

"엘사 그리어에 대해서 그렇게 생각하시는 겁니까?"

"어쩌면 제가 늙어서일지도 모릅니다, 무슈 푸아로. 하지만 젊음이라는 무방비함에는 제 마음을 찡하게 하는 무언가가 있어요…….

젊음이란 너무나도 상처 입기 쉬운 것이죠. 너무나도 무자비하고 너무나도 자신감에 차 있어요. 아주 관대한 동시에 너무 많은 것을 요구하기도 합니다."

자리에서 일어난 조너선 씨는 책장으로 가, 책 한 권을 꺼내 펼치더니 큰 소리로 한 구절을 읽었다.

당신의 애정이 진정이고 결혼할 생각이시라면
내일 사람을 보내겠으니 언제 어디서 결혼식을 올릴 것인지 알려주세요.
그러면 운명을 송두리째 당신 발밑에 내던지고
당신을 남편으로 삼아 이 세상 어느 곳이라도 따라가겠어요.

"줄리엣은 사랑을 젊음과 동일시하고 있어요. 조심성도 없고 망설임도, 여자다운 정숙함도 없지요. 사랑은 용기이고 집념이며 무자비한 젊음의 혈기예요. 셰익스피어는 젊음이 무엇인지 잘 알았던 겁니다. 줄리엣은 로미오를 선택하고, 데스데모나는 오셀로를 사로잡습니다. 이 젊은이들에게는 의심도 두려움도 자존심도 없었던 겁니다."

생각에 잠겨 있던 푸아로가 입을 열었다.

"그렇다면 엘사 그리어가 줄리엣과 같다고 생각하십니까?"

"그래요. 그녀는 막대한 재산으로 인해 응석받이가 되어 버렸죠. 젊고 사랑스러운 데다 부자였으니까요. 자신의 짝을 찾아내어 그를 사로잡은 겁니다. 젊은 로미오가 아닌 유부남에 중년인 화가를 말이죠. 엘사 그리어에게는 자신의 행동을 제재할 도덕적인 관념이 결여되어 있었습니다. 그 대신 그녀는 '원하는 걸 가져, 인생은 한 번뿐이잖아!'라는 생각에 빠져 있었어요."

그는 한숨을 쉬며 의자에 기대어 앉아, 다시 한 번 의자의 팔걸이를 손가락으로 천천히 두드렸다.

"그야말로 탐욕스러운 줄리엣이었습니다. 젊고 냉혹하지만 끔찍할 정도로 무모했죠! 대담하게도 자신의 모든 것을 단 한 번의 주사위에 걸었으니까요. 그녀가 이긴 듯했지만 마지막 순간 죽음이 끼어들어……, 활기차고 열정적이며 행복했던 엘사도 함께 데려가 버렸습니다. 복수심에 가득 찬, 냉혹하고 앙칼진 여자만이 남아 자신의 행복을 앗아 가 버린 여자에 대한 증오로 불타올랐죠."

조너선 씨는 잠에서 퍼뜩 깨어나기라도 한 듯 달라진 목소리로 말을 이었다.

"이런, 이런. 제가 너무 감상에 빠져 있었군요. 그녀는 세상 물정 모르는 철없는 젊은 아가씨였습니다. 그리 흥미로운 성격은 아닌 것 같습니다. 장밋빛 같은 젊음, 열정, 창백한 얼굴…… 이런 것들을 제외하면 뭐가 남을까요? 자신의 빈 옆자리를 채워 줄 또 다른 영웅을 찾아 헤매는 평범한 아가씨일 뿐이죠."

"만약 에이미어스 크레일이 유명한 화가가 아니었다면……."

푸아로의 말을 조너선 씨가 재빨리 받아쳤다.

"물론입니다……, 물론이죠. 정확히 짚으셨군요. 엘사는 영웅을 바라죠. 그녀에게 있어 남자란 대단한 일을 해낸 사람, 특별한 사람이라야 합니다. 반면 캐롤라인 크레일이라면 은행 직원이나 보험사 직원에게서도 남다른 특성을 발견했을 겁니다! 캐롤라인은 에이미어스 크레일이라는 남자를 사랑한 것이지, 화가로서의 에이미어스 크레일을 사랑한 것이 아닙니다. 캐롤라인 크레일은 엘사 그리어처럼 철없는 아가씨가 아니니까요."

그러고는 마지막으로 이렇게 덧붙였다.

"하지만 엘사는 젊고 아름다웠으며, 제게는 아주 애처롭게 느껴졌습니다."

그날 밤, 에르퀼 푸아로는 침대에 누워 생각에 잠겼다. 이번 사건에 연루된 사람들의 모습을 하나하나 떠올리며…….

서기인 에드먼즈에게 엘사 그리어는 바람난 소녀일 뿐 그 이상도 이하도 아니었다.

조너선 씨에게 그녀는 영원한 줄리엣이었다.

그리고 캐롤라인 크레일은 또 어떠한가.

모든 사람들이 그녀를 다른 시각으로 바라보았다. 몬태규 디플리치는 그녀가 패배주의자에 겁쟁이라며 경멸했다. 젊은 포그에게 그녀는 로맨스를 대표하는 상징이었고, 에드먼즈에게는 정숙한 '숙녀'일 뿐이었다. 반면 조너선 씨는 그녀가 격렬하고 열정적이라고 했다.

그렇다면 에르퀼 푸아로는 캐롤라인을 어떻게 생각하는 것일까?

그 질문에 대한 대답은 탐문 조사의 성과에 달려 있다고 에르퀼 푸아로는 생각했다.

지금까지 만난 사람 중, 캐롤라인 크레일을 어떤 사람이라고 생각하든 간에 그녀가 살인범이라는 데 의문을 품은 사람은 단 한 명도 없었다.

경찰 총경

전(前) 경찰 총경인 헤일은 깊은 생각에 잠긴 채 담배 파이프를 빨았다.

"엉뚱한 생각을 하시는군요, 무슈 푸아로."

푸아로는 조심스럽게 대꾸했다.

"그럴 지도 모릅니다. 좀 별난 경우긴 하죠."

"아시다시피, 그건 아주 오래 전 일입니다."

경찰 총경이 그런 말을 꺼낼 거라 미리 예상하고 있었던 푸아로는 부드럽게 말을 건넸다.

"물론 그 점 때문에 더 어려우실 거라는 점은 이해합니다."

"과거의 일을 다시 끄집어낸다는 것은, 뭔가 목적이 있다면 몰라도 이제 와서……."

"목적이 있습니다."

"그게 뭡니까?"

"그저 진실을 추구한다는 것 자체에서 만족감을 느낄 수도 있지요. 제가 그렇습니다. 그리고 젊은 숙녀 분도 잊으시면 안 되고요."

헤일은 고개를 끄덕였다.

"네, 그 숙녀 분의 입장도 이해는 합니다. 하지만……, 실례되는 말씀입니다만 무슈 푸아로, 당신은 영리한 사람이 아닙니까. 대충 둘러댈 수도 있을 텐데요."

"그 숙녀 분을 몰라서 하시는 말씀입니다."

"아, 이런……. 당신처럼 노련한 사람이 말입니까!"

푸아로의 얼굴이 굳어졌다.

"어쩌면 제가, 몽 쉐르(친구여), 예술적이고 능숙한 거짓말쟁이가 될 수도 있겠죠, 총경님께서는 그렇게 생각하시는 것 같습니다만. 하지만 저도 윤리관을 가진 사람이고, 제 나름의 기준도 있습니다."

"이거 죄송합니다. 감정을 상하게 하려던 건 아닙니다. 그저 좋은 뜻으로 말씀드린 것뿐입니다."

"아, 그런가요? 정말로요?"

헤일이 천천히 입을 열었다.

"아무것도 모르는 행복한 아가씨가 결혼을 목전에 두고 자신의 어머니가 살인자였다는 걸 알게 된다는 것은 정말 괴로운 일일 겁니다. 만약 저라면 사건의 전말은 자살이었다고 말해 주겠어요. 디플리치가 사건을 제대로 변호하지 못했다고, 크레일이 스스로 독약을 먹었던 게 확실하다고 말해 줄 겁니다!"

"하지만 저는 여전히 의문이 풀리지 않습니다! 단 한순간도 크레일이 자살했다고 믿을 수가 없어요. 혹시 총경님께서는 그게 논리적으로 가능하다고 생각하십니까?"

헤일은 천천히 고개를 저었다.

"그렇죠? 제게 필요한 것은 그럴 듯한, 아주 그럴싸한 거짓말이 아니라 진실입니다."

헤일은 고개를 들어 푸아로를 바라보았다. 그의 각지고 다소 불그레한 얼굴은 더 붉어졌으며 전보다 더 각이 져 보이기까지 했다.

"진실이라고 말씀하셨죠? 솔직히 말씀드려 우리는 당시에 크레일 사건의 진상을 파악했다고 생각했습니다."

푸아로가 재빨리 끼어들었다.

"총경님의 그 말씀은 아주 깊은 뜻이 있는 것 같군요. 저는 총경님이 어떤 분이신지, 얼마나 정직하고 유능한 분이신지 잘 알고 있습니다. 그렇다면 어떤 경우에도 크레일 부인의 유죄를 의심해 본 적이 결코 없으십니까?"

즉각적인 대답이 튀어 나왔다.

"전혀 없습니다, 무슈 푸아로. 모든 정황이 그녀가 범인이라는 것을 가리켰고, 저희가 찾아낸 모든 증거들이 그 점을 뒷받침해 주었으니까요."

"어떤 증거들이 있었는지 말씀해 주시겠습니까?"

"그러죠. 당신의 편지를 받고 그 사건 기록을 찾아 봤습니다."

그는 작은 수첩을 집어 올리며 말했다.

"여기에 눈에 띄는 증거들은 모두 적어 두었습니다."

"고맙습니다. 어서 들어보고 싶군요."

헤일은 목을 가다듬었다. 그의 목소리에서는 관료적인 억양이 살짝 배어 나왔다.

"9월 18일 오후 2시에 콘웨이 경감이 앤드루 포셋 박사의 전화를 받았습니다. 포셋 박사는 앨더베리의 에이미어스 크레일 씨가 갑작스레 사망했으며, 당시의 정황과 당시 손님으로 그 집에 머물고 있던 블레이크 씨의 증언으로 보아 경찰에 신고해야겠다는 생각이 들었다고 했습니다.

콘웨이 경감은 경사 및 경찰의를 대동하고 그 즉시 앨더베리로 갔습니다. 포셋 박사가 나와서 아무도 손대지 않은 크레일 씨의 시신이 있는 곳으로 안내했죠.

크레일 씨는 담장으로 둘러싸인 작은 정원에서 그림을 그리고 있었습니다. 그 정원에서는 바다가 내려다보이는 데다 작은 모형 대포가 있어 배터리* 가든으로 불렸습니다. 크레일 씨는 돌 위에 부서지는 특정한 빛의 효과를 포착하기 위해 점심을 먹으러 올라가지 않는데, 때를 놓치면 그런 효과를 볼 수가 없었기 때문이죠. 따라서 크레일 씨만이 혼자 배터리 가든에 남아 그림을 그리고 있었습니다. 주위 사람들의 증언으로는 특별한 일이 아니라고 하더군요. 크레일 씨는 식사를 제때 챙겨먹는 일이 드물다고요. 때로는 주

---

*포대라는 뜻이 있음.

방에서 샌드위치를 내가곤 했지만, 아무도 들어오지 않는 걸 더 좋아했답니다. 마지막으로 그가 살아 있는 모습을 본 사람은 엘사 그리어 양(그 집에 머물고 있었습니다.)과 메러디스 블레이크(가까운 이웃이었죠.)였습니다. 그리고 이 두 사람은 함께 식당으로 올라가 다른 사람들과 점심 식사를 했습니다. 식사를 마치고서 다 함께 테라스에 나가 커피를 마셨습니다. 크레일 부인은 커피를 마시고 난 뒤 '내려가서 에이미어스가 어떻게 하고 있는지 보겠다.'고 했답니다. 가정 교사인 세실리아 윌리엄스 양도 일어나 함께 나갔습니다. 자신의 학생인 크레일 부인의 여동생, 즉 안젤라 워런이 스웨터를 실수로 해변에 두고 왔을지도 모른다고 생각해 그걸 찾으러 갔던 겁니다.

둘은 함께 내려갔죠. 아래층으로 향하는 길이 숲을 지나 쭉 이어지고 배터리 가든으로 향하는 문이 나옵니다. 거기서는 배터리 가든으로 들어가거나 해변으로 이어지는 길을 쭉 따라가거나 둘 중의 하나죠.

윌리엄스 양은 그 길을 따라 쭉 내려갔고 크레일 부인은 배터리 가든으로 들어갔습니다. 하지만 문을 열자마자 크레일 부인이 소리를 질렀고 그 소리에 윌리엄스 양이 서둘러 돌아왔습니다. 크레일 씨가 의자에 앉은 채로 죽어 있었던 겁니다.

크레일 부인이 다급하게 의사에게 전화를 걸어 달라고 요청하여 윌리엄스 양은 배터리 가든을 나가 집으로 올라갔습니다. 하지만 가는 길에 메러디스 블레이크 씨를 만나서 그에게 전화를 부탁하게 되죠. 크레일 부인 옆에 있어 줘야 할 것 같다는 생각이 들어서였습니다. 그녀는 다시 배터리 가든으로 돌아왔습니다. 포셋 박사가 현장에 도착한 것이 그로부터 15분 후였지요. 그는 크레일 씨를 보자마자 사망한지 좀 지났다는 것을 알아차리고, 사망 시간을 1시에서 2시 사이로 추정했습니다. 현장에는 사망의 원인을 나타내 주는 것이 아무것도 없었습니다. 아무런 상처도 없었고, 크레일 씨의 자세 또한 아주 자연스러워 보였죠. 하지만 크레일 씨의 건강 상태를 누구보다 잘 알고 있었던 포셋 박사는 아무런 병이 없었다는 점을 미루어 보아 뭔가 미심쩍다고 생각했습니다. 그리고 바로 그때 필립 블레이크 씨가 중요한 증언을 한 겁니다."

헤일은 잠시 말을 멈추고는 깊이 숨을 들이쉰 다음 2장으로 넘어갔다.

"그리고 블레이크 씨는 콘웨이 경감에게도 그 증언을 했습니다. 이런 이야기였죠. 그날 아침, 형인 메러디스 블레이크 씨로부터 전화를 받았답니다.(메러디스 씨는 2.5킬로미터 떨어진 핸드크로스 매너에 살고 있었죠.) 그는 아마추어 약제사였어요. 어쩌면 약초학자라는 말이 가장 적절하겠군요. 그날 아침 실험실에 들어갔는데, 전날만 해도 헴록 성분의 약으로 가득 차 있던 병이 거의 비어 있는 걸 보고 놀랐답니다. 불안하고 걱정스러운 마음에 동생에게 전화를 걸어 어떻게 했으면 좋겠냐고 물어보았죠. 필립 블레이크 씨는 형에게 즉시 앨더베리로 와서 그 문제에 대해 의논해 보자고 했답니다. 하지만 어떻게 해야 할지 아무런 결정을 내리지 못했고, 점심 식사를 한 후에 다시 의논해 보기로 한 채 접어 두었답니다.

좀 더 자세한 탐문 조사를 벌인 끝에 콘웨이 경감은 다음과 같은 사실을 확인했습니다. 사건이 일어나기 전날 오후, 다섯 명의 사람들이 앨더베리에서 핸드크로스 매너로 걸어갔습니다. 그 다섯 명이란 크레일 부부와 안젤라 워런 양, 엘사 그리어 양, 그리고 필립 블레이크 씨였습니다. 이들이 핸드크로스 매너에 머무는 동안 메러디스 블레이크 씨는 자신의 취미에 대해 장황하게 설명을 하며 일행을 자신의 작은 실험실로 데려가 구경을 시켜 줬습니다. 그러면서 특정한 약물들, 그중에서도 헴록으로 만든 코닌의 효능에 대해 언급했습니다. 그 약의 성질에 대해 설명하고 그 약이 지금은 약전에도 실리지 않는다는 사실을 개탄하며, 적은 양으로도 기침과 천식에 뛰어난 효과를 볼 수 있다고 자랑했습니다. 또한 손님들에게 그 약의 치명적인 성질에 대해 이야기하고, 실제로 한 그리스 작가가 그 효능에 대해 묘사한 구절을 읽어 주기도 했습니다."

헤일 총경은 잠시 말을 멈추고는 파이프에 담배를 채워 넣고서, 다음 장으로 넘어갔다.

"경찰 서장인 프레어 대령님께서 그 사건을 제게 넘기셨죠. 부검 결과는 자명했습니다. 코닌은 신체에 뚜렷한 흔적을 남기지는 않지만, 의사들은 많은 양의 약물을 발견해 냈습니다. 의사의 소견은 사망하기 두세 시간 전에 독약을 마신 것이라더군요. 크레일 씨의 앞에 있던 테이블 위에는 빈 잔과 빈 맥주병이 놓여 있었죠. 따라서 둘 다 독극물 검사를 해 봤습니다. 맥주병에서는 코닌이 검출되지

않았지만 잔에서는 검출이 되었습니다. 그리고 제가 탐문 조사를
해 본 결과 대개 맥주와 잔은 크레일 씨가 그림을 그리다 목이 마를
경우를 대비해 배터리 가든에 있는 작은 오두막 안에 보관해 두며,
그날 아침은 크레일 부인이 직접 시원한 맥주를 가지고 내려갔다는
걸 알았습니다. 크레일 부인이 맥주를 들고 내려갔을 때, 크레일 씨
는 그림을 그리느라 정신이 없었고 그리어 양은 난간에 앉아 그를
위해 포즈를 취하고 있었습니다.

크레일 부인은 맥주병을 따서 잔에 붓고는, 이젤 앞에 서 있던 남
편에게 그 잔을 건넸습니다. 그는 평소 습관대로 단숨에 쭉 들이켰
고요. 그러고는 인상을 찌푸리고 잔을 테이블 위에 올려놓으며 '오
늘은 먹는 것마다 맛이 왜 이렇게 고약해!'라고 했고, 그리어 양은
웃으며 '당신 입맛이 까다로운 거예요!'라고 말했답니다. 그리고 크
레일 씨는 '어쨌든 시원하긴 하군.'이라고 대꾸했답니다."

헤일이 말을 멈추자 이번에는 푸아로가 입을 열었다.

"그게 언제 일어난 일이죠?"

"11시 15분경이었습니다. 크레일 씨는 계속해서 그림을 그렸답니
다. 그리어 양의 말에 따르면 크레일 씨가 나중에 팔다리가 뻣뻣하
다며 관절염인 것 같다고 투덜거렸답니다. 하지만 그는 자신이 어
떤 질병이든 걸렸다는 걸 인정하기 싫어하는 타입이었기 때문에,
분명 자신의 몸이 좋지 않은 것도 인정하려 들지 않았을 겁니다. 다
들 점심 먹으러 올라가는 데 자기 혼자 남겠다고 고집한 것도 그런
성격 때문이었겠죠."

푸아로가 고개를 끄덕이자 헤일은 계속했다.

"그래서 크레일은 혼자 배터리 가든에 남았습니다. 그렇게 시간이 점차 지나면서 몸이 나른해져 의자 위로 주저앉았을 겁니다. 그리고 근육이 마비됐겠죠. 아무런 도움도 받지 못한 채 혼자서 죽어간 겁니다."

다시 푸아로는 고개를 끄덕였다.

헤일이 말했다.

"저는 의례적인 절차를 밟아 사건을 수사했습니다. 사건의 전말을 알아내는 것은 그다지 어려운 일이 아니었습니다. 사건이 일어나기 전날 크레일 부인과 그리어 양이 말다툼을 벌였죠. 그리어 양이 아주 무례하게 자기가 이곳에 살면 가구를 이렇게 저렇게 바꿀 거라고 떠들어 댔답니다. 그러자 크레일 부인이 끼어들었죠. '그게 무슨 소리에요? 당신이 이곳에 살다니.' 그리어 양이 이렇게 대꾸했답니다. '캐롤라인, 모르는 척 내숭떨지 말아요. 현실을 직시하라고요. 에이미어스와 내가 서로 사랑하고 있고 결혼할 거라는 사실을 잘 알고 있잖아요?' 크레일 부인이 '난 그런 말 들은 적 없어요.'라고 하자 그리어 양이 '뭐, 이젠 들었잖아요.'라고 하더랍니다. 그 순간 방 안으로 들어온 남편에게 크레일 부인이 물었답니다. '그게 사실이야, 에이미어스? 엘사와 결혼한다는 게?'"

푸아로는 흥미진진한 표정으로 물었다.

"그래서 크레일 씨는 뭐라고 했답니까?"

"듣자 하니 그는 그리어 양을 향해 돌아서서 소리를 질렀답니다.

'그런 쓸데없는 소릴 왜 해? 입조심 좀 할 수 없어?'

그러자 그리어 양이 이렇게 대꾸했죠.

'캐롤라인도 진실을 알아야 한다고 생각해요.' 그리고 크레일 부인이 남편에게 물었답니다. '그게 사실이야, 에이미어스?'

크레일 씨는 부인을 제대로 쳐다보지 못하고 얼굴을 돌린 채 뭔가를 중얼거렸지요.

그러자 크레일 부인이 이렇게 말했답니다. '크게 말해. 나도 알아야겠어.' 그 말에 크레일 씨가 인정했다죠.

'아, 그래. 사실이야……. 하지만 지금 그 얘긴 하고 싶지 않아.'

그렇게 크레일 씨가 방문을 박차고 나가자 그리어 양이 말했답니다.

'봤죠?' 그러고는 크레일 부인에게 괜히 심술 부려봐야 소용없을 거라며, 다들 이성적인 사람답게 행동해야 한다고 말했답니다. 그리고 자신은 캐롤라인과 에이미어스가 좋은 친구로 남길 바란다는 말도요."

"그래서 크레일 부인은 뭐라고 했답니까?"

푸아로가 궁금한 듯 물었다.

"목격자의 말에 따르면 웃음을 터뜨렸답니다. 그러고는 '내가 죽고 난 다음에나 가능할 거예요, 엘사.'라고 덧붙였대요. 크레일 부인이 나가려 하자 뒤에서 그리어 양이 불러 세우며 물었죠. '그게 무슨 뜻이에요?' 그러자 크레일 부인이 뒤를 돌아보며 이렇게 말했답니다. '당신에게 넘겨주느니 차라리 에이미어스를 죽여 버리겠어요.'"

헤일은 말을 멈추었다.

"아주 불리한 정황이죠……, 그렇죠?"

"그렇군요."

푸아로는 곰곰이 생각에 잠겼다.

"그걸 누가 들은 거죠?"

"윌리엄스 양이 그 방에 함께 있었고 필립 블레이크도 들었다는데, 정말 난감했을 겁니다."

"그 정황에 대한 두 사람의 설명이 일치했습니까?"

"거의 비슷했습니다. 두 증인의 기억이 정확히 일치할 수는 없는 법이죠. 무슈 푸아로도 저만큼이나 잘 아시지 않습니까."

푸아로는 고개를 끄덕였다. 그러고는 생각에 잠긴 채 다시 입을 열었다.

"네, 정말 흥미롭겠군요. 만약……."

푸아로가 중간에 말을 멈추자 헤일이 계속했다.

"저는 집 안을 조사했습니다. 크레일 부인 침실의 서랍장을 뒤졌죠. 겨울용 스타킹 몇 개와 재스민 향이라고 쓰인 작은 병이 하나 나왔습니다. 비어 있었죠. 그 병에서 지문을 채취해 봤지만, 모두 크레일 부인의 지문뿐이었습니다. 분석해 본 결과 그 병 안에서는 희미한 향의 재스민 오일 약간과 강한 코닌 용액이 검출되었습니다.

저는 그 사실을 크레일 부인에게 알리며 그 병을 보여 주었습니다. 그러자 선뜻 대답을 하더군요. 마음이 아주 불안정한 상태에서 메러디스 블레이크 씨의 약물 설명을 듣고선, 몰래 실험실로 다시 들어가 가방에 들어 있던 재스민 향수병을 비우고는 코닌 용액으로 채웠다고 했습니다. 제가 왜 그런 짓을 했냐고 묻자 이렇게 대답했습니다. '필요 이상의 말을 하고 싶지는 않지만, 그때 당시 저는 꽤 큰 충격을 받은 상태였어요. 제 남편이 다른 여자 때문에 절 떠난다고 했으니까요. 그런 일이 일어난다면 더 이상 살 수가 없을 것 같았어요. 그래서 그 약을 가져온 거예요.'"

헤일이 말을 멈추었다.

"그래도 꽤 일리 있는 말이군요."

푸아로가 말했다.

"그럴지도 모릅니다, 무슈 푸아로. 하지만 두 증인이 들은 정황을 보면 그렇지가 않거든요. 다음 날 아침에 또 다른 사건이 있었습니다. 서재에서 크레일 씨 부부가 다투는 소리를 필립 블레이크 씨와 그리어 양이 우연히 듣게 되었죠. 블레이크 씨는 홀에 있다가 한두 마디를 들었고, 그리어 양은 열려 있던 서재 창가에 앉아 있다가 꽤 많은 이야기를 들었답니다."

"무슨 얘기를 들었다고 하던니까?"

"블레이크 씨는 크레일 부인이 이렇게 말하는 걸 들었답니다. '당신과 당신의 그 여자들! 정말이지 당신을 죽여 버리고 싶어. 언젠간 죽여 버리고 말 거야.'"

"자살에 대한 이야기는 전혀 없었고요?"

"그렇습니다. 그런 얘기는 전혀 없었죠. '만약 당신이 그런다면 죽어 버리고 말 거야.'라는 식은 전혀 아니었답니다. 그리어 양의 진술도 비슷했고요. 그리어 양의 말에 따르면 크레일 씨가 이렇게 말했답니다. '캐롤라인, 제발 이성적으로 생각해. 나는 당신을 좋아하고 당신과 아이가 항상 행복했으면 좋겠어. 하지만 난 엘사와 결혼할 거야. 우린 언제든 서로를 자유롭게 보내 주기로 약속했잖아.' 그러자 크레일 부인은 이렇게 대답했다지요. '좋아, 하지만 내 경고는 잊지 말아요.' 크레일이 무슨 뜻이냐고 묻자 부인의 말은 이랬습니다. '나는 당신을 사랑하고 당신을 잃지 않을 거라는 뜻이야. 당신을 그 여자한테 보내느니 차라리 당신을 죽여 버리겠어.'"

푸아로는 어깨를 으쓱하며 중얼거렸다.

"아무래도 그리어 양이 괜한 소란을 일으킨 것 같다는 생각이 드는군요. 크레일 부인이 쉽게 이혼을 허락하지 않을 게 뻔한 일인데 말이죠."

"그 부분에 관한 증거도 몇 가지 확보 했습니다. 크레일 부인은 메러디스 블레이크 씨에게 비밀을 어느 정도 털어 놓았던 모양입니다. 그는 오래되고 신뢰할 수 있는 친구였으니까요. 크레일 부인의 말을 듣고 굉장히 고민에 빠진 블레이크 씨는 크레일 씨에게 결국 그에 대한 말을 꺼냈답니다. 그게 사건 전날 오후였습니다. 크레일 부부의 결혼 생활이 그렇게 비참하게 끝난다면 얼마나 슬프겠냐면서 친구에게 점잖게 충고를 한 거죠. 또한 그리어 양이 그렇게 어린 나이에 이혼 법정에 서게 만드는 것은 너무 심한 일이라고 지적했답니다. 그러자 크레일 씨는 씩 웃으며 이렇게 대꾸했답니다. 정말 냉정한 인물이었던 게 분명합니다. '엘사가 그럴 일은 없을 거야……. 평소처럼 일을 마무리 지을 테니까.'"

"그래서 그리어 양이 그렇게 경솔하게 굴었던 거군요."

푸아로의 말에 헤일 총경이 맞장구를 쳤다.

"오, 여자들이 어떤 족속들인지 잘 아시는군요! 서로 못 잡아먹어 안달이죠. 어쨌든 정말 골치 아픈 상황이었을 겁니다. 저는 왜 크레일 씨가 그런 일이 벌어지도록 내버려 뒀는지 이해할 수가 없어요. 메러디스 블레이크 씨의 말로는 그림을 끝내고 싶었다더군요. 그게 이해가 되십니까?"

"네, 저는 이해가 되는군요."

"전 이해할 수가 없어요. 그 남자가 화를 자초한 거라고요!"

"아마도 젊은 애인이 그런 식으로 일을 저질러 굉장히 짜증이 났을 겁니다."

"아, 그랬어요. 메러디스 블레이크도 그렇게 말하긴 하더군요. 하지만 그림을 마저 그리고 싶다면 사진을 몇 장 찍어서 그걸 보고 그리면 될 일이 아닙니까. 아는 친구 중에 수채화를 그리는 녀석이 있는데 그렇게 하던데요."

푸아로는 고개를 저었다.

"그렇지가 않아요……. 저는 예술가로서의 크레일을 이해할 수 있습니다. 어쩌면 그 당시에 크레일에게 가장 중요했던 건 그림이었을 겁니다. 그가 얼마나 그 아가씨와 결혼하길 원했는지 몰라도, 그림을 완성하고자 하는 열망만큼은 아니었을 겁니다. 바로 그 때문에 그녀가 집에 와 있는 동안에도 그 문제를 공공연히 꺼내지 않고 조용히 지내길 원했던 거죠. 물론 젊은 아가씨는 그런 식으로 생각하지 않았겠죠. 여자들에겐 항상 사랑이 먼저니까 말이에요."

헤일 총경은 꿍하게 대꾸했다.

"그 정도는 저도 압니다."

푸아로가 덧붙였다.

"남자들이란, 특히 예술가들이란 별난 사람들이죠."

"예술이라! 허!"

총경은 경멸어린 말투로 쏘아 붙였다.

"그 예술이라는 것에 대해 얘기해 보죠. 저는 예술을 이해한 적도 없고 앞으로도 이해할 일이 없을 겁니다! 크레일이 그리던 그 그림을 보셨어야 해요. 죄다 비뚤어져 있더군요. 그 아가씨는 마치 치통을 앓고 있는 것처럼 보이고, 그리고 난간은 비딱하게 만들어 놨다니까요. 아주 보기가 불쾌했습니다. 그 그림을 본 후에도 아주 오랫동안 머릿속에서 그 모습을 떨쳐 버릴 수가 없었어요. 심지어 꿈에서도 나왔으니까. 게다가 더 심각하게 영향을 받은 건 제 눈이었습니다. 어느 순간 난간이며 벽이 그 그림처럼 보이기 시작하더군요. 네, 그리고 여자들도요!"

푸아로가 씩 웃으며 입을 열었다.

"스스로는 깨닫지 못하셨는지 몰라도, 지금 하신 말씀은 에이미어스 크레일의 작품에 대한 찬사인데요."

"말도 안 되는 소립니다. 화가라면 보기 좋고 멋진 그림을 그려야 하는 것 아닙니까? 누가 일부러 그런 추한 걸 보러 가겠습니까?"

"어떤 사람들은, 몽 쉐르, 별난 것에서 아름다움을 보곤 하죠."

"물론 그 아가씨 외모는 특별했죠. 화장을 떡칠한 데다 거의 벌거 벗고 있는 꼴이었으니까요. 정숙한 아가씨라면 그래서는 안 되죠. 게다가 16년 전이었단 말입니다. 요즘이라면 아무도 신경 쓰지 않 겠지만, 당시의 저에겐 아주 충격적이었죠. 바지 차림에 위에는 목 을 훤히 풀어 헤친 셔츠 한 장……. 그게 전부였어요!"

"아주 세세히 기억하고 계시는군요."

푸아로가 장난스럽게 중얼거렸다.

얼굴이 빨갛게 달아오른 헤일 총경은 엄격한 말투로 대꾸했다.

"그저 당시에 제가 받은 인상을 말씀드리는 것뿐입니다."

"물론입니다……, 물론이죠."

푸아로는 상대방을 달래듯 대답하고는 이렇게 덧붙였다.

"그렇다면 크레일 부인에게 불리한 증언을 한 사람은 필립 블레 이크와 엘사 그리어군요?"

"그렇습니다. 둘 다 심하다 싶을 정도로 크레일 부인을 몰아 세웠 죠. 하지만 검찰 측에서는 가정 교사도 증인으로 세웠고, 그녀의 증 언이 그 두 명의 증언보다 더 중요했습니다. 아시겠지만 가정 교사 는 전적으로 크레일 부인의 편에 섰습니다. 크레일 부인을 위해 싸 웠죠. 하지만 워낙 정직한 여자라 자신이 보고 들은 대로, 축소하지 않고 사실대로 이야기했습니다."

"메러디스 블레이크는 어땠나요?"

"그 사람은 그 사건 때문에 아주 괴로워했습니다. 불쌍한 사람이었지만 뭐 그럴 만도 했습니다! 그런 약을 만든 자신의 탓이라는 자책에 빠져 있었고 검시관 또한 독약을 만든 블레이크 씨를 비난했으니까요. 독극물 관련 법령에서도 코닌은 1급에 속해 있습니다. 때문에 아주 가혹한 비판에 시달려야 했죠. 게다가 크레일 부부 모두와 절친한 친구였으니 얼마나 괴로웠겠습니까. 사람들의 시선에 노출되어 유명세에 시달리는 일이 낯선 시골 신사에게는 정말 힘든 일이었을 겁니다."

"크레일 부인의 여동생도 증언을 했나요?"

"아닙니다. 그럴 필요는 없었죠. 여동생은 크레일 부인이 남편을 협박했을 때도 그 자리에 없었고, 다른 증인들이 모르는 새로운 사실을 알고 있었던 것도 아니었으니까요. 물론 크레일 부인이 냉장고로 가 시원한 맥주를 꺼내 가는 걸 봤다고는 하지만, 피고인 측에서 그 어린 아이를 구슬려 크레일 부인이 맥주를 꺼내자마자 지체없이 가지고 내려갔다고 말하도록 만들 수도 있는 일이었고요. 하지만 맥주병에서 코닌이 발견된 것이 아니니 어떻든 상관은 없었죠."

"그렇다면 크레일 부인은 어떻게 두 사람이 있는 앞에서 들키지 않고 잔에 독약을 넣을 수 있었을까요?"

"글쎄요. 먼저 둘 다 크레일 부인을 보고 있지 않았습니다. 크레일 씨는 그림을 그리느라 캔버스와 모델만을 바라보고 있었죠. 그리고 그리어 양은 포즈를 취하느라 크레일 부인을 등지고 앉아 있었고, 눈은 크레일 씨의 어깨 너머를 향해 있었고요."

푸아로는 고개를 끄덕였다.

"말씀드렸듯이 두 명은 크레일 부인을 보고 있지 않은 상태였습니다. 부인은 아마 펜에 잉크를 채울 때 쓰는 주입기에 독약을 넣어 가지고 있었을 겁니다. 집으로 올라가는 길목에서 부서진 주입기 파편을 발견했으니까요."

"모든 걸 다 알고 계신 것처럼 말씀하시는군요."

"자 자, 무슈 푸아로! 편견을 버리세요. 크레일 부인은 남편을 죽이겠다고 협박했습니다. 그리고 실험실에서 독약을 훔쳤죠. 그녀의 방에서 빈 병이 발견되었고, 그 병에서는 그녀의 지문밖에 나오지 않았습니다. 게다가 일부러 시원한 맥주를 집에서 내갔죠. 이상한 일이에요, 둘의 사이가 좋지 않았던 걸 감안한다면……."

"아주 이상한 일이에요. 저도 아까부터 그 점을 주목하고 있었습니다."

"네, 그렇죠. 크레일 부인이 왜 갑자기 상냥해진 걸까요? 크레일 씨는 맥주 맛이 끔찍하다며 불평을 했고 코닌은 실제로 맛이 고약하죠. 크레일 부인은 시체를 발견한 다음 가정 교사에게 전화를 하라며 그녀를 집으로 올려 보냈습니다. 그 이유가 뭐겠습니까? 병과 유리잔을 닦은 다음 남편의 지문을 묻혀 두려는 의도였겠죠. 그런 후에 남편이 갑자기 후회에 사로잡혀 자살을 했다고 주장한 겁니다. 그럴 듯한 이야기죠."

"그다지 잘 꾸며진 이야기는 아니었군요."

"크레일 부인이 교묘하지 못하게 머리를 굴린 거냐고 물으시는 거라면, 그게 사실입니다. 그녀는 증오와 질투심에 사로잡혀 있었으니까요. 머릿속은 남편을 파멸시키겠다는 생각으로 가득했을 겁니다. 그리고 일을 저지르고 나서 죽어 있는 남편을 보자, 갑자기 제정신이 돌아와 자신이 살인을 저질렀다는 사실을 깨달았겠죠. 그리고 살인죄로 교수형을 당할 수 있다는 사실도 말입니다. 그 순간 절박하게 떠오르는 거라고는 자살뿐이었던 거죠."

"아주 그럴 듯하게 들리는군요. 그래요, 어쩌면 그런 식으로 생각했을지도 모르죠."

"어떻게 보면 계획된 범죄였지만 또 어떻게 보면 그렇지도 않습니다. 크레일 부인이 철저하게 계획을 짠 건 아니었던 것 같습니다. 그저 무모하게 저지른 거죠."

"글쎄요……."

푸아로가 중얼거렸다.

헤일은 푸아로를 호기심 어린 시선으로 바라보며 입을 열었다.

"무슈 푸아로, 크레일 사건이 정말 간단한 사건이었다는 걸 인정하시겠습니까?"

"거의요. 하지만 완전히는 아닙니다. 이상한 부분이 두 가지 남아 있으니까요!"

"새로운 논리적 해석이라도 내놓으실 수 있다는 말씀인가요?"

"그날 아침 다른 사람들의 행적은 어땠습니까?"

"그건 의심의 여지가 없습니다. 저희가 다 조사해 봤으니까요. 모든 사람들을 철저하게 다 조사했습니다. 그중 당신이 생각하시는 그런 알리바이를 가진 사람은 한 명도 없었습니다. 독극물 사건이니까요. 누군가가 전날 크레일 씨에게 독약이 든 캡슐 하나를 건네주고는 소화제라며 점심 시간 전에 꼭 먹으라고 했다고 칩시다. 그리고 그길로 멀리 내빼 버렸다 해도 누가 알겠습니까."

"하지만 이번 사건에서는 그런 일이 없었다고 생각하시는군요?"

"크레일 씨는 소화 불량이 아니었습니다. 그리고 아무리 봐도 그런 일이 일어났을 것 같지가 않아요. 메러디스 블레이크 씨가 자신이 만든 약을 추천하는 걸 좋아했던 건 사실이지만, 그렇다고 해서 크레일 씨가 그 약을 실제로 먹진 않았을 거라고 생각합니다. 게다가 메러디스 블레이크 씨가 왜 크레일 씨를 죽이려 했겠습니까? 모든 정황으로 보아 그 둘은 아주 사이가 좋았죠. 다른 사람들도 마찬가지였습니다. 필립 블레이크 씨는 그의 가장 친한 친구였고, 그리어 양은 그를 사랑했어요. 물론 윌리엄스 양은 그의 행동을 마땅치 않게 생각했겠지만, 도덕적인 부분이 마음에 안 든다고 해서 독살을 하진 않죠. 그리고 어린 워런 양은 그와 툭하면 티격태격했지만, 그 나이 또래, 그러니까 사춘기 때는 다들 예민한 법이지 않습니까. 어쨌든 크레일 씨는 워런 양을 꽤 귀여워했고, 워런 양도 크레일 씨를 잘 따랐습니다. 아시겠지만 워런 양은 그 집에서 아주 특별한 존재로 애지중지 보살핌을 받고 자랐어요. 그 이유는 아마 들으셨을 겁니다. 어릴 때 심한 상처를 입었거든요. 순간 치솟는 광적인 분노를 참지 못한 크레일 부인 때문에 말입니다. 그 사건 또한 크레일 부인이 스스로의 감정을 통제하지 못하는 사람이란 걸 단적으로 드러내 주는 게 아니겠습니까? 아무것도 모르는 어린 아이에게 질투심을 느껴서, 평생 지워지지 않는 상처를 안고 살아가게 만든 겁니다!"

"어쩌면 그 때문에 안젤라 워런이 캐롤라인 크레일에게 원한을 가졌을 수도 있겠군요."

"그럴 수도 있죠……. 그렇다고 해도 에이미어스 크레일에게까지 원한을 가질 필요는 없지 않겠습니까. 뭐, 어쨌든 크레일 부인은 어린 여동생에게 헌신적이었습니다. 부모님이 돌아가시자 동생을 집으로 데려와 아주 끔찍하게 아껴 주었죠. 너무 오냐오냐해서 애를 망쳐 놨다는 말도 있더군요. 워런 양은 언니인 크레일 부인을 분명 좋아했습니다. 재판 당시에 워런 양은 근처에도 오지 못하게 하고 가능한 멀리 보냈어요. 크레일 부인이 꼭 그렇게 해 달라고 고집을 부렸거든요. 워런 양은 화를 내며 감옥에 있는 언니를 보게 해 달라고 떼를 썼지만, 캐롤라인 크레일은 절대 허락하지 않았습니다. 어린 여동생이 정신적인 상처를 받기라도 할까 봐 걱정된다고 했습니다. 그러고는 동생을 외국에 있는 학교로 보냈죠."

그리고 헤일은 이렇게 덧붙였다.

"워런 양은 아주 훌륭하게 컸습니다. 오지를 탐험하고 영국 왕립 지리학 협회에서 강연도 한답니다."

"아무도 그 사건에 워런 양이 관계된 걸 기억하지 못하나 보죠?"

"글쎄요, 우선 성이 다르니까요. 크레일 부인의 처녀적 성과도 다릅니다. 두 사람은 어머니는 같지만 아버지가 달라서요. 크레일 부인의 처녀적 성은 스폴딩이었습니다."

"윌리엄스 양은 크레일 부인의 자녀를 위한 가정 교사였습니까,

아니면 안젤라 워런의 가정 교사였습니까?"

"안젤라의 가정 교사였습니다. 아이에게는 보모가 있었죠. 하지만 그 아이도 매일 윌리엄스 양에게 수업을 받긴 했답니다."

"사건 당시에 아이는 어디에 있었죠?"

"보모와 함께 친척 집에 가 있었습니다. 레이디 트레실리언이라는 노부인인데 어린 딸을 둘이나 잃어서 그 아이를 아주 예뻐했다고 하더군요."

"그렇군요."

푸아로는 고개를 끄덕이며 대답했다.

"살인이 일어나던 날 다른 사람들의 행적에 대해 말씀드리도록 하죠. 그리어 양은 아침 식사를 마친 후 서재 창문 근처의 테라스에 앉아 있었습니다. 아까 말씀드린 대로 그곳에서 크레일과 부인이 다투는 소릴 듣게 된 거죠. 그 후에는 크레일과 함께 배터리 가든으로 내려가 점심 시간 전까지 그림 모델을 했고요. 물론 중간에 몇 번 몸을 풀기 위해 짬짬이 쉬었답니다.

필립 블레이크는 아침 식사를 마친 후 집 안에 있었고, 그러다 크레일 부부가 싸우는 소릴 듣게 됐습니다. 그리고 크레일 씨와 그리어 양이 배터리 가든으로 내려간 후, 형이 전화를 할 때까지 신문을 읽었죠. 전화 통화를 마친 후에는 형을 마중하기 위해 해변으로 내려갔고요. 둘은 배터리 가든을 지나 함께 집으로 걸어 왔습니다. 그때 그리어 양은 날이 쌀쌀한 것 같아 잠시 스웨터를 가지러 간다며 집으로 올라가 있었고, 크레일 부인은 남편과 함께 안젤라의 학교 문제를 상의하고 있었답니다."

"아, 평화롭게 이야기를 나눴군요."

"그게 아닙니다. 전혀 평화롭지 않았어요. 크레일이 부인에게 거의 소리를 지르다시피 했답니다. 집안일로 방해한다고 짜증을 내면서요. 제 생각에는 크레일 부인이 이혼할 경우를 대비해 일을 확실히 해 놓고 싶었던 것 같습니다."

푸아로가 고개를 끄덕였다.

헤일이 계속했다.

"두 형제는 에이미어스 크레일과 몇 마디를 나누었습니다. 그리고 그리어 양이 나타나 다시 포즈를 취했고 크레일은 붓을 들었습니다. 다들 나가라는 뜻이었지요. 두 형제는 눈치를 채고 집으로 올라왔습니다. 에이미어스 크레일이 정원에 있는 맥주가 미지근하다며 불평을 늘어놓자 그 부인이 시원한 맥주를 가져다주겠다고 한 게 바로 두 형제가 배터리 가든에 있을 때였습니다."

"아하!"

"바로 그렇습니다. 그 때문에 입안의 혀처럼 고분고분하게, 상냥하게 굴었던 겁니다. 다 함께 집으로 올라가서 바깥의 테라스에 앉았고, 크레일 부인과 안젤라 워런이 맥주를 내왔습니다.

그 후에 안젤라 워런은 수영을 하러 내려갔고 필립 블레이크도 함께 갔죠.

메러디스 블레이크는 배터리 가든 위에 있는 자리를 정리하러 내려갔습니다. 그곳에서는 난간에서 포즈를 취하고 있는 그리어 양의 모습이 보였고 크레일 씨와 이야기를 나누는 목소리도 들렸답니다. 메러디스 씨는 그곳에 앉아 코닌 사건으로 고민을 하던 중이었습니다. 누가 가져간 것인지, 어떻게 해야 할지 몰랐던 거죠. 엘사 그리어가 그를 발견하고 손을 흔들었습니다. 점심 식사 종이 울리자 메러디스 씨는 배터리 가든으로 내려가 엘사 그리어와 함께 집으로 돌아왔습니다. 메러디스 씨의 표현을 빌리자면 그때 크레일이 아주 이상해 보였지만, 당시에는 심각하게 생각하지 않았답니다. 크레일은 절대 병이라곤 걸리지 않는 남자였으니, 어디가 아프리라고는 생각도 못했겠죠. 게다가 그림이 원하는 대로 그려지지 않으면 의기소침해 하거나 화를 내는 기분파였습니다. 그럴 때면 되도록 방해하거나 건드리지 않고 혼자 두는 게 상책이었죠. 때문에 그 둘도 크레일을 혼자 남겨 둔 겁니다.

그리고 다른 사람들은, 그러니까 하인들은 집안 일에, 점심 준비에 정신이 없었습니다. 윌리엄스 양은 아침에 공부방에서 아이들 시험지를 채점한 다음 테라스에서 가재도구를 몇 가지 수선했답니다. 안젤라 워런은 오전 내내 정원을 거닐고 나무를 타고 이것저것 주워 먹으며 노닥거렸고요. 열다섯 살짜리 여자아이가 다 그렇죠! 자두와 시어 빠진 사과, 딱딱한 배 같은 걸 따 먹으면서요. 그러다 집으로 돌아와서는 아까 말씀드린 대로 필립 블레이크와 함께 해변으로 내려가 점심 시간 전까지 수영을 했습니다."

헤일 총경은 말을 멈추고는, 도전적인 어투로 물었다.

"자, 이제 뭔가 이상한 점이라도 발견하셨나요?"

"전혀요."

"자, 그럼!"

헤일은 다 끝났다는 듯 말했다.

"하지만 그래도 마찬가집니다. 저는 직접 확인해야 만족을 하죠. 저는……."

"무얼 하실 작정입니까?"

"그 다섯 명을 만나 볼 생각입니다. 그 사람들에게서 나름의 이야기들을 들어볼 수 있겠죠."

헤일 총경은 깊게 한숨을 쉬며 말했다.

"당신 정말 제정신이 아니군요! 그 사람들의 이야기는 죄다 제각각일 거라고요! 그런 뻔한 사실도 이해하지 못하는 겁니까? 두 사람이 같은 걸 봤다고 해도 두 사람의 기억이 똑같지가 않아요. 게다가 16년이라는 긴 세월이 지났지 않습니까! 어쩌면 다섯 명 모두가 각기 다른 사람을 살인자로 지목할 수도 있습니다!"

"그거야말로 제가 바라는 바입니다. 꽤 유익할 겁니다."

작은 돼지 한 마리는 시장에 갔네

필립 블레이크는 몬태규 디플리치가 묘사한 그대로였다. 부유하고 약삭빠르며 유쾌한 표정을 한 남자였다. 그리고 약간 살집이 통통했다.

에르퀼 푸아로는 토요일 오후 6시 30분에 만나기로 약속을 해 두었다. 필립 블레이크는 열여덟 개의 홀을 모두 끝내고 5점 차로 상대방을 이겨 기분이 상당히 들떠 있었다.

에르퀼 푸아로는 자신이 하는 일과 이곳에 온 용무를 설명했다. 이번에는 밝혀지지 않은 진실을 알아내려는 과도한 열정을 보이지 않고 그저 유명한 범죄를 다룬 책을 만들고 있다고만 했다.

필립 블레이크는 인상을 찌푸리며 말했다.

"세상에, 그런 것들을 왜 만들려는 겁니까?"

에르퀼 푸아로는 어깨를 으쓱했다. 오늘은 최대한 외국인다운 태도를 드러내기로 작정했다. 외국인이라는 이유로 멸시할 수 있지만 동시에 같은 이유로 선심을 베풀어 줄 수도 있기 때문이었다.

"대중들 때문이죠. 대중들은 그런 것에 열광하니까요……. 네, 아주 열광하죠."

푸아로가 중얼거렸다.

"잔인하군요."

하지만 필립 블레이크의 말에는 좀 더 예민한 사람들이라면 드러냈을 법한 혐오나 유난스러운 결벽증은 어려 있지 않았다. 오히려 기분이 좋은 듯한 말투였다.

에르퀼 푸아로는 어깨를 으쓱하며 대꾸했다.

"그게 바로 인간의 본성이지요, 블레이크 씨. 당신이나 저처럼 세상 물정을 잘 아는 사람들은 인간에 대한 환상을 품고 있지 않습니다. 인간이란 악하지도 않지만 그렇다고 완벽하지도 않은 법이니 말입니다."

"나는 이미 오래 전에 인간에 대한 환상 따위는 버렸습니다."

블레이크의 말에서 진심이 배어 나왔다.

"하지만 말재주가 아주 좋으시다고 들었습니다."

블레이크의 눈이 빛났다.

"아! 혹시 이 이야기는 들으셨나요?"

푸아로는 적절한 때에 웃음을 터뜨렸다. 교훈적인 이야기는 아니었지만 꽤 웃긴 이야기였다.

필립 블레이크는 의자에 기대어 편한 자세를 취했고, 그의 눈은 웃음기로 가득했다.

에르퀼 푸아로의 눈에는 갑자기 그가 배부른 돼지 같아 보였다.

한 마리의 돼지. 작은 돼지 한 마리는 시장에 갔네…….

필립 블레이크. 이 사람은 어떤 사람일까? 겉보기에는 아무런 근심도 없는 남자 같았다. 부유하고 만족스러운 사람, 과거에 대한 양심의 가책이나 후회도 없고 지나간 기억들로 괴로워하는 사람도 아닌 것 같았다. 그래, 배부른 돼지는 시장에 나갔고, 비싼 가격에 팔렸지.

하지만 필립 블레이크에게는 무언가가 더 있었다. 젊은 시절에는 분명 미남이었을 것이다. 눈이 작고 눈 사이의 간격이 너무 좁은 듯했지만, 그것만 제외하면 건장하고 잘 빠진 젊은이였을 것이다. 지금은 몇 살이나 됐을까? 50에서 60정도로 보였다. 그렇다면 크레일이 사망할 당시에는 마흔 정도였을 것이다. 그때는 지금만큼 세속적인 만족에 푹 빠져 있진 않았겠지. 어쩌면 돈보다는 인생에서 더 의미 있는 무언가를 바랐을지도…….

푸아로는 단순히 상대방의 관심을 끌기 위해 중얼거렸다.

"제 입장을 이해하시겠죠?"

"아니요, 천만에요. 전혀 모르겠습니다."

주식 중개인은 자세를 고쳐 똑바로 앉았으며, 다시 한 번 날카로운 시선을 보냈다.

"왜 당신입니까? 작가도 아니지 않습니까?"

"그렇지는 않죠. 네, 사실 저는 탐정입니다."

아까와 달리 아주 겸손한 말투였다.

"물론 그러시겠죠. 다들 알고 있는 사실이 아닙니까. 유명한 탐정 에르퀼 푸아로!"

하지만 필립 블레이크의 말투에는 미묘하게 놀리는 듯한 기색이 있었다. 필립 블레이크는 영국인다운 성향이 너무 강해 외국인의 겸손한 태도에 가려진 자부심을 진지하게 받아들이지 못했다.

어쩌면 친구들에게 가서 "괴상한 난쟁이 사기꾼을 하나 만났어. 그런 사람이 하는 말은 여자들에게나 먹히는 거지 뭐."라고 떠벌릴 것 같았다.

물론 그렇게 깔보고 선심 쓰는 척하는 태도는 바로 에르퀼 푸아로가 바라던 바였지만, 그럼에도 짜증이 치밀어 올랐다.

사업에서 성공한 이 남자는 에르퀼 푸아로에게 아무런 감동도 받지 않다니! 그건 정말이지 푸아로에겐 치욕스러운 일이었다.

푸아로는 건성으로 대꾸했다.

"저에 대해 잘 알고 계시다니 영광입니다. 제가 탐정으로 성공하게 된 것은 심리학에 기반을 두고 인간의 행동에 대해 끊임없는 의문을 가진 덕분이죠. 무슈 블레이크, 그것이야말로 현재 범죄에 대해 사람들이 가장 관심을 가지는 분야입니다. 옛날에는 로맨스가 그랬죠. 유명한 범죄들은 오로지 범인들의 연애사라는 한쪽 부분에서만 다뤄졌지만 요즘에는 상황이 달라졌습니다. 사람들은 크리픈 박사가 아내를 살해한 이유는 아내는 체구가 크고 활달한 데 비해 그는 왜소하고 소심하다는 사실에서 오는 열등감 때문이었다는 점에 관심을 가지죠. 수많은 남자들을 살해한 악명 높은 여성 범죄자가 세 살 때부터 아버지에게 받은 학대로 그런 일을 저지르게 되었다는 과정을 주목하고 있습니다. 아까도 말씀드렸듯, 범죄의 원인이 현재 사람들의 주목을 끌고 있는 겁니다."

필립 블레이크는 살짝 하품을 하며 입을 열었다.

"범죄의 원인은 한 가지 뿐입니다. 바로 돈이죠."

"아, 하지만 범죄의 원인은 그리 단순하고 분명하지가 않습니다. 그게 바로 문제인 거죠!"

"그래서 당신이 이 일에 개입하게 된 겁니까?"

"말씀드린 대로 바로 그 원인 때문에 제가 관여하게 된 겁니다! 지나간 범죄들을 심리학적인 관점에서 다시 써 달라는 제안을 받았습니다. 범죄의 심리학, 그게 바로 제 전문 분야죠. 이미 보수도 받았고요."

필립 블레이크가 이빨을 드러내며 씩 웃었다.

"꽤 두둑했나 보죠?"

"그런 것 같군요……. 확실히 그런 것 같습니다."

"축하드립니다. 자, 그렇다면 제가 뭘 도와드려야 할지 말씀해 주시죠?"

"무슈, 크레일 사건에 대해 알고 싶습니다."

필립 블레이크는 놀란 것 같지는 않았다. 단지 골똘히 생각에 잠긴 듯 했다.

"네, 그렇군요. 크레일 사건이라……."

에르퀼 푸아로는 걱정스러운 말투로 물었다.

"혹시 제가 블레이크 씨에게 불쾌한 부탁을 드린 건가요?"

필립 블레이크는 어깨를 으쓱하며 말했다.

"글쎄요, 내가 막을 도리가 없는 일에 화를 내 봐야 쓸모없는 일 아닌가요. 캐롤라인 크레일의 사건은 다들 알고 있는 일이니까, 누구라도 사건을 조사하고 그에 대해 쓸 수 있겠죠, 내가 반대해 봐야 소용없는 일이 아닙니까. 하지만 솔직히 말씀드리자면, 한편으로는 굉장히 불쾌합니다. 에이미어스 크레일은 제 절친한 친구였으니까요. 그 불미스러운 사건을 다시 세상에 폭로해야 한다는 게 유감스럽습니다만 어쩔 수 없는 일이겠죠."

"참 현명하신 분이군요, 블레이크 씨."

"아닙니다, 아니에요. 돌부리를 차 봐야 내 발만 아프다는 걸 알고 있을 뿐입니다. 푸아로 씨라면 그 사건을 다른 사람들처럼 저속한 흥밋거리로 만들지는 않겠죠."

"적어도 신중하고 고상하게 쓰려고 합니다."

필립 블레이크는 갑작스레 큰 소리로 웃음을 터뜨렸지만, 진정으로 즐거워하는 웃음이 절대 아니었다.

"당신 말을 들으니 절로 웃음이 나오는군요."

"블레이크 씨, 저는 그 사건에 진심으로 관심을 가지고 있습니다. 그저 돈 때문이 아닙니다. 진심으로 과거를 재구성해 보고, 그 사건을 보고 느끼고, 그 드라마에 등장했던 배우들의 생각과 감정을 생생하게 떠올려 그 속내를 알아보고 싶습니다."

"왜 그렇게 그 사건을 신비하게 생각하는지 모르겠군요. 어느 모로 보나 뻔한 사건 아닙니까. 잔인한 여자의 질투, 그게 그 사건의 전부죠."

"블레이크 씨, 그 사건에 대한 의견을 들어 보고 싶습니다."

갑자기 필립 블레이크의 얼굴이 붉으락푸르락하더니 열띤 목소리로 내뱉었다.

"의견! 의견이라고요! 무슨 학자처럼 그런 식으로 말하지 마십시오. 내가 그 자리에 멀뚱히 서서 생각할 여유가 있었겠습니까! 내 친구……, 내 친구가 살해를 당했어요. 독살을 당했단 말입니다! 내가 조금만 더 빨리 조치를 취했더라면 살릴 수도 있었는데 말입니다!."

"어떻게 말입니까, 블레이크 씨?"

"이미 그 사건에 대한 자료들은 읽어 보셨겠죠?"

푸아로가 고개를 끄덕였다.

"좋습니다. 그날 아침 내 형인 메러디스에게서 전화가 걸려 왔습니다. 안절부절못하면서요. 형이 만든 치명적인 약 하나가 없어졌다는 겁니다. 그건 정말 치명적인 독약이었어요. 내가 어떻게 했겠습니까? 형에게 어서 와서 함께 의논을 해 보자고 했죠. 최선의 해결책을 찾아보자면서요. 최선의 해결책! 이제야 내가 얼마나 어리석고 우유부단했는지 알겠어요! 시간이 없다는 걸 깨닫고 바로 에이미어스에게 달려가 경고를 했어야 했는데. '캐롤라인이 메러디스의 약 하나를 슬쩍했으니까 자네와 엘사 모두 조심하는 게 좋을 거야.'

라고 말했어야 했는데 말입니다."

블레이크는 자리에서 일어섰다. 흥분한 채로 방 안을 이리 저리 정신없이 서성였다.

"아, 세상에. 내가 이런 생각을 얼마나 수도 없이 해 본 줄 압니까? 난 알고 있었어요. 나에겐 그 친구를 구할 기회가 있었다는 것을……. 그런데 우물쭈물하며 메러디스가 오길 기다렸단 말입니다! 왜 나는 캐롤라인이 일말의 양심의 가책이나 망설임도 가지지 않을 거라는 걸 깨닫지 못했던 걸까. 캐롤라인은 그 약을 쓰려고 가져간 겁니다. 그리고 세상에나, 기회가 오자마자 그 약을 써 버렸죠. 메러디스가 약이 없어진 걸 눈치 채기 전에 실행에 옮겨야 했겠죠. 나는……, 물론 나는 에이미어스가 아주 위험한 상태에 처해 있다는 걸 알았습니다. 그런데 아무런 조치도 취하지 않았단 말입니다!"

"무슈, 아무래도 자신에게 너무 가혹하신 것 같습니다. 당신에겐 그럴 만한 시간적 여유가 없었……."

블레이크가 성급하게 끼어들었다.

"시간이라고요? 시간은 충분했습니다. 언제라도 그에게 말할 수 있었죠. 언제든 에이미어스에게 달려갈 수는 있었지만, 물론 그 친구가 내 말을 믿지 않았을 수 있죠. 에이미어스는 자신이 위험에 처했다는 걸 좀처럼 믿지 않는 타입이었으니까요. 누가 그런 말을 해도 그저 비웃어 넘겼습니다. 게다가 캐롤라인이 얼마나 사악한 여자인지 전혀 모르고 있었어요. 내가 그녀에게 가서 말해야 했어요. '당신이 무슨 일을 꾸미고 있는지 다 알아. 무슨 꿍꿍이속이 있는지도. 만약 에이미어스나 엘사가 코닌 때문에 죽는다면, 당신은 그날로 교수대에 매달리게 될 거야!' 그랬다면 캐롤라인의 행동을 막을 수도 있었을 겁니다. 아니면 경찰에 신고를 할 수도 있고요. 아! 내가 할 수 있는 일이 그렇게나 많았는데……, 그저 메러디스 형의 신중하느라 느려 터지기만 한 의견에 따라 버렸으니……. 누가 그 약을 가져갔는지 확실히 알 때까지는 함구하는 편이 좋다고 했죠, 그 빌어먹을 늙은 멍청이는, 평생 동안 단 한 번도 신속한 결정이라는 걸 내려 본 적이 없을 겁니다! 그나마 다행인 건 형이 장남이라 영지를 물려받았다는 겁니다. 자기 손으로 직접 돈을 벌려고 했다가는 그나마 있던 돈마저 다 날려 버릴 사람이니까요."

"블레이크 씨는 그 독약을 가져간 사람이 캐롤라인이라는 것을 확신하셨습니까?"

푸아로가 물었다.

"물론입니다. 형의 이야기를 듣자마자 캐롤라인이 가져간 게 분명하다고 생각했죠. 나는 캐롤라인을 아주 잘 아니까요."

"아주 흥미롭군요. 블레이크 씨, 캐롤라인 크레일은 어떤 여성이었습니까?"

푸아로의 질문에 필립 블레이크는 날카롭게 쏘아붙였다.

"재판 당시에 사람들이 생각했던 것처럼 상처받은 순결한 여자는 아니었어요!"

"그렇다면 어떤 사람이었습니까?"

블레이크는 다시 의자에 앉아 진지하게 물었다.

"뭘 알고 싶으신 겁니까?"

"모든 걸 다 알고 싶습니다."

"캐롤라인은 비열한 여자였습니다. 잘 새겨 들으세요. 아주 철저하게 비열한 여자였지만 동시에 매력적인 여자여서 달콤한 행동으로 사람들을 완전히 속여 버린 겁니다. 사람들의 기사도 정신을 불러일으키는, 깨질 듯 연약하고 무력해 보이는 얼굴을 하고 있죠. 가끔 나는 역사책을 읽곤 하는데, 스코틀랜드의 메리 여왕이 그랬을 거라고 생각합니다. 겉으로 보기에는 더없이 상냥하고 애처로우며 매력적이지만 그 속을 들여다보면 냉정하고 계산적인 여자, 남편인 단리*의 살인을 계획하고도 자신은 교묘하게 빠져나가는 그런 여자. 바로 캐롤라인이 그랬습니다. 더없이 냉정하고 계산적인 데다 성질은 어찌나 고약했는지.

캐롤라인이 어린 여동생에게 무슨 짓을 했는지 혹시 들으셨나요? 아, 물론 재판에서 중요한 부분은 아니었지만 그 여자의 성격을 잘 드러내 줍니다. 그 여잔 질투심이 강했어요. 어머니가 재혼해 동생을 낳자, 가족들의 모든 관심과 애정이 어린 안젤라에게 쏟아졌죠. 캐롤라인은 그걸 참을 수가 없었던 겁니다. 어린 아기를 죽이려고 했어요. 쇠지레로 아기 머리를 내리쳤죠. 다행히 치명적인 상처는 입히지 않았답니다. 하지만 정말 무시무시한 짓이죠."

"네, 정말 그렇군요."

---

* 메리 여왕의 사촌 동생으로 여왕의 두 번째 남편이었으나 의문의 사고로 죽었다.

"그게 바로 캐롤라인의 본모습이었습니다. 그 여자는 항상 자기가 우선이어야 했어요. 자기가 뒤로 밀려 나는 것……, 그거야말로 가장 참을 수 없는 일이었을 겁니다. 그리고 그 내면에는 잔인한 살인귀로 변모할 수 있는 냉혹하고 이기적인 악마가 숨어 있었어요.

물론 그냥 보기에는 충동적으로 보이겠지만, 정말 계산적이었습니다. 어릴 적 앨더베리에 놀러올 당시부터 우리 중 누구를 고를지 미리 생각해 둔 겁니다. 물론 나는 그 후보에도 끼지 못했죠. 알아서 돈을 벌어야 하는 막내아들이었으니까요. 웃기는 일이죠, 내가 이제는 메러디스 형과 크레일의 재산을 다 사 버릴 정도로 돈이 많다는 걸 생각하면 말입니다. 처음엔 메러디스 형과 어떻게 해 볼까도 생각했던 것 같지만, 결국엔 에이미어스를 점찍더군요. 에이미어스가 앨더베리를 물려받게 될 테고, 돈은 별로 되지 않겠지만 화가로서의 재능도 뛰어나다는 걸 알아차린 겁니다. 캐롤라인은 크레일이 천재적 재능을 가졌을 뿐 아니라 금전적인 성공도 이룰 수 있다는 데 모험을 건 셈이죠.

그리고 결국 캐롤라인이 승리했습니다. 에이미어스는 일찍이 재능을 인정받았으니까요. 대중적인 화가였다고는 할 수 없지만, 사람들은 그의 천재성을 알아보았고 그의 작품을 사들였습니다. 그 친구의 그림을 본 적이 있으십니까? 저기 한 개가 있습니다. 가서 한번 보시죠."

그는 푸아로를 식당으로 이어진 복도로 데려가 왼쪽 벽을 가리켰다.

"저것입니다. 저게 에이미어스의 그림이죠."

푸아로는 아무 말 없이 그림을 바라보았다. 전통적인 소재에 놀라운 마법을 부려 자신만의 시각으로 재구성해 낸 그 그림이 신선한 충격으로 다가왔다. 반질반질한 마호가니 테이블 위에 놓인 장미 꽃병. 진부하고 케케묵은 구성이었다. 하지만 장미꽃은 음란해 보일 정도로 다채로운 색감으로 불타올랐으며, 반질반질한 테이블은 생명이라도 얻은 듯 꿈틀댔다. 이 그림이 불러일으키는 흥분을 어떻게 설명해야 할까? 정말이지 자극적인 그림이었다. 헤일 총경이라면 테이블의 균형이 맞지 않는다, 장미는 저런 모양에 저런 색깔이 아니다 하고 불평을 털어 놓았을 것이다. 그런 후에는 장미를 볼 때마다 왜 썩 마음에 들지 않는 건지 의아해 하며, 둥근 마호가니 테이블을 볼 때면 아무런 이유도 모른 채 불안감을 느꼈을 것이다.

푸아로는 작게 한숨을 쉬고는 중얼댔다.

"그래…… 이제야 알겠군."

다시 응접실로 돌아온 블레이크는 웅얼거리듯 말했다.

"나는 예술에 대한 건 아무것도 모릅니다. 왜 그렇게 저 그림을 들여다보게 되는지 모르겠지만 눈을 뗄 수가 없어요, 정말……. 아, 빌어먹을 정말이지 훌륭해요."

푸아로는 동의한다는 듯 고개를 끄덕였다.

블레이크는 푸아로에게 담배를 하나 권한 다음, 자신도 담배를 한 대 피워 물었다.

"바로 저 장미꽃을 그린 남자, 「칵테일 셰이커를 든 여자」를 그린 남자, 놀랍도록 고통스러운 「그리스도의 탄생」을 그린 남자가 그 사악하고 비열한 여자 때문에 혈기 왕성한 삶을 빼앗기고 한창 잘나가던 시절에 생을 마감해 버린 겁니다!"

그는 잠시 말을 멈추었다가 다시 이어나갔다.

"어쩌면 내가 너무 신랄하고 캐롤라인에 대해 심한 편견을 가지고 있다고 생각하실지도 모르겠군요. 물론 캐롤라인은 매력적이었습니다. 나도 그걸 느꼈죠. 하지만 난……, 나는 항상 그러한 모습의 이면에 어떤 본성이 숨어 있는지 알고 있었습니다. 바로 악마죠, 무슈 푸아로. 잔인하고 위험하며 탐욕스러운 악마였어요!"

"저는 크레일 부인이 결혼 생활을 하는 동안 힘든 일들을 많이 참으셨다고 들었습니다만?"

"그랬죠, 그리고 그 사실을 사방팔방 떠들고 다녔죠! 자기는 항상 희생자라고 말입니다! 불쌍한 에이미어스. 그 친구에게 있어 결혼 생활은 기나긴 지옥과도 같았을 겁니다. 그의 뛰어난 재능이 없었다면요. 그러나 그 친구는 예술적인 재능이 뛰어났고 예술이야말로 그의 도피처였습니다. 그림 그리는 동안만큼은 캐롤라인을 쫓아 버리고, 그녀의 끊임없는 잔소리와 끊임없는 다툼을 피할 수 있었으니까요. 아시겠지만 둘은 끊임없이 다퉜습니다. 일주일에 한 번씩은 이것저것 트집 잡으며 싸워 댔죠. 캐롤라인은 그걸 즐겼습니다. 시끄럽게 싸워 대는 게 좋았을 겁니다. 일종의 배출구였겠죠. 그동안 참았던 잔인하고 모진 말들을 맘껏 쏟아 낼 수 있으니까요. 그렇게 다툼이 끝나고 나면…… 캐롤라인은 잘 먹여 털에서 윤기가 나는 고양이처럼 만족스러운 표정으로 자리를 뜨곤 했습니다. 하지만 크레일에게는 진 빠지는 일이었어요. 그 친구는 평화……, 휴식……, 고요한 생활을 원했습니다. 물론 그런 남자는 절대 결혼을 해서는 안 되죠. 그 친구는 가정적인 남자가 아니었으니까. 크레일 같은 남자는 한 여자에게 속박되는 것보다 자유롭게 연애나 즐기는 편이 나아요. 여자들은 그 친구를 손에 넣지 못해 안달이었으니까요."

"크레일 씨는 블레이크 씨를 신뢰했나요?"

"글쎄요, 내가 아주 헌신적인 친구라는 건 알았을 겁니다. 내게는 자기 작품들을 마음껏 보게 했으니까요. 하지만 내게 불만을 털어놓지는 않았습니다. 쭝얼쭝얼 불평이나 늘어놓는 그런 남자는 아니었어요. 그래도 가끔씩은 '빌어먹을 여자들.'이라든가 '자넨 절대 결혼 같은 거 하지 마. 어차피 죽으면 지옥으로 떨어질 텐데 뭐 하러 서둘러.'라고 말하기도 했습니다."

"친구 분이 그리어 양을 사랑하게 됐다는 걸 알고 계셨습니까?"

"아, 그럼요……. 적어도 그 친구가 사랑에 빠지기 시작했다는 건 알아챘죠. 어느 날 내게 끝내주는 아가씨를 만났다고, 전에 만나 본 그 누구와도 다른 여자라고 했습니다. 물론 나는 그 말에 그다지 신경을 쓰진 않았습니다. 에이미어스는 항상 '다른' 여자들을 수도 없이 만나고 다녔으니까요. 한 달쯤 지나서 내가 물으면 그 친구는 누구 얘길 하는 건지도 몰랐죠! 하지만 엘사 그리어는 정말로 달랐습니다. 앨더베리에 와서 그걸 깨달았죠. 그 여자가 크레일을 완전히 사로잡아 옭아매고 있었어요. 그 불쌍한 바보 녀석이 그 여자에게

꼼짝을 못 하더라니까요."

"엘사 그리어도 마음에 들지는 않으셨나 보군요."

"네, 난 그 여자 역시 마음에 들지 않았어요. 그 여잔 분명 약탈자였으니까요. 크레일의 몸과 영혼을 다 소유하려 했습니다. 하지만 그래도 그 친구에게는 캐롤라인보다 엘사가 더 나았을 겁니다. 엘사는 적어도 그 친구를 믿고 혼자 내버려 뒀을 거예요. 어쩌면 그 친구에게 질려 다른 남자를 찾았을 수도 있고요. 하지만 뭐니뭐니 해도 에이미어스에게 최선은 그 복잡한 여자관계를 깨끗이 청산하는 것이었을 겁니다."

"그러나 그것 역시 크레일 씨가 원하는 바는 아니었을 것 같네요."

필립 블레이크는 한숨을 쉬었다.

"그 멍청한 친구는 항상 이 여자 저 여자 건드려서 문제를 복잡하게 만들었죠. 하지만 어떤 면에서 다른 여자는 그에게 아무런 의미가 없었습니다. 그 친구를 진정으로 사로잡았던 건 캐롤라인과 엘사 둘뿐이에요."

"크레일 씨는 아이를 좋아했나요?"

"안젤라요? 아! 다들 안젤라를 예뻐했죠. 정말 말괄량이에 재밌는 아이였어요. 툭하면 장난을 쳤죠. 그러니 그 불쌍한 가정 교사 심정이 어땠겠습니까. 네, 에이미어스는 안젤라를 좋아했죠. 하지만 애가 가끔 도를 지나치면 심하게 화를 내곤 했습니다. 그러면 캐롤라인이 끼어들어 항상 안젤라 편에 섰고 에이미어스는 손을 들 수밖에 없었어요. 에이미어스는 캐롤라인이 자기가 아닌 안젤라 편을 드는 걸 기분 나빠했습니다. 일종의 질투심이었겠죠. 에이미어스는 캐롤라인이 항상 안젤라를 먼저 생각하고 그 애를 위해 뭐든 해 주려고 하는 것을 질투했던 겁니다. 안젤라 역시 에이미어스에게 질투심을 느꼈고, 그의 고압적인 태도에 반항했습니다. 안젤라를 가을부터 기숙 학교에 입학시키려 한 것도 에이미어스의 결정이었죠. 물론 안젤라는 그것 때문에 잔뜩 성질을 부렸습니다. 내가 생각하기에는 학교에 가기 싫어서가 아니라, (사실 오히려 가고 싶어 했죠.) 에이미어스가 제멋대로 독단적으로 결정을 지어서 화가 났던 걸 겁니다. 덕분에 에이미어스가 아주 된통 당했어요. 한번은 안젤라가 그 친구 침대에 민달팽이 열 마리를 집어넣은 적도 있으니까요. 그래도 난 에이미어스의 결정이 옳았다고 생각합니다. 그 아이에겐 제대로 된 교육이 필요했죠. 윌리엄스 양도 유능한 가정 교사였지만, 그런 그녀조차도 안젤라가 점점 버겁다고 털어놓을 정도였으니까요."

필립 블레이크가 말을 멈추자, 이번엔 푸아로가 입을 열었다.

"제가 에이미어스 씨는 아이를 좋아하냐고 물었던 것은 자녀 분, 그러니까 그분 따님을 말하는 거였습니다."

"아, 어린 칼라 말씀이셨군요. 네, 아주 귀여워했죠. 기분이 내킬 때면 딸과 신나게 놀아 주기도 했습니다. 하지만 딸에 대한 애정으로 엘사와의 결혼을 단념하지는 않았을 겁니다. 그 점을 물으시는 거라면 말이죠. 그 정도로 딸에 대해 애틋한 감정을 가지고 있진 않았어요."

"캐롤라인 크레일은 딸에게 아주 헌신적이었나요?"

순간 필립의 얼굴 위로 경련이 이는 듯했다.

"캐롤라인이 좋은 엄마가 아니었다고는 말할 수 없죠. 네, 나쁜 엄마는 아니었어요. 다만 한 가지……."

"네, 블레이크 씨?"

필립은 고통스러운 듯 천천히 입을 열었다.

"다만 한 가지……, 이 사건에서 정말 안타까운 점은 바로 그 아입니다. 그렇게나 어린 나이에 비극적인 사건을 겪었으니. 그 아이는 외국에 있는 에이미어스의 사촌 부부네로 보냈습니다. 나는 정말이지 그 사람들이 아이에게 진실을 알려 주지 않았으면 하는 바램뿐입니다."

푸아로는 고개를 설레설레 저었다.

"블레이크 씨, 진실이란 저절로 모습을 드러내기 마련이지요. 아무리 오랜 시간이 지난다 해도 말입니다."

"그럴까요……."

필립은 중얼거렸다.

"진실 이야기가 나왔으니 말입니다, 블레이크 씨. 제가 한 가지 부탁드릴 게 있습니다."

"뭡니까?"

"앨더베리에 머무는 동안 일어났던 일을 정확히 써 주셨으면 합니다. 그러니까 제게 살인 사건과 당시의 정황들을 상세히 설명하는 편지를 보내 주셨으면 하고 부탁을 드리는 겁니다."

"이거 참……. 그게 몇 년 전 일인데……, 정확하게 쓰긴 어려울 겁니다."

"꼭 그렇진 않을 겁니다."

"분명해요."

"아닙니다. 시간이 지나면서 사람들의 기억 속에는 피상적인 것들이 사라지고 본질만이 남게 되는 법이죠."

"허허! 대략적인 설명만 하면 된다, 뭐 그런 말씀이십니까?"

"아니요, 각 사건에 대한 자세한 설명과 기억나는 모든 대화들을 자세하게 적어 달라는 뜻입니다."

"내 기억이 잘못됐다면요?"

"최대한 기억나는 한도에서 써 주시면 됩니다. 물론 기억이 틀릴 수도 있지만, 그건 어쩔 수 없고요."

블레이크는 호기심 어린 시선으로 푸아로를 바라보았다.

"도대체 무슨 생각입니까? 경찰의 사건 기록을 보면 훨씬 더 정확한 정보를 얻을 수 있을 텐데요."

"아닙니다, 블레이크 씨. 저는 이 사건을 심리학적인 측면에서 보고자 합니다. 단순한 사실로는 부족해요. 블레이크 씨만이 알고 있는 사실이 필요합니다. 블레이크 씨가 어떤 사실을 알고 있느냐는 시간과 기억에 달려 있겠죠. 어쩌면 경찰의 사건 기록에서 찾아볼 수 없는, 당시 벌어진 일들과 오간 말들을 알 수 있을 겁니다. 어쩌면 블레이크 씨가 중요하지 않다고 판단했거나, 다시 반복하고 싶지 않아 언급하지 않았을 사건과 대화들을 말입니다."

블레이크는 날카로운 목소리로 물었다.

"내가 쓴 글이 출판되는 건가요?"

"물론 아닙니다. 그저 제가 읽기 위한 것이지요. 그걸 읽고 제 나름의 결론을 내리기 위해서 말입니다."

"내 동의 없이 그 글을 인용하는 일은 없겠죠?"

"물론입니다."

"음. 난 아주 바쁜 사람입니다, 무슈 푸아로."

"물론 시간과 노력이 드는 일이라는 것은 저도 잘 압니다. 당연히 그에 합당한 수고비를 드려야겠죠."

잠시 침묵이 흘렀다. 그러다 필립 블레이크가 불쑥 입을 열었다.

"아닙니다. 그 글을 써도……, 아무런 대가를 받지 않겠습니다."

"써 주실 건가요?"

필립은 경고하듯 강한 어조로 말했다.

"이거 하나는 명심해 두십시오. 내 기억이 정확할 거라고는 보장할 수 없습니다."

"물론입니다. 충분히 이해합니다."

"그렇다면 한번 해 보고 싶군요. 왠지 에이미어스 크레일에게 빚을 지고 있는 것 같다는 느낌이 들어요."

작은 돼지 한 마리는 집에 머물렀네

에르퀼 푸아로는 절대 사소한 부분들을 무시하는 사람이 아니었다.

따라서 메러디스 블레이크에게 접근할 때도 신중하게 만전을 기했다. 이미 메러디스 블레이크가 필립 블레이크와는 전혀 다른 유형이라는 것을 파악한 것이다. 성급한 전술은 먹히지 않을 터였다. 느긋하고 여유롭게 공략해야 했다.

에르퀼 푸아로는 메러디스 블레이크의 마음을 사로잡는 방법이 한 가지뿐이라는 걸 알고 있었다. 적절한 소개장을 들고 가는 것이다. 그것도 메러디스 블레이크와 사적인 친분이 있는 사람의 소개장을. 다행히 그동안의 경력 덕에 에르퀼 푸아로는 다양한 도시에 많은 친구들을 사귀어 놓은 터였다. 데번셔 또한 예외는 아니었다. 푸아로는 자리에 앉아 데번셔에 있는 인맥들을 찬찬히 살펴보았다. 그 결과 메러디스 블레이크와 안면이 있는 사람 한 명, 친한 친구한 명을 발견해 낼 수 있었다. 푸아로는 조용하고 소박한 생활을 즐기는 과부 레이디 메리 리튼 고어*와 4대째 데번셔에 살고 있는 은퇴한 해군 장군으로부터 받은 소개장으로 단단히 무장을 한 다음, 메러디스 블레이크를 찾아 갔다.

메러디스 블레이크는 어리둥절한 모습으로 푸아로를 맞이했다.

최근 들어 그가 자주 느끼는 거지만 정말이지 세상이 예전 같지 않다. 빌어먹을! 사립 탐정이라면 사립 탐정답게 굴어야지, 시골에서 열리는 결혼식장에서 결혼 선물이나 슬쩍하고 지저분한 문제가 생긴 곳에 나타나 머쓱한 표정을 하고서는 요리조리 기웃거리기나 하니.

하지만 레이디 메리 리튼 고어의 소개장이 있었다. '에르퀼 푸아로는 아주 오래되고 소중한 제 친구에요. 가능한 그를 도와주시겠어요?' 메리 리튼 고어는 확실히 사립 탐정과 어울려 다니거나 그들의 편을 드는 그런 여성은 절대 아니었다. 그리고 크론쇼의 소개장에는 이렇게 쓰여 있었다. '아주 좋은 친구라네. 전적으로 신뢰할 만한 사람이야. 자네가 그 사람을 도와준다면 정말 고맙겠군. 아주 재밌는 친구라 자네에게 이런저런 이야기들도 해 줄 거야.'

그리고 이제 눈앞에 그 장본인이 모습을 드러낸 것이다. 정말이지 눈이 의심스러울 정도였다. 해괴망측한 옷차림에 버튼 부츠, 게다가 우스꽝스러운 콧수염까지! 확실히 메러디스 블레이크가 좋아

---

* 1934년작 『3막의 비극』에도 나왔던 등장인물.

할 만한 타입은 아니었다. 게다가 사냥을 하거나 고상한 게임을 즐기는 사람으로는 보이지 않았다. 외국인이지 않은가.

한편, 에르퀼 푸아로는 약간 즐거운 마음으로 상대편의 머릿속에 스치는 생각들을 정확하게 읽어 냈다.

기차가 웨스트 컨트리*로 들어서는 바로 그 순간부터 호기심이 강렬하게 일었다. 푸아로는 아주 오래전 과거의 사건들이 발생한 바로 그 장소를 두 눈으로 직접 보게 될 거라는 기대감으로 들떠 있었다.

그리고 현재 서 있는 바로 이곳, 핸드크로스 매너는 그 옛날 앨더베리로 놀러 가 젊은 에이미어스 크레일과 캐롤라인이라는 이름의 소녀와 함께 어울려 테니스를 치기도 하며 즐겁게 지내던 두 형제가 살았던 곳이었다. 그 끔찍한 사건이 일어나던 날 아침, 메러디스가 앨더베리로 향해 출발한 곳도 바로 여기였다. 그리고 16년이라는 세월이 흘렀다. 에르퀼 푸아로는 다소 어색한 표정으로 예의를 차리는 눈앞의 남자를 흥미롭게 바라보았다.

푸아로의 예상대로였다. 메러디스 블레이크는 여느 영국 시골 신사와 마찬가지로 검소하고 야외 활동을 즐기는 사람이었다.

낡아빠진 해리스 트위드** 재킷을 걸치고 햇볕에 그을린 온화한 얼굴에 빛이 좀 바랜 듯한 파란 눈을 하고 있었고 얇은 입술의 반

---

* 영국 잉글랜드의 남서부 지역.

** 스코틀랜드 해리스 섬에서 나는 손으로 짠 모직물.

정도는 약간 지저분한 콧수염에 가려져 있었다. 확실히 메러디스 블레이크는 동생과는 영 딴판이었다. 우물쭈물하는 듯 굼뜬 행동에 머리 회전 역시 느렸다. 세월이 흐름과 동시에 동생이 점점 약삭빠른 사람이 되었다면, 그는 정반대로 점점 느릿느릿한 사람이 된 것 같았다.

푸아로가 이미 예측했듯, 재촉할 수 있는 사람이 아니었다. 영국 전원의 느긋한 생활이 뼛속 깊숙이 박혀 있는 사람이었다.

조너선 씨의 말로는 두 형제가 두어 살 정도밖에 차이나지 않는다고 했지만, 푸아로가 보기에는 동생보다 나이가 훨씬 들어 보였다.

에르퀼 푸아로는 내심 '보수적인 노인'들을 다루는 법을 잘 알고 있다고 자부하고 있었다. 영국인처럼 보이려고 애쓸 필요는 전혀 없었다. 그저 외국인……, 철저히 외국인 티만 내면 관대한 마음으로 아량을 베풀려 할 터였다. '물론 외국인들이란 이 나라의 예절을 모르지. 아침 식사 자리에 나와 대뜸 악수를 하려 들겠지. 하지만 고상한 사람이라면…….'

푸아로는 머리를 굴려 이러한 인상을 심어 주어야겠다고 다짐했다. 두 남자는 조심스럽게 레이디 메리 리튼 고어와 크론쇼 장군에 대한 이야기를 나눴다. 그 외에도 다른 이름들이 나왔다. 다행히 푸아로는 그 누군가의 사촌을 알았고, 다른 누군가의 올케를 만난 적이 있었다. 이제야 시골 신사의 얼굴에 친밀한 기색이 드러났다. '이 친구 제대로 된 사람들을 알고 있군.'이라고 생각하는 듯했다.

품위 있고 교묘하게, 푸아로는 방문의 목적을 끄집어냈다. 이미

예상했던 반응을 무마시키기 위해 재빨리 선수를 쳤다. 책을 쓰려고 한다. 크레일 양, 그러니까 현재는 레마챈트 양으로 불리는 그녀는 내가 이 사건을 현명하게 저술하길 애타게 바라고 있다. 불행한 일이었지만 대중들은 사실을 알 권리가 있다. 물론 당사자들의 감정을 상하게 만들지 않는 범위 내에서 자극적인 문구들은 피하고 최대한 신중을 기하겠다…….

메러디스 블레이크는 분노로 얼굴이 벌겋게 달아올랐다. 파이프 안에 담배를 채우는 손이 살짝 떨렸다. 그러고는 살짝 더듬으며 입을 열었다.

"정말, 정말이지 자…… 잔인하군요. 그런 일들을 파헤치다니. 시, 십육 년 전의 일이에요. 왜 그냥 가만히 내버려 두지 않는 겁니까?"

푸아로는 어깨를 으쓱했다.

"저도 같은 생각입니다. 하지만 어쩌겠습니까? 그런 걸 원하는 사람들이 있는데요. 게다가 누구든 과거의 사건을 재구성해 보고 그에 대해 의견을 진술할 자유가 있습니다."

"제겐 수치스러운 일입니다."

"아아……, 요새 사람들은 섬세하지가 못하죠. 블레이크 씨, 제가 그동안 불쾌한 여론들을 얼마나 성공적으로…… (뭐랄까, 무마라고 할까요?) 무마시켜 왔는지 아신다면 놀라실 겁니다. 저는 크레일 양의 마음을 편하게 해 주기 위해 뭐든 할 각오를 하고 있습니다."

"칼라! 그 아이가! 벌써 다 자라 어른이 되었겠군요. 정말 믿을 수가 없습니다."

메러디스 블레이크가 중얼거렸다.

"그래요. 세월이 정말 쏜살같이 흘러가죠?"

메러디스 블레이크는 한숨을 쉬며 대답했다.

"너무 빠르죠."

"제가 이제 크레일 양의 편지를 보여 드리겠지만, 크레일 양은 과거에 일어난 그 안타까운 사건들에 대해 가능한 모든 걸 알고 싶어 합니다."

그러자 메러디스 블레이크는 울컥 짜증이 나는 듯 목소리를 높였다.

"왜요? 왜 그 모든 일들을 다시 *끄집어내야* 한답니까? 차라리 전부 잊어버리도록 놔두는 편이 훨씬 나을 텐데요."

"블레이크 씨, 그건 블레이크 씨께서 과거의 모든 일들을 너무 소상히 알고 있기 때문에 그런 말씀을 할 수 있는 겁니다. 크레일 양은 아무것도 모르고, 어느것도 기억하지 못해요. 아는 거라고는 공식적으로 발표된 것뿐이죠."

메러디스 블레이크는 한풀 꺾인 기세로 입을 열었다.

"그래요, 제가 잊고 있었군요. 불쌍한 것, 그 아이는 얼마나 괴로울까. 진실을 알게 되어 충격을 받았겠죠. 무자비하고 냉혹한 재판 보고서들만 봤을 테니."

"진실이란 단순한 법률적 사실만이 전부가 아니죠. 거기엔 중요한 것들이 빠져 있으니까요. 극적인 사건에 등장했던 배우들의 감정과 느낌, 성격이 말입니다. 그리고 정당한 이유도……."

푸아로가 말을 멈추자, 블레이크는 큐 사인을 받은 배우처럼 열정적으로 말을 내뱉기 시작했다.

"정당한 이유라고요! 바로 그겁니다. 사건에 정당한 이유라는 게 있다면 바로 그 사건이 그럴 겁니다. 에이미어스 크레일은 제 오래된 친구였고 그의 가족과 저희 가족은 대대로 친분이 두텁지만, 솔직히 그의 행실이 나빴다는 건 인정할 수밖에 없습니다. 물론 어쩌면 예술가라서 그랬던 것일지도 모르죠. 어쨌거나 그 친구는 엄청난 일이 일어나도록 내버려 뒀어요. 정상적이고 점잖은 남자라면 단 한 순간도 꿈꾸지 않았을 일을 저지른 겁니다."

"저도 그 점이 궁금합니다. 당시의 상황이 아주 당혹스럽더군요. 좋은 가문에서 자란 남자, 세상 물정을 잘 아는 남자라면 그런 일을 저지르지 않았을 텐데 말이지요."

블레이크의 깡마르고 주저하던 얼굴에 활기가 돌았다.

"그렇죠. 하지만 에이미어스는 절대 평범한 남자가 아니었습니다! 아시겠지만 그 친구는 화가였고 그에게는 항상 그림이 우선이었죠……. 가끔은 정말이지 이해할 수 없을 정도로 말입니다! 저는 소위 예술가라는 사람들을 이해할 수가 없어요. 이해해 본 적도 없죠. 하지만 크레일은 조금이나마 이해할 수가 있습니다. 평생을 알고 지낸 데다가 그 친구나 저나 비슷한 환경에서 자랐고요. 그리고 여러 모로 크레일은 크레일 가의 피를 그대로 물려받았습니다. 예술가가 됐다는 점만 제외하고 말입니다. 그것도 아마추어가 아닌 일류……, 정말 일류 화가였죠. 그 친구를 일컬어 천재라고 하는 사람들도 있더군요. 맞는 말일지도 모릅니다. 하지만 그 친구는 너무 한쪽으로 치우쳐 있었어요. 그림을 그릴 때 다른 것은 안중에도 없었죠. 그 누구도 그 어떤 것도 그 시간을 방해하게 두지 않았습니다. 마치 꿈속에 사는 남자처럼 자신이 하는 일에만 완전히 사로잡혀 있었어요. 그림을 완성시킨 다음에야 무아지경에서 헤어 나와 다시 평범한 생활로 돌아갔죠."

그는 미심쩍은 눈초리로 푸아로를 바라보고는 고개를 끄덕였다.

"제 말을 이해하시는군요. 제 생각에는 바로 그 때문에 그런 특수한 상황이 발생한 것 같습니다. 크레일은 그 어린 아가씨와 사랑에 푹 빠져 결혼하길 원했습니다. 그리고 아내와 아이도 버릴 준비가 되어 있었죠. 하지만 크레일은 집에서 그 아가씨의 그림을 그리기 시작했고, 그 그림을 완성하길 원했습니다. 그것 외에는 관심 밖의 일이었고 다른 건 그 친구 눈에 들어오지도 않았던 겁니다. 한 지붕 아래 아내와 정부(情婦)를 같이 둔다는 게 얼마나 어이없는 상황인지도, 그 친구는 깨닫지 못했던 것 같습니다."

"두 여성 분들도 크레일 씨의 성향을 이해했습니까?"

"아, 그럼요……, 어느 정도는요. 아마도 엘사는 이해했을 겁니다. 크레일의 그림에 아주 열광적이었으니까요. 하지만 그래도 역시 꽤 불편한 입장이었을 겁니다. 당연한 일이지요. 그리고 캐롤라인은……."

블레이크가 주저하듯 말을 멈추자, 푸아로가 거들었다.

"캐롤라인은……, 어땠습니까?"

메러디스 블레이크는 힘겹게 입을 열었다.

"캐롤라인……. 저는…… 그러니까 저는 캐롤라인을 사랑했습니다. 그녀와 결혼하고 싶다는 생각을 한 적도 있었죠. 하지만 그런 생각은 곧 버렸죠. 이렇게 말해도 될지 모르지만, 그래도 그녀를 위해서라면 뭐든 해 주고 싶다는 마음은 항상 간직하고 있었습니다."

푸아로는 생각에 잠긴 채 고개를 끄덕였다. 구세대 같은 그의 말이 눈앞에 있는 이 남자의 성격을 그대로 드러내 준다는 생각을 했다. 메러디스 블레이크는 사랑하는 여인을 위해서라면 자신을 다 바칠 수 있는 그런 남자였다. 아무런 보상도 바라지 않은 채 그 숙녀에게 헌신을 다했을 터였다. 그야말로 이 남자의 성격과 꼭 맞아떨어졌다.

푸아로는 조심스럽게 말을 고른 후 물었다.

"그렇다면 그녀에 대한 크레일 씨의 태도에 분개하셨겠군요?"

"그랬습니다, 물론 그랬죠. 그 문제로 크레일에게 직접 충고를 하기도 했죠."

"그게 언제였습니까?"

"그 사건이 일어나기 전날이었습니다. 다들 이리로 차를 마시러 왔었죠. 저는 크레일 옆에 앉아 얘기를 했죠. 제 기억으로는, 두 여자 모두에게 공평하지 못한 일이라고도 말했어요."

"아, 그렇게 말씀하셨습니까?"

"네. 하지만 그 친구는 전혀 이해하지 못하는 것 같았습니다."

"그랬겠죠."

"캐롤라인이 견디기 힘들 거라고 말했습니다. 그 아가씨와 결혼할 작정이라면 그 아가씨를 집에 둬서는 안 된다고……, 캐롤라인의 면전에 그 아가씨를 두는 건 그녀를 모욕하는 거라고 말입니다."

"크레일 씨는 뭐라고 대답하던가요?"

푸아로는 궁금한 얼굴로 물었다.

메러디스 블레이크는 혐오스럽다는 듯 얼굴을 찌푸리며 대답했다.

"'캐롤라인이 참아야지.'라고 대답하더군요."

에르퀼 푸아로는 눈썹을 치켜 올렸다.

"냉정한 대답이군요."

"정말 가증스럽다는 생각이 들었습니다. 순간 울화통이 터졌죠. 어쩌면 그렇게 아내 생각을 조금도 하지 않을 수 있나, 너 때문에 그녀가 얼마나 괴로워하는지 아느냐, 게다가 그 어린 아가씨는? 그 아가씨도 얼마나 난처한 입장일지 생각이나 해 봤냐? 이렇게 다그쳤지만 돌아온 대답이라고는 '엘사도 참아야지.' 뿐이었습니다!

그러고는 이렇게 말했죠. '메러디스, 넌 이걸 모르는 것 같아. 지금 내가 그리고 있는 그림은 그동안 그렸던 것 중에서도 최고라고, 단연 최고야. 질투심에 사로잡힌 두 여자가 싸운다 해도 그 그림을 망칠 순 없을 거야……. 암, 그렇고 말고. 절대 안 될 일이지.'

정말이지 계속 말해 봐야 제 입만 아플 뿐이었죠. 저는 그에게 사람으로서의 기본적인 도리도 다 저버린 것 같다고 쏘아붙였습니다. 그림이 전부가 아니라고도 했고요. 그러자 그 친구가 불쑥 끼어들어 이렇게 말하더군요. '하지만 나에겐 그게 전부야.'

저는 더욱 화가 머리끝까지 치솟았습니다. 캐롤라인은 항상 수치심을 안고 살아야 했다고, 그 친구 때문에 끔찍한 삶을 살아야 했다고 했죠. 크레일은 자기도 잘 알고 있고 미안하게 생각한다고 하더군요. 미안하다니! 계속 자기 변명을 하더라고요. '나도 알아, 메리. 넌 믿지 않겠지만 사실이라고. 내가 그동안 캐롤라인의 인생을 지옥처럼 만들었고 캐롤라인은 성자처럼 꿋꿋이 견뎌 냈어. 하지만 캐롤라인도 내가 이러리라는 걸 잘 알고 있었을 거야. 내가 얼마나 지독한 이기주의자에 방탕한 생활을 즐기는 인간인지 캐롤라인에겐 솔직하게 털어 놨으니까.'

그래서 저는 그렇다면 더더욱 결혼 생활을 깨서는 안 되지 않냐고 강하게 밀어 붙였습니다. 아이도 있는데 그러는 것 아니라고요. 엘사 같은 아가씨가 남자들의 마음을 사로잡는 건 이해하지만, 그녀를 위해서라도 관계를 청산해야 한다고 했습니다. 지금이야 아직 어리고 무모하지만 나중에 지독하게 후회할지도 모른다고요. 저는 크레일에게 다시 정신을 차리고 그 아가씨와의 관계를 깨끗이 청산한 뒤 아내에게로 돌아갈 수는 없겠냐고 물었습니다."

"뭐라고 하던가요?"

"그 친구는 당황한 것 같았습니다. 제 어깨를 두드리며 이렇게 말했죠. '넌 정말 좋은 친구야, 메리. 하지만 지나치게 감상적이지. 완성한 내 그림을 본다면 너도 내가 옳았다는 걸 인정하게 될 거야.'

제가 '그 빌어먹을 그림 확 망쳐 버렸으면 좋겠어.'라고 하자 그 친구는 씩 웃으며 영국에 있는 신경질적인 여자들을 죄다 모아 놓는다 해도 그건 불가능할 거라고 대꾸하더군요. 어쨌든 저는 그림이 완성될 때까지 캐롤라인에게 모든 사실을 비밀로 했더라면 더 좋았을 거라고 했죠. 그 친구 왈, 자기 잘못이 아니라고 하더군요. 비밀을 털어놓자고 고집한 건 엘사라면서요. 그 이유가 뭐냐고 물었더니 정직하지 못한 일이라고 했답니다. 모든 상황을 분명하고 떳떳하게 밝히고 싶다고요. 뭐, 어떻게 보면 그 아가씨의 그런 점은 이해하고 존경할 수도 있겠죠. 행실이 나쁘긴 하지만 적어도 솔직했으니까요."

"그런 정직함 때문에 수없이 많은 고통과 슬픔이 생겨나죠."

푸아로의 말에 메러디스 블레이크는 의아한 눈길을 던졌다. 푸아로의 말이 그리 마음에 들지 않는 모양이었다. 그는 한숨을 쉬고는 입을 열었다.

"정말이지……, 저희 모두에게 있어 가장 불행한 때였습니다."

"그러한 상황에서 초연했던 사람은 에이미어스 크레일뿐이었겠군요."

"왜 아니겠습니까? 지독한 이기주의자였으니까요. 지금도 눈에 선합니다. 떠나면서 절 보고 씩 웃으며 이렇게 덧붙이기까지 하더군요. '걱정하지 마, 메리. 다 잘 풀릴 거야!'"

"구제 불능의 낙천주의자였군요."

푸아로가 중얼거렸다.

"여자들을 진지하게 생각하지 않는 남자였어요. 차라리 캐롤라인이 절망적인 상태라고 말할 걸 그랬습니다."

"캐롤라인이 블레이크 씨에게 그렇게 말했나요?"

"그렇게 말하진 않았습니다. 하지만 그날 오후에 그녀의 얼굴에서 그걸 느낄 수가 있었죠. 창백한 얼굴에 필사적으로 즐거워 보이려는 듯 행동하는 것이 영 부자연스러웠습니다. 많이 떠들고 웃기도 많이 웃었죠. 하지만 그녀의 눈에는……, 번민에 찬 슬픔이 떠올라 있었고 그건 제가 여태껏 본 중에서도 가장 가슴을 찡하게 만드는 그런 것이었습니다. 정말이지 순한 여자였어요."

에르퀼 푸아로는 아무 말 없이 그를 바라보았다. 눈앞의 이 남자는 바로 그 여자가 다음 날 교묘하게 남편을 살해했다고는 전혀 생각하지 않는 것 같았다.

메러디스 블레이크는 계속 말을 이어 나갔다. 처음에는 의심스러운 듯 적개심을 드러내었지만 이제는 아주 편안하게 이야기를 해 나갔다. 에르퀼 푸아로는 남의 말을 잘 들어 줄 줄 아는 재능을 가지고 있었다. 메러디스 블레이크와 같은 남자들에게는 과거의 이야기 보따리를 풀어 놓는 것이 확실히 즐거운 일일 것이다. 이제 그는 손님에게라기보다는 자기 자신에게 이야기하듯 막힘없이 술술 이야기를 풀어 나갔다.

"뭔가 이상하다는 걸 눈치 챘어야 했습니다. 대화의 주제를 제 취미 생활로 이끌어 나간 게 바로 캐롤라인이었으니까요. 솔직히 말씀드리자면 저는 약초학에 단순한 취미로써가 아니라 아예 푹 빠져 있었죠. 고대 영국의 약초학은 정말이지 흥미로운 연구 분야입니다. 현재에도 약에 일반적으로 쓰이는 약초며, 이제는 공식적인 약전에서 사라져 버린 약초며 그 종류가 어마어마해요. 이 풀과 저 풀을 간단하게 달인 것뿐인데 병을 낫게 해 주는 걸 보면 정말 경이롭죠. 의사가 필요 없을 정도입니다. 프랑스 인들은 약초에 대해 잘 알죠……. 프랑스에서 만든 약탕기는 정말 최상급이고요."

메러디스 블레이크는 자신의 취미에 대해 늘어놓는 데 푹 빠져 있었다.

"이를테면 민들레 차는 효능이 뛰어나죠. 그리고 장미 열매를 달인 약도요. 지난번에 의료계에서도 약초가 다시 인기를 끌고 있다는 기사를 본 적이 있습니다. 이런, 저는 정말이지 약초학에 푹 빠져 있습니다. 적절한 시기에 약초를 뜯고 말려서 물에 불리고……, 그런 모든 것들이 좋습니다. 때로는 미신에 빠져 만월일 때 약초를 캐거나 고대 사람들의 조언을 따르기도 합니다. 그날 손님들에게 특별히 헴록에 대한 설명을 했던 게 기억납니다. 헴록은 2년에 한 번 꽃을 피우죠. 시들기 전, 한층 무르익었을 때 열매를 따야 합니다. 그 열매를 달이면 코닌이라는 약이 나오는데, 아마 과거에 그 어느 약전에도 공식적인 조제법이 실린 적이 없었을 겁니다. 하지만 저는 그 약이 백일해, 그리고 천식에도 특효약이라는 걸 입증해 냈습니다."

"실험실에서도 손님들에게 이 이야기를 하셨나요?"

"네, 실험실을 구경시켜 주고 다양한 약에 대해 설명을 했습니다. 쥐오줌풀이 어떻게 고양이들을 끌어들이는지, 냄새만으로도 고양이들을 끌어모은다는 것도요! 그리고 다들 독초에 대해 묻길래 벨라도나*와 아트로핀**에 대한 얘기를 해 줬죠. 다들 아주 흥미진진해 하더군요."

"다들이라고요? 그건 누구누구를 말씀하시는 거죠?"

메러디스 블레이크는 상대방이 그 당시의 정황에 대해 아무런 것도 모른다는 사실을 잊고 있었다는 듯, 약간 놀란 표정을 지었다.

"아, 전부 말입니다. 어디 보자, 필립이 있었고 물론 에이미어스와 캐롤라인도 있었고 안젤라, 그리고 엘사 그리어까지요."

"그게 전부인가요?"

"네……, 그런 것 같습니다. 그래요, 확실합니다."

블레이크는 의아하다는 듯 푸아로를 바라보았다.

"달리 누가 또 있었겠습니까?"

"어쩌면 가정 교사가 있지 않았을까 생각했습니다……."

"아, 그렇군요. 하지만 그녀는 그날 오후 그 장소에 없었습니다. 이젠 이름도 기억이 나질 않는군요, 훌륭한 여자였는데. 자신에게 주어진 임무를 아주 성실하게 수행했어요. 하지만 안젤라 때문에 골치 좀 아팠을 겁니다."

"왜죠?"

"안젤라가 착한 아이긴 했지만 아주 말괄량이였거든요. 장난도 심했죠. 어느 날은 에이미어스가 한창 그림에 몰두하고 있는데 살

---

* 가짓과의 여러해살이풀. 독이 있으며 잎은 진통제로 쓰인다.

** 중추 신경에 작용하여 흥분, 환각 등을 일으키다가 나중에는 혼수 상태, 체온 강화, 호흡 마비 등을 일으키는 부교감 신경 차단제.

금살금 다가가 옷 속에다 민달팽인지 뭔지를 집어넣었어요. 그 친구 화가 머리끝까지 나서 사방이 쩌렁쩌렁 울릴 정도로 욕지거릴 내뱉었어요. 아마도 그 친구가 안젤라를 기숙 학교에 보내자고 고집한 것도 그 때문일 겁니다."

"안젤라를 기숙 학교에 보낸다고요?"

"네. 그렇다고 해서 크레일이 안젤라를 싫어했다는 건 아니지만, 가끔은 성가시게 생각했습니다. 그리고 저는……, 그러니까 왠지 드는 생각이……."

"어떤 생각이 드셨다는 거죠?"

"크레일이 질투를 하는 것 같다는 생각이 들었습니다. 아시겠지만 캐롤라인은 안젤라에게 절절맸어요. 어떤 면에서는 안젤라를 제일 중요하게 생각했죠. 그리고 에이미어스는 그걸 마땅찮아 했고요. 물론 캐롤라인에게도 그럴 만한 이유가 있었습니다만 더 이상은 말씀드리기가……."

순간 푸아로가 끼어들었다.

"그럴 만한 이유란 건 캐롤라인 크레일이 어린 여동생의 얼굴에 상처를 남긴 데 대한 죄책감이었겠죠?"

"아, 그걸 알고 계셨습니까? 그건 말하지 않으려고 했는데. 이미 다 끝난 일이니까요. 하지만 맞아요, 바로 그것 때문이었을 겁니다. 캐롤라인은 항상 아무리 동생에게 잘해 줘도 그 일을 보상해 주기엔 부족하다고 생각하는 것 같았습니다."

푸아로는 진지한 표정으로 고개를 끄덕이고는 이렇게 물었다.

"안젤라는 어땠나요? 그 일로 인해 의붓 언니에게 원한을 품지는 않았나요?"

"아, 절대 아닙니다. 그렇게 지레짐작하시면 안 됩니다. 안젤라는 캐롤라인을 잘 따랐고 그 오래된 과거의 일은 염두에도 두지 않았습니다. 그 일을 용서할 수 없었던 건 캐롤라인 자신이었죠."

"안젤라는 기숙 학교에 간다는 사실을 순순히 받아들였나요?"

"아니요, 그러지 않았습니다. 에이미어스에게 엄청나게 화를 냈죠. 캐롤라인도 안젤라 편을 들었지만 에이미어스는 아주 단호했어요. 성미가 불같긴 하지만 웬만하면 쉽게 쉽게 넘어가 주는 편인데, 그 친구가 한번 마음을 단단히 먹으면 아무도 이길 수가 없거든요. 캐롤라인과 안젤라도 결국 손을 들었습니다."

"안젤라는 언제 학교에 들어가기로 되어 있었습니까?"

"가을 학기부터요. 제가 기억하기로는 당시에 짐을 꾸리고 있었죠. 그 비극적인 사건이 일어나지만 않았더라면, 며칠 후에 학교로 떠났을 겁니다. 그날 아침에도 안젤라의 짐을 꾸리는 걸 가지고 둘이 얘기하는 걸 들었어요."

"그렇다면 가정 교사는요?"

"무슨 말씀이신지……, 가정 교사라니요?"

"가정 교사는 안젤라가 기숙 학교 가는 것에 대해 어떻게 생각했습니까? 그렇게 되면 직장을 뺏기게 되는 셈이지 않습니까?"

"그래요……. 뭐, 그럴 수도 있었겠군요. 칼라도 가정 교사에게 몇 가지 배우긴 했지만 겨우 여섯 살이나 됐나, 어렸던 데다 보모가 있었으니 윌리엄스 양을 계속 두진 않았을 겁니다. 맞아요, 이제야 이름이 생각나네요……, 윌리엄스. 이야기하다 보면 옛날 일들이 새록새록 기억난다는 게 정말 신기하죠."

"네, 정말입니다. 이제 과거로 돌아가신 거죠. 당시의 광경……, 사람들이 하던 말, 몸짓, 얼굴의 표정들이 떠오르십니까?"

메러디스 블레이크는 천천히 입을 열었다.

"어느 정도는, 그래요……. 하지만 모든 걸 다 기억할 수는 없죠. 그저 드문드문 떠오를 뿐입니다. 예를 들어 처음으로 에이미어스가 캐롤라인과 헤어질 작정이라는 것을 알았을 때 충격 받았던 건 기억나지만, 제게 그 이야기를 한 게 그 친구였는지 아니면 엘사였는지는 통 기억이 나질 않아요. 그 문제로 엘사와 다툰 건 기억납니다. 그녀의 행동이 아주 비열한 짓이라는 걸 알려 주려 했죠. 하지만 그녀는 항상 그렇듯 냉정하게 비웃으면서 저더러 구닥다리라고 하더군요. 뭐, 저도 구닥다린 건 인정하지만 그래도 제가 옳았다고 생각해요. 에이미어스에겐 아내와 아이가 있으니……. 가족을 버리는 건 안 될 일이죠."

"하지만 그리어 양은 그러한 생각이 구시대적이라 생각한 거군요?"

"그렇습니다만 들어 보세요. 16년 전에는 지금처럼 이혼이 당연하지가 않았답니다. 하지만 엘사는 같이 있어서 행복하지 않다면 차라리 헤어지는 편이 낫다고 생각하는 신세대였죠. 에이미어스와 캐롤라인은 계속 싸워 댈 테니 아이를 위해서라도 그 편이 나을 거라고요."

"그리어 양의 생각에 동감하진 않으셨나요?"

"저는 항상 엘사가 자신이 무슨 말을 하는지도 모르고 떠든다고 생각했습니다. 이것저것 책에서 읽은 것이나 친구들에게서 들은 말을 떠들어 댔죠……. 그저 앵무새일 뿐이었어요. 이상한 말로 들리겠지만 왠지 안쓰러웠습니다. 엘사는 너무 어리고 너무 자신만만했어요."

그는 잠시 말을 멈추었다가 다시 이렇게 덧붙였다.

"젊음에는 특별한 무언가가 있습니다, 무슈 푸아로. 그건…… 정말이지 지독할 정도로 감동적이죠."

에르퀼 푸아로는 호기심 어린 시선으로 그를 바라보며 말했다.

"무슨 말씀이신지 알겠습니다."

블레이크는 다시 말을 시작했다. 푸아로에게라기보다는 자기 자신에게 말하는 듯했다.

"그것 또한 제가 크레일과 다투게 된 이유입니다. 그 친구는 엘사보다 거의 스무 살이나 많았어요. 말도 안 되는 일이잖습니까."

"다른 사람들을 설득하기란 쉬운 일이 아니죠. 일단 마음을 정하고 나면, 그 마음을 되돌리도록 만드는 게 쉽지 않은 법입니다."

푸아로가 중얼거렸다.

"지당하신 말씀입니다."

블레이크의 어조에는 어둡고 쓸쓸한 기색이 배어 나왔다.

"제가 끼어든 것도 아무짝에 소용이 없었죠. 저라는 사람이 워낙에 설득력이라곤 없었으니까요."

이 말에 푸아로는 재빨리 블레이크에게 시선을 던졌다. 블레이크의 어조에 자신의 존재감이 부족한 데 대한 실망감과 약간의 신랄함이 스며 있다는 사실을 알아차렸다. 그리고 푸아로 또한 방금 한 블레이크의 말을 인정했다. 메러디스 블레이크는 다른 누군가를 설득해 뭘 하게 만들거나 그만두게 만들 수 있는 사람이 아니었다. 선의에서 비롯된 그의 노력을 다들 무시해 버렸을 것이다. 다들 그의 충고 또한 건성으로라도 듣긴 들었을 테지만, 분명 무시해 버렸을 것이다. 그런 충고는 아무런 무게도 지니지 않았을 테고 그는 본질적으로 무력한 남자였다.

푸아로는 고통스러운 주제를 바꾸기 위해 다른 질문을 던졌다.

"그 실험실은 아직 있습니까?"

"아니요."

목소리가 날카로웠다. 화가 난 듯 얼굴이 벌겋게 달아오른 메러디스 블레이크는 맹렬한 기세로 퍼부었다.

"전부 버렸어요, 죄다 없애 버렸습니다! 계속 약을 만들 수가 없었어요……. 제가 어떻게 그럴 수 있었겠습니까? 그렇게 끔찍한 일이 일어났는데. 어쩌면 그 일은 모두 제 잘못일지도 모릅니다."

"아닙니다, 아니에요, 블레이크 씨. 너무 예민하시군요."

"그렇게 생각하지 않으세요? 만약 제가 그 빌어먹을 약들을 만들어 두지 않았더라면? 그날 오후, 그 약에 대해 떠벌리고 자랑하지 않았더라면? 하지만 전 전혀, 꿈에도 생각 못했어요. 제가 어떻게 알았겠습니까……."

"지당하신 말씀입니다."

"하지만 제가 큰 실수를 한 겁니다. 그 쥐꼬리만 한 지식을 자랑하느라 들떠서 그만, 자만심에 눈이 먼 머저리였죠. 게다가 그 빌어먹을 코닌을 콕 짚어 얘기했으니. 사람들을 서재로 데려가『파이돈』에서 소크라테스의 죽음에 대해 묘사한 구절을 읽어 주는 바보짓까지 하고 말았어요. 아주 훌륭한 책이죠. 저는 항상 그 책을 숭배해 왔지만 그때 이후로 그 구절이 제 머릿속을 떠나지 않아요."

"경찰들이 코닌 병에서 지문을 발견했습니까?"

"네."

"캐롤라인 크레일의 지문을요?"

"네."

"블레이크 씨의 지문이 아니라?"

"네, 전 병을 만지지 않았습니다. 그저 가리키며 이야기만 했죠."

"하지만 그래도 만지신 적은 물론 있겠죠?"

"아, 물론입니다. 주기적으로 병에 쌓인 먼지들을 청소했으니까요. 물론 실험실 안으로는 하인들이 절대 들어가지 못하도록 했고요. 마지막으로 청소를 한 게 손님들이 오기 사오 일 전이었습니다."

"실험실은 잠가 두셨나요?"

"항상요."

"그렇다면 캐롤라인 크레일이 그 병에서 코닌을 가져간 건 언젭니까?"

메러디스 블레이크는 주저하듯 입을 열었다.

"실험실에서 마지막으로 나온 사람이 캐롤라인이었습니다. 제가 부르자 허둥지둥 나오던 게 기억이 나네요. 뺨이 살짝 발그레했고 크게 뜬 눈은 흥분한 듯했습니다. 세상에, 지금도 그녀의 모습이 생생해요."

"그날 오후에 캐롤라인과 이야기를 해 본 적이 있으신가요? 그러니까 부부 문제에 대해 논의해 보신 적이 있으십니까?"

블레이크는 낮은 목소리로 천천히 입을 열었다.

"직접적으로 이야기하지는 않았습니다. 아까 말씀드린 대로 캐롤라인은 혼란스러워 보여서 그나마 가까이 있을 때 제가 '혹시 무슨 문제라도 있는 거야?'라고 물었더니 '모든 게 다 문제야……'라고 대답하더군요. 그 목소리가 얼마나 절망스럽게 들리던지……. 그리고 캐롤라인이 한 말이 옳았습니다. 어찌 해 볼 도리가 없었죠. 에이미어스 크레일은 캐롤라인의 전부였으니까요. 그녀는 또 이렇게 말했습니다. '모든 게 다 끝났어, 완전히. 나도 끝나 버렸고, 메러디스.' 그리고 깔깔거리며 웃더니 다른 일행들에게 다가가 아주 부자연스럽게 억지로 활발한 척을 하더라고요."

에르퀼 푸아로는 천천히 고개를 끄덕였다. 그 모습은 마치 중국 목각 인형 같았다.

"네. 그렇군요, 그랬군요……."

메러디스 블레이크는 갑자기 주먹을 쾅 내려쳤다. 목소리가 커지면서 거의 고함을 지르듯 외쳤다.

"이거 하나만은 꼭 알아 두십시오, 무슈 푸아로. 캐롤라인 크레일이 재판에서 그 독약을 자신이 먹을 작정으로 가져갔다고 말한 건 분명 사실입니다! 당시에 그녀는 살인을 저지를 생각이 조금도 없었어요, 분명합니다. 그런 생각은 나중에 든 거겠죠."

"그런 생각이 나중에야 들었다고 확신하십니까?"

에르퀼 푸아로의 물음에 블레이크는 그를 뚫어지게 바라보았다.

"네? 무슨 말씀이신지……."

"그러니까 캐롤라인이 살인을 하겠다는 생각을 나중에라도 가졌다고 확신하시는지를 묻는 겁니다. 정말로 캐롤라인 크레일이 교묘하게 살인을 저질렀다고 확신하십니까?"

메러디스 블레이크는 거칠게 숨을 몰아쉬더니 말했다.

"하지만 그런 게 아니라면……. 그게 아니면, 일종의 사고라고…… 그렇게 생각하시는 겁니까?"

"꼭 그런 것은 아닙니다."

"정말 뜻밖의 말씀이시군요."

"그런가요? 캐롤라인 크레일이 순한 분이었다고 말씀하셨잖습니까. 그렇게 순한 사람이 살인을 저지를 수 있을까요?"

"캐롤라인이 순한 사람이었던 건 사실입니다. 하지만 아시는 것처럼 아주 격렬하게 다툼을 하기도 했어요."

"그렇다면 그렇게 순한 분은 아니었군요?"

"그렇지는 않습니다. 아, 뭐라고 설명을 드려야 할지 정말 어렵군요."

"천천히 말씀하셔도 됩니다."

"캐롤라인은 혀가 날카로웠습니다. 말할 때 아주 격렬했죠. '난 당신을 증오해. 당신이 죽어 버렸으면 좋겠어.'라는 식으로요. 하지만 진심은 아닙니다. 진짜 그런 행동을 하겠다는 게 아니에요."

"그렇다면 크레일 부인이 살인을 저지를 만한 성격은 못 된다는 말씀이시군요?"

"정말 난처한 질문만 하시는군요, 무슈 푸아로. 정 그렇게 물으신다면, 네……. 캐롤라인은 그럴 만한 사람이 아니라고밖에 대답드릴 수가 없습니다. 굳이 설명하자면 갑작스러운 분노 때문이었다고 할까요. 캐롤라인은 남편을 사랑했습니다. 그러한 상황에서는 어떤 여자라도 살인을 저지를 수 있겠죠."

푸아로는 고개를 끄덕였다.

"네, 저도 그렇게 생각합니다……."

"처음에는 정말이지 놀라서 말문이 막힐 지경이었습니다. 사실일 리가 없다고 생각했어요. 그리고 사실이 아니었죠. 그러니까 제 말은 그런 짓을 저지른 건 캐롤라인의 본모습이 아니었다는 겁니다."

"하지만 법률적인 면에서 캐롤라인 크레일이 범행을 저질렀다고는 확신하고 계시는 거죠?"

다시 한 번 메러디스 블레이크는 푸아로를 뚫어지게 응시했다.

"이런 세상에, 그녀가 아니라면……."

"네, 그랬다면요?"

"다른 가능성이 있을 거라고는 생각할 수가 없어요. 사고? 그것 역시 불가능한 일이죠."

"물론 불가능한 일입니다."

"그리고 자살했다는 이야기도 믿을 수가 없습니다. 재판 때는 그런 이유라도 대야 했지만, 크레일을 아는 사람이라면 아무도 믿지 않았습니다."

"그렇죠."

"그렇다면 뭐죠?"

메러디스 블레이크가 물었다.

"에이미어스 크레일이 다른 누군가에게 살해당했을 가능성이 남아 있죠."

푸아로가 침착하게 대답했다.

"터무니없는 소립니다!"

"그렇게 생각하십니까?"

"확실해요. 누가 그를 죽이려 했겠습니까? 누가 그를 죽일 수 있었겠어요?"

"저보다는 블레이크 씨께서 더 잘 아실 것 같은데요."

"정말로 그렇게 생각하시는 건……."

"물론 아닐 수도 있습니다. 저는 그저 가능성을 검토해 보는 것뿐이니까요. 진지하게 생각해 보시고, 생각나는 대로 말씀해 주세요."

메러디스는 잠시 동안 푸아로를 뚫어지게 바라보았다. 그리고 눈을 내리깔고는 한참 동안 고개만 저었다.

"다른 가능성이 있을 거라고는 생각할 수 없습니다. 다른 누군가를 의심할 만한 이유가 있다면, 캐롤라인이 결백하다는 걸 바로 믿겠습니다. 정말이지 그녀가 살인을 저질렀다고는 생각조차 하고 싶지 않으니까요. 처음에는 믿지도 않았지만 그녀가 아니라면 도대체 누가 그랬단 말입니까? 그곳에 있던 다른 사람들? 크레일의 절친한 친구인 필립? 엘사? 그건 말도 안 되죠. 저요? 제가 살인자로 보이십니까? 존경받는 가정 교사? 나이 지긋하고 충직한 하인 부부? 혹시 꼬맹이 안젤라가 그랬다고 생각하시는 겁니까? 아닙니다, 무슈 푸아로. 다른 사람이 그랬을 리가 없어요. 에이미어스 크레일을 죽일 만한 사람은 그의 아내뿐이었습니다. 결국 그 친구 스스로가 자초한 일이긴 했지만요. 그러니까……, 어떻게 보면 결국 자살이었던 거죠."

"스스로 목숨을 끊은 건 아니지만, 결국 자신의 행동으로 인한 결과로 죽었다, 이런 말씀이십니까?"

"네, 어쩌면 비현실적인 생각일지도 모르겠습니다. 하지만 결국 인과응보가 아니겠습니까."

"블레이크 씨, 살해당한 사람에 대해 파헤치다 보면 살인의 이유가 거의 밝혀지기 마련이라는 걸 아십니까?"

"잘은 모릅니다만 무슨 뜻인지 알 것 같군요."

"희생자가 정확히 어떤 사람이었는지를 알아야, 사건의 정황을 정확하게 파악할 수가 있죠."

푸아로는 다시 이렇게 덧붙였다.

"그게 바로 제가 찾고 있는 것입니다. 블레이크 씨께서 동생분과 함께 제게 도움을 줄 수 있는 부분도 바로 그 점이죠. 에이미어스 크레일이란 남자에 대한 재구성 말입니다."

'동생분'이란 말에 모든 관심이 쏠려 버린 메러디스 블레이크는 이 말의 요점을 놓치고 말았다.

"필립요?"

그는 재빨리 이렇게 물었다.

"네."

"필립과도 이야기를 나눠 보셨나요?"

"물론입니다."

"절 먼저 찾아오셨어야지요."

메러디스 블레이크는 날카롭게 쏘아붙였다.

푸아로는 약간 미소를 띤 채 정중한 제스처를 취했다.

"서열에 따르면 그렇죠. 메러디스 블레이크 씨께서 장자라는 것은 알고 있습니다. 하지만 동생분이 런던 근처에 살고 계셔서 먼저 방문할 수밖에 없었다는 점은 이해해 주셔야 합니다."

메러디스 블레이크는 여전히 인상을 찌푸리고 있었다. 불쾌한 듯 입술을 잘근잘근 씹으며, 다시 한 번 말했다.

"저를 먼저 찾아오셨어야죠."

이번에는 잠자코 기다렸다. 그러자 메러디스 블레이크가 다시 입을 열었다.

"필립은 편견을 가지고 있어요."

"네?"

"솔직히 말하면 그 애는 편견으로 똘똘 뭉쳐 있죠. 항상 그랬습니다. 캐롤라인에 대해 안 좋은 얘기를 했겠죠?"

블레이크는 푸아로에게 언뜻 불편한 시선을 던졌다.

"그게 문제가 될까요? 이미 오랜 세월이 흘렀지 않습니까."

메러디스 블레이크는 한숨을 푹 쉬었다.

"저도 압니다. 그게 오래 전 일이라는 걸 잊고 말았군요……. 다 끝난 일이죠. 캐롤라인에게 해가 될 건 없지만, 그래도 무슈 푸아로 께 잘못된 인상을 심어 주고 싶진 않습니다."

"동생분께서 제게 잘못된 인상을 심어 주었을 거라고 생각하시는 군요?"

"솔직히 말해 그렇습니다. 그 애와 캐롤라인 사이에는, 그러니까 뭐라고 말해야 할지……, 적개심 같은 게 있었어요."

"그 이유가 뭐죠?"

이 질문이 블레이크의 심기를 건드린 모양이었다.

"이유가 뭐냐고요? 그걸 제가 어떻게 알겠습니까? 필립은 항상 캐롤라인을 잡아먹지 못해 안달이었어요. 에이미어스가 캐롤라인 과 결혼을 할 때도 잔뜩 화가 났던 것 같아요. 그 후로 거의 1년이나 그 집 근처에도 가지 않았으니까요. 그래도 에이미어스는 항상 필 립과 친하게 지냈습니다. 어쩌면 그게 이유였을지도……. 그 어떤 여자도 에이미어스에게 어울리지 않는다고 생각했던 거겠죠. 캐롤 라인 때문에 우정이 변할지도 모른다고 생각했을 수도 있고요."

"실제로도 그랬나요?"

"아니요, 물론 그렇지 않았습니다. 에이미어스는 전과 다름없이 필립을 가까이했죠. 죽는 그날까지 말입니다. 에이미어스는 필립더러 돈벌레에 점점 속물이 되어 간다며 놀리곤 했지만 필립은 신경 쓰지 않았습니다. 오히려 씩 웃으며 대단한 친구를 둔 걸 고맙게 생각하라고 대꾸하곤 했죠."

"동생분은 엘사 그리어 양 문제에 대해서는 어떤 반응을 보이셨습니까?"

"글쎄요, 뭐라고 얘기해야 할지 모르겠군요. 그 애의 태도는 뭐라고 딱 짚어 얘기하기가 어려워요. 에이미어스가 어린 여자애 때문에 바보 같은 짓을 한다고 화를 내는 것 같았습니다. 둘의 관계가 잘될 리가 없고 결국 에이미어스가 평생 후회하게 될 거라고 말하는 것도 여러 번 들었죠. 그와 동시에 저는……, 그래요, 분명 저는 그 애가 캐롤라인이 괴로워하는 걸 보며 약간 즐거워하는 것 같다는 느낌을 받았습니다."

푸아로의 눈썹이 치켜 올라갔다.

"동생분이 정말 그렇게 느끼셨나요?"

"아, 제 말을 오해하지는 마세요. 그저 그 당시, 그 애 마음에 그런 감정이 있었을 거라는 짐작입니다. 필립이 자신의 감정을 깨닫고 있었는지는 저도 알 수가 없습니다. 필립과 저는 아무런 공통점도 없지만, 형제끼리는 뭔가 통하는 게 있지 않습니까. 굳이 말하지 않더라도 무슨 생각을 하고 있는지 알 때가 있죠."

"그 사건이 일어난 후에는 어땠습니까?"

메러디스 블레이크는 고개를 저었다. 그의 얼굴 위로는 고통스러운 기색이 스쳐 지나갔다.

"불쌍한 필립. 그 애는 끔찍할 정도로 괴로워했습니다. 그 사건이 필립을 뒤흔들어 놓았죠. 필립은 언제나 에이미어스를 잘 따랐습니다. 제가 보기에는 약간 영웅 숭배와 같은 감정이었던 것 같아요. 에이미어스 크레일과 저는 동년배였고 필립은 두 살 어렸고 그 애는 항상 에이미어스를 우러러 봤죠. 네……, 그 일은 필립에게 엄청난 충격을 안겨 주었습니다. 그래서 캐롤라인에게 아주 적대적이었고요."

"그렇다면 필립 블레이크 씨 또한 캐롤라인이 범인이라는 걸 의심하지 않으셨군요?"

"우리 중 그 누구도 그 사실을 의심하지 않았습니다."

잠시 침묵이 흘렀다. 그러자 블레이크는 짜증이 난다는 듯 중얼중얼 푸념을 늘어놓았다.

"다 끝난 일입니다. 다 잊고 있었는데……, 그런데 이제 와서 무슈 푸아로께서 나타나 그 일들을 다 파헤치면……."

"제가 아닙니다. 캐롤라인 크레일이지요."

메러디스는 푸아로를 노려보았다.

"캐롤라인이라니요? 그게 무슨 말입니까?"

푸아로는 그를 바라보며 대답했다.

"캐롤라인 크레일 2세 말입니다."

그러자 메러디스의 표정이 풀렸다.

"아, 그래요. 캐롤라인의 딸 말이군요. 어린 칼라. 제가 잠시 착각했습니다."

"제가 그 캐롤라인 크레일이라고 말하는 줄 아신 겁니까? 그분의……, 어떻게 말해야 할까요, 원혼이라도 나타났다고 생각하신 겁니까?"

"그런 말씀 마세요."

메러디스 블레이크는 몸서리를 치며 대꾸했다.

"혹시 그녀가 죽기 전 딸에게 자신의 결백을 주장하는 편지를 썼다는 걸 알고 계시나요?"

메러디스는 푸아로를 한참 바라보더니 아주 의심스럽다는 듯한 목소리로 물었다.

"캐롤라인이 그런 편지를 썼다고요?"

"네."

푸아로는 말을 멈추었다가 다시 이렇게 물었다.

"놀라셨나요?"

"법정에 선 그녀의 모습을 본 사람이 듣는다면 누구나 놀랄 겁니다. 불쌍하고 초췌한 데다 무방비 상태였어요. 싸워 보려고 하지도 않았고요."

"패배주의자였단 말씀이신가요?"

"아니요, 아니에요. 그런 것이 아니고 자신이 사랑하는 남자를 죽였다는 사실을 인정했던 것 같아요……. 아니 그때는 그렇다고 생각했습니다."

"지금은 그렇게 생각하지 않으십니까?"

"그녀가 죽기 전에 진지하게 그런 편지를 썼다면."

"어쩌면 위선적인 거짓말이었을 수도 있죠."

"어쩌면요."

하지만 메러디스는 의심스러운 듯 이렇게 덧붙였다.

"하지만 그건……, 그건 캐롤라인답지가 않아요."

에르퀼 푸아로는 고개를 끄덕였다. 칼라 레마챈트 또한 그렇게 말을 했다. 칼라에게는 어린 시절의 기억밖에 없지만 메러디스 블레이크는 캐롤라인을 아주 잘 알고 있었다. 처음으로 푸아로는 칼라의 말이 신뢰할 만하다는 것을 확인한 셈이었다.

메러디스 블레이크는 푸아로를 올려다보며 천천히 입을 열었다.

"만약……, 만약에 캐롤라인이 결백하다면……. 아, 정말이지 모든 게 다 혼란스럽군요! 다른 가능성이 있을 거라고는 생각해 보지 않았습니다."

그러고는 재빨리 푸아로에게 시선을 보냈다.

"무슈 푸아로는요? 당신은 어떻게 생각하시는 겁니까?"

침묵이 흘렀다.

그리고 마침내 푸아로가 입을 열었다.

"아직까지는 아무것도 생각하지 않습니다. 그저 사람들에 대한 정보를 수집할 뿐이지요. 캐롤라인 크레일이 어땠는지, 에이미어스 크레일은 어땠는지, 당시 그 자리에 있던 다른 사람들은 어땠는지. 그리고 그 이틀 동안 정확히 어떤 일이 벌어진 것인지. 제게 필요한 건 바로 그겁니다. 사건에 대한 정보를 하나씩 심혈을 기울여 조사하는 것이죠. 동생분께서도 도와주시기로 했습니다. 사건에 대해 기억나는 대로 적어서 보내겠다고 하셨죠."

그 말에 메러디스 블레이크는 날카롭게 쏘아붙였다.

"제 동생에게서는 별다른 정보를 얻을 수 없을 겁니다. 필립은 바쁜 사람이라 이미 지나간 일은 기억에서 지워 버려요. 그나마도 제대로 기억하고 있을지 의문이군요."

"물론 모든 걸 정확히 기억하긴 어려울 겁니다. 그 점은 저도 잘 알고 있습니다."

"이렇게 하죠……."

메러디스는 머뭇거리며 말을 하는 동안 점점 얼굴을 붉혔다.

"괜찮으시다면, 저도 해 보겠습니다. 그러니까 확인도 해 볼 겸 해서 말입니다."

에르퀼 푸아로는 따뜻한 목소리로 대답했다.

"그렇게만 해 주신다면 정말 고마운 일이지요. 매우 좋은 생각입니다!"

"좋습니다, 그렇게 하도록 하죠. 어딘가에 옛날 일기장이 있을 겁니다. 물론 제가 글재주는 없는 데다 맞춤법도 엉망이지만요. 그래도 괜찮으신가요?"

메러디스는 부끄러운 듯 어색한 미소를 지었다.

"제게 필요한 건 멋들어진 글이 아닙니다. 그저 기억나는 대로 모든 것들을 쭉 써 주시는 거죠. 사람들이 무슨 말을 했는지, 어떤 표정을 지었는지, 일어난 일 그대로를 말입니다. 아무리 사소해 보이는 것이라도 상관없습니다. 당시의 분위기를 파악하는 데 모두 도움이 되니까요."

"네, 무슨 말씀이신지 알겠습니다. 한 번도 보지 못한 사람들과 장소들을 떠올려 보기란 어려운 일일 테지요."

푸아로는 고개를 끄덕였다.

"한 가지 더 부탁드리고 싶은 게 있습니다. 앨더베리는 바로 이 부근이라죠? 제가 그 곳에 가서 이 두 눈으로 직접 그 비극이 일어난 장소를 볼 수 있을까요?"

메러디스 블레이크는 천천히 입을 열었다.

"지금 당장이라도 안내해 드릴 수 있습니다. 당연한 일이겠지만 많이 변했다는 사실은 염두에 두십시오."

"건물이 새로 지어졌나요?"

"아니요, 천만 다행으로 그 정도로 변한 건 아닙니다. 하지만 어떤 단체에서 사들여 이제는 호스텔이 되었어요. 여름이면 젊은이들이 무리지어 내려오곤 합니다. 당연히 옛날의 그 넓은 방들은 숙소를 여러 개 만드느라 죄다 칸막이로 나뉘었고, 정원도 옛날과는 많이 달라졌죠."

"블레이크 씨께서 필히 저를 위해 안내를 해 주셔야겠군요."

"최선을 다하도록 하죠. 예전에 그 집을 보셨더라면 좋았을 텐데요. 정말이지 내가 본 중 가장 아름다운 집이었습니다."

블레이크는 집을 나서서 잔디밭 길로 안내했다.

"그 집은 누가 판 거죠?"

"아이의 대리인이 팔았습니다. 크레일의 모든 재산은 그 아이에게 상속되었으니까요. 유서를 작성하지 않아서 자동적으로 재산이 아내와 아이에게 분배된 것 같습니다. 캐롤라인은 유서에 모든 것을 아이에게 남긴다고 했고요."

"의붓 여동생에게는 아무것도 남겨 주지 않았습니까?"

"안젤라는 아버지에게서 받은 유산이 꽤 있었으니까요."

"그렇군요."

푸아로는 고개를 끄덕이다가 느닷없이 소리를 질렀다.

"그런데 절 어디로 데려가시는 겁니까? 이 앞은 해변이잖습니까!"

"아, 이곳 지형을 설명 드려야겠군요. 곧 보이실 겁니다. 저기 만이 하나 보이시죠? 여기 사람들은 그걸 낙타만이라고 부르죠. 육지로 흘러들어 마치 강어귀처럼 보이지만 그렇지는 않습니다. 그냥 바다죠. 육지로 앨더베리에 가려면 저 만을 쭉 돌아서 가야 하지만, 가장 빠른 지름길은 배를 타고 이 좁은 만을 가로지르는 것입니다. 앨더베리는 바로 이 맞은편에 있으니까요. 저깁니다, 나무 사이로 집이 보일 거예요."

곧 작은 해변에 도달했다. 바로 맞은편의 곳에는 나무가 울창하게 우거져 있었고 그 위로 하얀 집 하나가 우뚝 솟아 있었다.

배 두 척이 해변가에 정박해 있었다. 메러디스 블레이크는 푸아로의 다소 어설픈 도움을 받아 배 한 척을 물 위로 끌어냈고, 둘은 노를 저어 맞은편으로 향했다.

"옛날에는 항상 이 길로 갔죠. 폭풍우가 치거나 비가 오지만 않는다면요. 그럴 때는 차를 타고 갔습니다. 하지만 그렇게 돌아가려면 거의 5킬로미터나 가야 하죠."

블레이크는 능숙하게 돌로 된 방파제를 따라 맞은편으로 노를 저었다. 그러고는 나무로 지어진 오두막과 콘크리트로 된 테라스를 바라보며 눈살을 찌푸렸다.

"죄다 새 거군요. 예전에는 다 쓰러질 듯한 오래된 보트 하우스 하나를 제외하고는 아무것도 없었는데. 이 해변을 따라 산책하다가 저 바위 쪽에서 수영을 하곤 했죠."

블레이크는 배에서 손님이 내리도록 도운 뒤 배를 매어 두고는 가파른 오르막길로 안내했다.

"아무도 없을 겁니다."

앞서 가던 블레이크는 고개를 돌려 말했다.

"4월에는 아무도 여길 오지 않죠……. 부활절만 제외하고 말입니다. 우리가 불쑥 찾아간다 해도 상관없습니다. 이 집 주인들과 친분이 있으니까요. 오늘은 햇살이 정말 좋군요, 마치 여름 같아요. 그때도 이렇게 날씨가 좋았죠. 9월인 데도 마치 7월 같았어요. 따사로운 햇살에 서늘한 바람."

나무들 사이로 난 길은 불쑥 튀어 나온 바위를 끼고 돌아 나 있었다. 메러디스는 손을 들어 위를 가리켰다.

"저곳이 바로 배터리 가든입니다. 우리는 지금 바로 그 밑에 난 길을 돌아가고 있는 겁니다."

숲속으로 이어졌다가 다시 한 번 갑자기 꺾이는 굽은 길이 나왔고 마침내 높다란 벽에 달린 문 앞에 도달했다. 굽이굽이 오르막길이 계속 이어졌지만, 메러디스는 더 이상 올라가지 않은 채 그 문을 열고 들어섰다.

그늘진 바깥에서 안으로 들어선 순간, 푸아로는 눈앞에 펼쳐진 눈부신 광경에 넋을 잃었다. 배터리 가든은 인위적으로 평지를 만든 다음 난간에 대포를 설치해 둔 곳이었다. 마치 바다 위에 떠 있는 듯한 느낌이 들었다. 정원의 위쪽과 뒤쪽으로는 나무들이 무성했지만 바다 쪽으로는 눈부시게 푸른 물결만이 넘실거렸다.

"정말 근사한 곳이죠."

메러디스가 입을 열었다. 그러고는 뒤쪽 벽에 설치된 별채를 경멸하는 눈빛으로 바라보며 고개를 설레설레 저었다.

"저건 없었던 겁니다. 에이미어스가 그림 도구와 병맥주, 접이식 의자를 보관하던 낡은 오두막 하나만 있었지요. 저것처럼 콘크리트로 지어진 게 아니었어요. 철제에 페인트칠을 한 벤치와 테이블이 있었죠. 그게 전부였습니다. 그래도 그렇게 많이 변하지는 않았군요."

블레이크의 목소리에는 불안정한 기색이 스며 있었다.

"그 일이 일어난 곳이 여기였습니까?"

푸아로의 물음에 메러디스는 고개를 주억였다.

"저기 벤치가 있었죠, 오두막 바로 옆으로요. 그 친구가 거기에 누워 있었습니다. 그림을 그릴 때면 자주 그러곤 했죠. 그저 멍하니 드러누워 허공만 뚫어지게 보다가 갑자기 벌떡 일어나 미친 사람처럼 캔버스 위를 물감으로 채워 나갔습니다."

그는 잠시 말을 멈추었다.

"바로 그 때문에……, 그렇게 자연스러워 보였던 겁니다. 그저 잠든 것처럼 그렇게 보였습니다. 하지만 눈을 뜨고 있었고 어딘가 자세가 뻣뻣해 보였어요. 마치 마비가 온 것처럼 말입니다. 고통은 없었습니다. 저는 항상 그게 다행이라고 생각했어요……."

푸아로는 이미 답을 알고 있는 질문을 하나 던졌다.

"누가 발견했죠?"

"캐롤라인이요. 점심 식사를 마친 후였습니다. 아마 저와 엘사가 살아 있는 그 친구의 모습을 본 마지막 사람들이었을 겁니다. 그런 일이 일어날 줄 알았어요. 그 친구 왠지 이상해 보였거든요. 이 이야기는 그만하는 게 좋겠습니다. 글로 써서 보내드리는 편이 더 쉬울 것 같습니다."

블레이크는 갑작스레 몸을 돌려 배터리 가든을 나갔다. 푸아로는 아무 말 없이 그의 뒤를 따라 나섰다.

둘은 굽이굽이 이어진 길을 따라 올라갔다. 배터리 가든보다 더 높은 곳에 또 다른 작은 평지가 나왔다. 울창한 나무로 그늘이 져 있었고 벤치 하나와 테이블 하나가 놓여 있었다.

"여기도 많이 바뀌지는 않았군요. 하지만 저 벤치는 옛날의 그 벤치가 아니에요. 그저 철제에 페인트를 칠한 것이었죠. 딱딱해서 앉기엔 불편했지만 거기서 바라본 경치는 정말 근사했답니다."

푸아로는 고개를 끄덕였다. 우거진 나무들 사이로는 배터리 가든부터 작은 만까지 훤히 내려다보였다.

"그날 아침에 제가 이곳에 앉아 있었습니다. 그때는 나무들이 이렇게 크지 않았어요. 배터리 가든의 난간이 잘 보였죠. 그곳에서 바로 엘사가 고개를 살짝 비틀고 난간 위에 걸터앉아 포즈를 취하고 있었고요."

그는 어깨를 으쓱하며 이렇게 중얼거렸다.

"생각보다 나무들이 빨리 자라는군요. 이런, 제가 나이를 먹긴 먹었나 봅니다. 이제 집으로 올라가 보도록 하죠."

계속 길을 따라 올라가자 마침내 집이 모습을 드러냈다. 조지 왕조 풍의 근사하고 고풍스러운 집이었다. 지금은 몇 군데 더 손을 보았고 앞뜰의 푸른 잔디 위에는 50여개의 작은 오두막이 세워져 있었다.

"젊은 남자들은 저기서 묵고 아가씨들은 집 안에서 묵는답니다."

메러디스가 설명했다.

"이곳에 푸아로 씨가 볼 만한 게 남아 있을지 모르겠군요. 방들마다 죄다 칸막이를 쳤어요. 집 앞으로 작은 온실이 하나 붙어 있었는데, 이 사람들은 지붕을 길게 내어 테라스를 만들어 놨군요. 뭐, 휴가를 즐기러 오는 사람들이 대부분이니까 그럴 수밖에 없었겠죠. 모든 게 다 옛날 같을 순 없으니……. 그렇다면 오히려 유감스러울 테니까요."

그는 갑자기 몸을 홱 돌렸다.

"다른 길로 내려갑시다. 옛날 일이 죄다 떠오르는 것 같아요. 유령들……, 사방이 유령들이에요."

둘은 올라왔던 것보다 더 길고 더 험한 길을 따라 방파제로 돌아왔다. 둘 다 아무런 말도 하지 않았다. 푸아로는 블레이크의 기분을 존중해 주고 싶었다.

다시 한 번 핸드크로스 매너에 도착하자, 메러디스 블레이크는 뜻밖의 말을 꺼냈다.

"제가 그 그림을 샀습니다. 에이미어스가 그리고 있던 그림 말입니다. 저는 그 그림이 유명세를 타 비열한 작자들에게 팔리는 꼴을 두고 볼 수가 없었어요. 정말 멋진 작품이었습니다. 에이미어스는 자신의 작품들 중 최고라고 했죠. 그 친구 말이 맞아요. 게다가 그 그림은 완성작이나 다름없습니다. 그 친구는 그저 여기저기 손만 좀 더 보려고 했던 거예요. 그 그림을 보시겠습니까?"

에르퀼 푸아로는 재빨리 대답했다.

"네, 꼭 보고 싶군요."

블레이크는 홀을 가로 질러 가서 주머니에서 열쇠를 하나 꺼냈다. 잠긴 문을 열자 널찍한 크기에 먼지 냄새가 나는 방이 나왔다. 창이 전부 굳게 닫혀 있었다. 블레이크는 창으로 다가가 나무로 된 덧문을 열었다. 약간 힘들게 창을 열어젖히자 상쾌한 봄바람이 방 안으로 흘러 들어왔다.

"이제 좀 낫군요."

메러디스가 말했다.

그는 창가에 서서 신선한 공기를 들이마셨고 푸아로도 그 옆에

섰다. 이 방이 어떤 방이었는지는 굳이 물어볼 필요가 없었다. 선반들은 비어 있었지만 그 위에는 병들이 놓여 있던 자국이 남아 있었다. 한쪽 벽 구석에는 버려진 화학 기구와 싱크대가 있었다. 방 안에는 먼지가 두껍게 쌓여 있었다.

메러디스 블레이크는 창밖을 내다보며 입을 열었다.

"정말이지 마치 어제 일 같아요. 이곳에 서서 재스민 향을 맡으며 그 소중한 약에 대해 이야기하고, 또 이야기하고……. 정말이지 얼마나 바보 같은 일이었는지!"

푸아로는 창가로 손을 뻗었다. 그러고는 나뭇가지에서 떨어진 재스민 잎줄기를 주워들었다.

메러디스는 성큼성큼 방 안을 가로질러 갔다. 한쪽 벽면에는 천으로 싼 그림 한 점이 걸려 있었다. 그는 천을 잡아 당겼다.

푸아로는 숨을 죽였다. 그는 여태껏 에이미어스 크레일의 그림을 네 점 보았다. 테이트 박물관에서 두 점, 런던 딜러가 소장하고 있는 그림 한 점, 그리고 살아 숨 쉬는 것 같은 장미 그림 한 점. 하지만 지금 그의 눈앞에 있는 그림은 예술가 본인이 최고의 작품이라 칭했던 것이고, 푸아로는 그 그림을 보는 순간 그가 얼마나 뛰어난 예술가였는지를 깨달았다.

그 그림은 고루하고 피상적이며 평이해 보였다. 언뜻 보기에는 광고 전단처럼 보일 정도로 명암이 거칠었다. 카나리아처럼 밝은 노란색 셔츠에 짙은 파란색 바지를 입은 한 소녀가 강렬한 푸른 바다를 배경으로 햇살을 한껏 받으며 회색 난간 위에 앉아 있었다. 광고 전단지에나 등장할 법한 소재였다.

하지만 첫인상만으로 판단할 일이 아니었다. 이 그림에는 미묘한 왜곡이 숨어 있었다. 놀라울 정도로 찬란하고 선명한 빛, 그리고 소녀……!

바로 생명력이었다. 생명력과 젊음으로 순수하게 타올라 '열정이란 이러한 것이다'라는 걸 여과 없이 보여 주고 있었다. 게다가 소녀의 얼굴에 넘치는 활기, 그리고 눈은…….

생명력이 넘쳤다! 열정적인 젊음이 넘쳤다! 바로 에이미어스 크레일이 엘사 그리어에게서 발견한 것, 그가 온화한 부인에게서 등을 돌려 버리도록 만든 것은 바로 이 때문이었다. 엘사가 바로 생명력이고 젊음 그 자체였던 것이다.

우아하고 늘씬한 자태, 살짝 돌린 고개는 오만했고 눈은 승리로 빛났다. 당신을 보고, 지켜보고, 기다리는…….

에르퀼 푸아로는 두 손을 들어 올리며 입을 열었다.

"정말 대단합니다. 네, 진정 대단해요……."

메러디스 블레이크는 목이 메는 듯 힘겹게 입을 열었다.

"그녀는 정말이지 젊었습니다……."

푸아로는 고개를 끄덕이며 혼자만의 생각에 잠겼다.

'도대체 무슨 뜻으로 이런 말들을 한 걸까? 정말 젊다……. 순수함, 매력, 무방비함. 하지만 젊음은 그런 게 아니야! 젊음은 거칠고, 젊음은 강인하고, 강렬한 거야. 그래, 그리고 잔인하지! 그리고 한가지 더, 젊음은 상처입기 쉬워.'

푸아로는 집주인의 안내를 받아 문으로 향했다. 이제 그의 관심은 다음에 방문할 엘사 그리어에게로 쏠려 있었다. 그렇게 열정적이고 오만하며 잔인한 어린 아이가 어떻게 변했을까?

푸아로는 그림을 다시 돌아보았다.

저 눈. 그를 바라보고, 지켜보고, 무언가를 말하고 있는…….

저 눈이 무엇을 말하는지, 그는 몰랐던 것일까? 저 소녀 본인도 실제 저런 말을 했을까? 아니면 소녀 본인도 모르는 어떤 것을 저 눈이 말하고 있는 걸까?

아주 오만하고 자신만만한 표정이었다.

그러나 죽음이 끼어들어 격렬하고 욕심 많은 어린 소녀의 손에서 먹이를 앗아 간 거였다…….

저 열정적이고 기대에 찬 눈앞에서는 빛도 퇴색해 버렸다. 현재의 엘사 그리어는 어떤 눈을 하고 있을까?

푸아로는 마지막으로 한 번 더 그림을 바라보며 방을 나섰다.

'너무나도 생명력이 넘치는군…….'

어쩐지 조금, 소름이 끼쳤다…….

작은 돼지 한 마리는 로스트비프를 먹었네

브룩 가(街)에 있는 그 집 창가에는 다윈 튤립이 활짝 피어 있었다. 홀 안에 놓인 거대한 화병의 흰 라일락 향기가 활짝 열린 현관문으로 흘러 나왔다.

중년의 집사가 푸아로의 모자와 지팡이를 받아 들었다. 그리고 하인 한 명이 나타나자 집사는 손에 든 것들을 넘겨주고 푸아로를 조용히 안내했다.

"이쪽으로 오시겠습니까?"

푸아로는 집사의 뒤를 따라 홀을 가로 질러 계단 세 개를 내려갔다. 문은 열려 있었고 집사는 푸아로의 이름을 한 음절씩 똑똑히 알렸다.

집사가 문을 닫고 나가자 키가 크고 호리호리한 남자가 벽난로 옆의 의자에서 일어나 푸아로에게 다가왔다.

디티셤 경은 마흔이 좀 안 된 나이였다. 그는 세습 귀족일 뿐 아니라 시인이기도 했다. 그가 쓴 환상적인 시극(詩劇) 두 편은 막대한 비용을 들여 무대에서 상연되었으며 비평가들의 찬사를 받았다. 약간 도톰하게 튀어 나온 이마에 강인해 보이는 턱, 예상 외로 근사한 눈과 입을 가지고 있었다.

"무슈 푸아로. 이리로 앉으시지요."

푸아로는 자리에 앉아 주인이 권한 담배를 받아들었다. 담배 상자를 닫은 디티셤 경은 성냥을 켜 푸아로의 담뱃불을 붙여 주고는, 다시 자리로 돌아가 앉아 방문자를 유심히 바라보았다.

"제 아내를 만나러 오신 거라고 들었습니다."

"레이디 디티셤께서 친절하게도 제 방문을 허락해 주셨죠."

"그렇군요."

잠시 침묵이 흘렀다. 푸아로가 과감한 발언을 꺼냈다.

"디티셤 경께서는 반대하지 않으십니까?"

마르고 온화한 얼굴 위로 갑작스레 미소가 스쳤다.

"무슈 푸아로, 요즘 같은 세상에 남편의 반대란 무용지물이지요."

"그렇다면 반대하신다는 겁니까?"

"아니요, 그렇게 말하진 않았습니다. 하지만 이 일이 아내에게 어떤 영향을 미칠지 몰라 조금은 두렵군요. 솔직히 말씀드리죠. 아주 오래 전, 그러니까 아직 어린 소녀였을 적에 제 아내는 끔찍한 시련을 겪었습니다. 제 바램일지 몰라도 이제는 그 충격에서 헤어나서 아내가 그 사건을 완전히 잊었다고 생각합니다. 그런데 이제 당신이 나타나셨고 당신이 던지시는 질문들이 그 옛날의 기억들을 다시 일깨우게 되겠죠."

"정말 유감스럽습니다."

에르퀼 푸아로는 정중하게 대답했다.

"어떤 결과가 나올지 잘 모르겠습니다."

"디티셤 경, 가능한 신중을 기하여 레이디 디티셤을 괴롭혀 드리는 일은 없도록 하겠습니다. 약속드리죠, 섬세하고 예민한 분이실 테니까요."

뜻밖에도 디티셤 경이 느닷없이 웃음을 터뜨렸다.

"엘사가요? 엘사는 아주 강인한 여잡니다!"

"그렇다면……?"

푸아로는 능숙하게 운을 띄웠다. 이 상황이 그의 호기심에 불을 댕긴 것이다.

"제 아내는 어떤 충격도 감당할 수 있을 겁니다. 제 아내가 당신을 만나 보고자 하는 이유를 알고 계신지 궁금하군요."

푸아로는 조용히 대답했다.

"호기심인가요?"

디티셤 경의 눈에는 경탄의 빛이 떠올랐다.

"아, 잘 아시는군요."

"안 봐도 뻔한 일입니다. 여자들은 항상 사립 탐정을 만나 보고 싶어 하죠! 남자들은 꺼져 버리라고 하지만 말입니다."

"여자들 중에도 그런 사람이 있을 겁니다."

"만나 보고 난 후에는 그럴지라도, 그 전에는 아닐 겁니다."

"그럴 수도 있겠군요."

디티셤 경은 잠시 뜸을 들이다 다시 입을 열었다.

"그 책은 무슨 내용입니까?"

에르퀼 푸아로는 어깨를 으쓱했다.

"과거의 노래와 무대, 의상들을 부활시키는 거죠. 그리고 과거의 살인자들도요."

"허!"

"물론 비웃으셔도 좋습니다. 하지만 비웃는다고 인간의 본성이 변하는 것은 아닙니다. 살인은 극적이지요. 극적인 것에 대한 열망은 인간이 가진 것 중에서 아주 강한 본능이랍니다."

"그래요……, 그렇지요."

디티셤 경이 중얼거렸다.

"그래서 이 책을 쓰는 겁니다. 제가 맡은 역할은 잘못된 증언은 없었는지, 그리고 기존의 기록들이 확실한 것인지를 확인하는 거죠."

"사건과 관련된 기록은 누구든 열람할 수 있는 걸로 알고 있습니다만."

"그렇습니다. 하지만 그 기록에 대한 해석은 아니죠."

디티셤의 목소리가 날카로워졌다.

"그게 무슨 뜻입니까, 무슈 푸아로?"

"친애하는 디티셤 경. 이를테면 역사적인 사실을 평가하는 데에도 다양한 방법이 있습니다. 예를 들어 보죠. 스코틀랜드의 메리 여왕에 대한 책만 해도 수도 없이 많아 그녀를 순교자로 묘사한 책, 무자비하고 잔인한 여자로 묘사한 책, 어리석은 성자로 묘사한 책, 살인자이자 모사꾼으로 묘사한 책, 심지어 시대와 운명의 희생자로 묘사한 책도 있습니다! 그러니 어떤 책을 읽고 무슨 판단을 내릴지는 개개인의 판단에 달려 있는 것이지요."

"그렇다면 이번 사건은요? 크레일은 자신의 아내에게 살해당했습니다. 그건 물론 명백한 사실이죠. 재판 때 제 아내는, 제 생각입니다만 부당한 비난에 시달렸습니다. 재판이 끝난 다음이면 법정을 몰래 빠져 나와야 했을 정도였어요. 사람들이 제 아내에게 굉장히 적대적이었으니까."

"영국인들은 아주 도덕심이 투철하죠."

"망할 사람들!"

그리고 디티섬 경은 푸아로를 바라보며 이렇게 덧붙였다.

"당신은 어떻습니까?"

"저는 아주 도덕적인 삶을 살고 있습니다. 도덕심을 갖는 것과는 아주 다른 것이지만요."

"가끔씩 크레일 부인이 어떤 사람이었을지 궁금하기도 했습니다. 상처받은 아내라……. 그 뒤에 무언가가 있다는 느낌이 들어요."

"디티섬 경의 부인께서는 알고 계실지도 모르죠."

"제 아내는 한 번도 그 사건에 대해 언급한 적이 없습니다."

푸아로는 흥미롭다는 눈길로 그를 바라보았다.

"아, 이제야 알겠군요……."

그러자 디티셤 경이 날카롭게 쏘아붙였다.

"뭘 알겠다는 말입니까?"

푸아로는 살짝 고개를 숙이며 대답했다.

"시인의 풍부한 상상력이……."

말이 끝나기도 전에 디티셤 경은 자리에서 일어나 종을 울렸다. 그러고는 무뚝뚝하게 말했다.

"제 아내가 당신을 기다리고 있을 겁니다."

문이 열렸다.

"부르셨습니까, 주인님?"

"무슈 푸아로를 부인께 안내하게."

푸아로는 하인을 따라 계단 두 층을 더 올라갔다. 바닥에 깔린 푹신한 카펫이 발을 감쌌다. 부드러운 조명이 넘쳐났다. 디티셤 경의 방은 수수하고 검소했지만 이곳은 사치 그 자체였다. 사방이 돈이었지만 취향은 그렇게 좋지 않았다. 최고로 화려하다거나 최고로 놀라운 정도는 아니었다. 그저 미적 감각이라곤 없이 최고로 '돈만 뿌려 댄' 모습이었다.

푸아로는 혼잣말로 중얼거렸다.

"로스트비프? 그래, 로스트비프!"

푸아로가 안내를 받은 곳은 그리 크지 않은 방이었다. 커다란 응접실은 2층에 위치해 있었다. 이곳은 이 집 여주인의 개인 거실이었고, 푸아로가 안으로 들어갔을 때 그 여주인은 벽난로에 기대어 서 있었다.

그녀를 본 푸아로는 놀란 마음에 저절로 말이 튀어나오려는 걸 억눌렀다.

젊음이 죽어 버렸어!

한때 엘사 그리어였던 엘사 디티셤의 첫인상은 그러했다.

메러디스 블레이크가 보여 준 그림 속 소녀의 모습은 찾아볼 수가 없었다. 그 그림은 젊음의 그림, 생명력의 그림이었다. 하지만 그의 눈앞에 있는 여자에게서 젊음의 흔적은 찾아볼 수가 없었다…… 마치 젊음이란 게 한 번도 존재한 적이 없었던 것처럼. 하지만 그와 동시에 크레일의 그림에서는 깨닫지 못한, 그녀가 아름답다는 사실을 새삼 깨달았다. 푸아로를 맞이하기 위해 앞으로 걸어 나오는 여성은 아주 아름다웠다. 그리고 분명 그리 많은 나이도 아니었다. 도대체 이 여자는 어떤 사람인 걸까? 그 비극이 일어나던 당시에 스무 살이었다면 이제 겨우 서른 여섯일 터였다. 검은 머리카락은 아름다운 얼굴선을 따라 완벽하게 정돈되어 있었고 고전적인 미인상에 화장을 한 모습이 우아했다.

하지만 푸아로는 이상하게도 마음 한구석이 아릿했다. 아마도 줄리엣 이야기를 한 조너선 씨 때문이었을 터였다. 그녀의 모습에서는 줄리엣을 찾을 수가 없었다. 줄리엣을 강인한 생존자, 로미오를 빼앗기고도 계속 살아 나가는 생존자라고 상상하지 않는 이상은…… 젊음을 간직한 채 죽는 것이 줄리엣의 본질이 아니었던가?

엘사 그리어는 살아남아 있었다.

그녀는 단조로운 목소리로 푸아로에게 인사말을 건넸다.

"정말 흥미롭군요, 무슈 푸아로. 어서 앉으세요, 그리고 제게 뭘 원하시는지 말씀해 보세요."

'말은 저렇게 하지만 아무 것에도 흥미가 없을 거야. 그 어떤 것에도 흥미를 느끼지 못하겠지.'

푸아로는 속으로 생각했다.

커다란 회색 눈동자는 마치 죽어 버린 호수 같았다.

푸아로는 이번에도 외국인이라는 이점을 마음껏 이용하기로 했다.

"정말 혼란스럽습니다, 마담. 정말이지 너무 혼란스러워요."

"오, 저런. 왜요?"

"과거의 사건을 재구성한다는 것이……, 이 일이 마담께 끔찍한 고통을 안겨 줄 수 있다는 생각을 미처 하지 못했습니다!"

그녀의 얼굴에 즐겁다는 표정이 떠올랐다. 분명 즐거움이었다, 진정한 즐거움.

"아무래도 제 남편이 그런 생각을 심어 준 모양이군요? 당신이 도착하는 걸 그이가 봤어요. 물론 그이는 조금도 이해를 못하죠. 이해한 적도 없고요. 전 그이가 상상하는 것처럼 예민한 사람이 절대 아닌데 말이죠."

여전히 그녀의 목소리에는 즐거운 기색이 어려 있었다.

"제 아버지는 제분공이었어요. 자신의 손으로 노력해서 부자가 되셨죠. 예민한 성격이라면 그러지 못하셨을 거예요. 그건 저도 마찬가지에요."

푸아로는 또다시 혼자만의 생각에 빠졌다.

'그래, 그건 사실이야. 예민한 사람이라면 캐롤라인 크레일의 집에서 머물 수도 없었겠지.'

"제가 뭘 도와드리길 바라시는 거죠?"

"마담, 정말 과거의 일을 다시 끄집어내도 괜찮으시겠습니까?"

그녀는 잠시 고민에 빠졌고, 푸아로는 갑작스레 레이디 디티셤이 아주 솔직한 여자였다는 사실을 떠올렸다. 필요에 의해 거짓말을 할 수도 있겠지만, 절대 거짓말을 즐길 사람은 아니었다.

엘사 디티셤은 천천히 입을 열었다.

"아니요, 전혀 고통스럽지 않아요. 차라리 고통스러웠으면 좋겠네요."

"왜죠?"

그녀는 성급하게 대답했다.

"아무것도 느끼지 못한다는 건 정말이지 시시하니까요."

다시 에르퀼 푸아로는 생각했다.

'그래, 엘사 그리어는 죽었어……'

"레이디 디티셤, 그렇다면 제 일이 훨씬 쉬워지겠는데요."

"뭘 알고 싶으세요?"

그녀는 쾌활하게 물었다.

"기억력이 좋으십니까, 마담?"

"꽤 좋은 편이라고 자부해요."

"옛날 일을 자세하게 파헤쳐도 정말 괜찮으시고요?"

"전혀 아무렇지도 않아요. 사건이란 그 당시에만 고통스러운 법이죠."

"어떤 사람들에게는 그렇죠."

"그게 바로 에드워드, 그러니까 제 남편이 이해하지 못하는 부분이에요. 그이는 재판과 그 모든 일들이 저에게 큰 시련이었을 거라고 생각하죠."

"그렇지 않았나요?"

"아니요, 전 그 상황을 즐겼어요."

회상에 잠긴 그녀의 목소리에는 만족스러움이 배어 나왔다.

"정말, 그 야만인 같은 디플리치가 절 얼마나 들들 볶던지. 그 사람은 정말 악마였죠. 전 그 사람과 싸우는 게 즐거웠어요. 결국 그 사람, 절 꺾지는 못했죠."

그녀는 미소를 띤 채 푸아로를 바라보았다.

"제가 환상을 깬 건 아닌지 모르겠네요. 스무 살의 여자아이라면 잔뜩 기가 죽어 있어야 마땅했겠죠? 수치심이나 뭐 그런 걸로 괴로워하면서 말이에요. 하지만 전 그렇지 않았어요. 남들의 말 따위 신경 쓰지 않았죠. 제가 원한 건 오로지 하나뿐이었어요."

"그게 뭐죠?"

"그 여자가 교수형을 당하는 거죠."

푸아로는 그녀의 손을 바라보았다……. 아름답지만 길게 구부러진 손톱이 달린 약탈자의 손이었다.

"제가 못됐다고 생각하시죠? 그래요, 절 상처 입힌 사람이라면 그 누구에게라도 못되게 굴죠. 그 여자는 제게 있어 최악의 여자였어요. 그 여잔 에이미어스가 절 사랑한다는 것, 그가 자신을 떠날 거란 것을 알고 있었어요. 그래서 제가 그를 가지지 못하도록 죽여 버린 거라고요."

그녀는 푸아로를 바라보며 덧붙였다.

"정말 비열하다고 생각하지 않으세요?"

"같은 여자로서 그러한 질투심을 이해하거나 공감하지는 않으십니까?"

"아니요, 그렇지 않아요. 제 말을 이해 못하시는군요. 남편을 붙들어 매 놓을 수가 없다면 축복을 빌면서 떠나 보내야죠. 제가 이해할 수 없는 건 소유욕이에요."

"레이디께서도 그분과 결혼을 하셨더라면 이해하셨을 수도 있죠."

"그렇진 않았을 거예요. 우리는 그렇지 않았어요……."

갑자기 그녀는 푸아로를 향해 미소를 지었다. 푸아로는 그녀의 미소가 왠지 오싹하게 느껴졌다. 현실과 아주 동떨어진 듯한 감정이었다.

"이것 하나는 제대로 알아 주셨으면 좋겠어요. 에이미어스 크레일이 순진한 어린 아가씨를 유혹했다고는 생각하지 마세요. 그건 절대 사실이 아니니까요! 굳이 말하자면 제 책임이에요. 그를 파티에서 처음 보고 푹 빠져 버렸죠. 그를 가져야 했어요."

이상한 줄리엣, 괴기스러운 줄리엣이지만…….

운명을 송두리째 당신 발밑에 내던지고

당신을 남편으로 삼아 이 세상 어느 곳이라도 따라가겠어요…….

"그가 결혼한 사람이라도 말입니까?"

"불법 침입자라 이 말씀이신가요? 그런 서류 조각으로 진실을 외면할 수는 없어요. 그 사람이 아내와 불행했다면, 저와는 행복했을지도 모르죠. 그런데 안 될 게 뭐 있겠어요? 인생은 한 번뿐인데."

"하지만 그분이 아내와 사이가 좋았다는 말도 있던데요."

엘사는 고개를 저었다.

"아니에요. 그 둘은 개와 고양이처럼 싸워 댔어요. 그 여잔 끊임없이 에이미어스를 들들 볶았죠. 그 여자는……, 오, 그 여잔 정말 끔찍했어요!"

엘사는 자리에서 일어나 담배에 불을 붙였다. 그러고는 살짝 미소를 지으며 말했다.

"어쩌면 제가 그 여자에게 못되게 굴었는지도 몰라요. 하지만 그 여자도 증오로 가득 차 있었다고 생각해요."

푸아로는 천천히 입을 열었다.

"정말 끔찍한 비극이군요."

"네, 끔찍한 비극이었죠."

갑자기 푸아로를 향해 돌아선 그녀의 얼굴에는 죽어 버린 듯 단조로움만이 가득하던 표정이 사라지고 떨리는 생동감이 떠올랐다.

"그 일로 전 죽었어요. 이해하시겠어요? 전 죽었다고요. 그 일이 일어난 후로는 아무것도 느낄 수가 없었어요, 아무것도."

그녀의 목소리가 수그러들었다.

"공허함!"

그녀는 조급하게 손을 흔들며 말을 이었다.

"마치 유리 상자 안의 박제된 물고기처럼요!"

"에이미어스 크레일이 레이디께 그렇게 중요한 사람이었나요?"

그녀는 고개를 끄덕였다. 이상할 정도로 순순한 고개짓이었다. 그리고 이상할 정도로 애처로웠다.

"전 제가 항상 외곬수라고 생각했어요. 줄리엣처럼 칼로 자살이라도 해야 한다고 생각했죠. 하지만 그건 제가 인생의 실패자라는 걸 스스로 인정하는 셈이 되는 거니까."

그녀는 침울하게 웅얼거렸다.

"그래서 어떻게 하셨습니까?"

"일단은 그걸 극복해야 했죠. 그리고 전 극복해 냈어요. 그러자 모든 일이 제겐 아무런 의미가 없어졌죠. 그저 다음 행동을 해야 한다고 생각했어요."

그래, 다음 행동. 그 노골적인 결심을 달성하기 위해 애를 쓰는 그녀의 모습이 푸아로의 눈에 선했다. 아름답고 부유하며 매력적인 여자가 공허한 삶을 채우기 위해 탐욕스러운 약탈의 손을 뻗치는 모습이 눈에 선했다. 바로 영웅 숭배자인 것이다. 유명한 비행사와의 결혼, 그 다음에는 거구의 탐험가 아놀드 스티븐슨(아마도 에이미어스 크레일과 겉모습이 닮았을 것이다.), 그리고 다시 창조적 예술가인 디티셤!

"전 위선 같은 건 떤 적이 없어요! 제가 좋아하는 스페인 속담이 하나 있어요. '신은 이렇게 말씀하셨다, 네가 원하는 것을 가지고 그에 대한 대가를 지불하라.' 전 그렇게 했어요. 제가 원하는 걸 가졌죠……. 하지만 언제든 그 대가를 치를 의향이 있었어요."

"레이디께서는 돈으로는 살 수 없는 것들이 있다는 걸 모르시는가 봅니다."

그녀는 푸아로를 쏘아보며 대답했다.

"대가가 돈만 의미하는 건 아니에요."

"네, 그렇죠. 무슨 말씀이신지 이해합니다. 하지만 인생을 살면서 모든 것들을 다 가질 수는 없는 노릇입니다. 손에 넣을 수 없는 것들도 있는 법이죠."

"말도 안 돼요!"

푸아로는 아주 희미하게 미소를 지었다. 그녀의 목소리에는 자수성가한 제분공의 오만함이 깃들어 있었다.

푸아로의 마음에는 갑자기 동정심이 밀려왔다. 그는 나이를 알 수 없는 매끄러운 얼굴과 지친 눈동자를 바라보며 에이미어스 크레일이 그린 그 소녀의 모습을 떠올렸다.

"책에 대해서 얘기해 보세요. 그 책의 목적이 뭐죠? 그 책을 내겠다는 건 누구 생각이죠?"

"어제의 대사건에 오늘의 양념을 쳐서 내는 것 외에 다른 목적이 뭐가 있겠습니까."

"하지만 무슈 푸아로께선 작가가 아니잖아요?"

"네, 저는 범죄 전문가죠."

"작가들이 범죄를 다룬 책을 쓸 때면 당신께 자문을 구한다는 말인가요?"

"항상 그런 것은 아닙니다. 하지만 이번 경우에는 수임료를 받았거든요."

"누구에게서요?"

"저는…… 뭐라고 말씀드려야 할까요, 그 사건의 관계자를 위해 이 일을 조사하고 있습니다."

"어떤 관계자요?"

"칼라 레마챈트 양입니다."

"그게 누구죠?"

"크레일 부부의 딸입니다."

엘사는 잠시 푸아로를 뚫어지게 쳐다보았다.

"아, 그래요. 아이가 하나 있었죠, 저도 기억이 나요. 이젠 다 컸겠네요?"

"네, 스물 한 살입니다."

"어떻게 생겼던가요?"

"키가 훤칠하고 검은 머리카락을 가진 아름다운 아가씨더군요. 용기도 있고 담대하죠."

엘사는 생각에 잠긴 채 입을 열었다.

"한번 보고 싶군요."

"그쪽에서는 원치 않을 수도 있습니다."

엘사는 놀란 표정이었다.

"왜요? 아, 알겠어요. 하지만 정말 어이가 없군요! 그 애는 아무것도 기억하지 못할 텐데요. 여섯 살도 채 안 되었을 때의 일이라고요."

"그 아가씨는 어머니가 아버지를 살해한 혐의로 재판을 받았다는 사실을 알고 있습니다."

"그리고 그게 제 잘못이라고 생각한다고요?"

"가능한 일이지요."

엘사는 어깨를 으쓱하며 말했다.

"정말 어리석군요! 캐롤라인이 이성적으로 행동만 했다면……."

"레이디께서는 아무런 책임도 없다는 건가요?"

"제가 왜요? 저는 아무것도 부끄러울 게 없어요. 저는 그 사람을 사랑했어요. 저라면 그 사람을 행복하게 해 줬을 거예요."

그녀는 푸아로를 바라보았다. 푸아로의 눈에 그녀의 얼굴이 일그러지면서 갑작스레, 믿어지지 않게 그림 속의 소녀가 보였다.

"당신께 알려 드릴 수만 있다면, 제 입장을 알려 드릴 수만 있다면. 만약 무슈 푸아로께서……."

푸아로가 몸을 앞으로 숙이며 입을 열었다.

"그게 바로 제가 원하는 것입니다. 당시에 그 집에 머물고 있던 필립 블레이크 씨께서 당시에 일어난 모든 일을 꼼꼼히 적어 보내 주시기로 했죠. 메러디스 블레이크 씨도요. 이제……."

엘사 디티셤은 크게 숨을 내쉬더니 경멸하듯 내뱉었다.

"그 둘! 필립은 머저리예요. 메러디스는 캐롤라인 뒤꽁무니나 쫓아다녔죠, 정말 착하고 상냥한 사람이었지만요. 그 둘에게서는 아무것도 얻지 못할 거예요."

푸아로는 그녀의 눈에서 생기가 떠오르는 것을, 죽어 버린 그녀의 껍데기 안에서 살아 있는 여자가 형체를 갖추는 것을 보았다. 그녀는 재빠르게, 그리고 격렬하게 말을 쏟아 부었다.

"진실을 원하시나요? 출판하기 위해서가 아니라 무슈의 호기심을 채우기 위해 말이에요."

"레이디의 허락 없이는 절대 출판하지 않겠다고 약속드리죠."

"진실을 써 보고 싶어요······."

엘사는 잠시 아무 말 없이 생각에 잠겼다. 매끄럽고 냉정하던 뺨이 떨리며 부드러워졌고, 과거의 모습을 떠올리면서 다시 한 번 생명력이 돌았다.

"과거로 돌아가서 모든 일을 다 쓰고, 그 여자가 어떤 사람이었는지를 보여 주겠어요."

엘사의 눈은 빛났고, 가슴은 격렬하게 들썩였다.

"그 여자가 죽였어요! 그 여자가 에이미어스를 죽였어요. 살고 싶어 했고 인생을 즐겼던 에이미어스를요. 증오가 사랑보다 더 강해서는 안 되죠. 하지만 그 여자의 증오는 그랬어요. 그리고 그 여자에 대한 저의 증오는······. 저는 그 여자를 증오해요······. 증오해요······. 증오해요······."

엘사는 푸아로에게 다가와 멈추더니, 그의 소맷자락을 잡고 다급하게 말했다.

"꼭 이해해 주셔야 해요, 반드시. 우리가 서로에게 어떤 의미였는지, 에이미어스와 제가 말이에요. 보여 드릴 게 있어요."

그녀는 급하게 방을 가로질러 갔다. 그러고는 작은 책상을 열어 안에 감추어져 있던 서랍을 잡아 당겼다.

되돌아오는 그녀의 손에는 잉크가 바래고 다 낡아빠진 편지 한 장이 들려 있었다. 그녀는 그 편지를 푸아로에게 떠넘겼고, 그 순간 푸아로는 옛날 한 아이가 자신의 보물, 아무에게도 보여 주려 하지 않았던 해변가에서 주운 특별한 조개껍데기를 자신에게 주었던 가슴 찡한 기억이 떠올랐다. 그때 그 아이처럼 엘사 또한 뒤로 물러서서 그를 지켜보고 있었다. 자랑스러운 한편 걱정스러운 표정으로, 자신의 보물에 대한 그의 반응이 어떨지 기다리면서…….

푸아로는 빛바랜 종이를 펼쳤다.

엘사, 당신은 정말 놀라운 사람이야! 당신만큼 아름다운 것은 이 세상에 존재하지 않아. 그래서 난 두려워……. 나는 너무 늙은 중년의 나이에 착실함이라곤 없는 추악한 성질을 가진 악마나 다름없어. 날 믿지 마, 믿지 마……. 내게는 그림뿐이어서 일을 제외하고는 좋을 게 없는 사람이야. 그러니 내가 미리 경고하지 않았다고 날 탓하지 마.

내 사랑, 나는 당신을 가지고야 말 거야. 당신에게서 눈을 떼지 못하는 나를 당신도 알고 있을 거야. 나는 당신의 모습을 화폭에 담을 것이고, 그 그림을 본 우둔한 이 세상 사람들은 눈이 다 휘둥그레지겠지! 난 당신에게 푹 빠져 잠을 잘 수도, 먹을 수도 없어. 엘사, 엘사, 엘사! 나는 영원히 당신의 거야, 죽을 때까지 영원히.

—에이미어스

16년 전의 편지, 빛바랜 잉크와 구겨진 종이. 하지만 그 안에 쓰여 진 단어는 여전히 생생했다. 여전히 떨리고 있었다.

푸아로는 이 편지를 받은 여성을 바라보았다.

여태껏 그가 보았던 여자가 아니었다.

사랑에 빠진 어린 소녀였다.

푸아로는 다시 한 번 줄리엣을 떠올렸다······.

작은 돼지 한 마리는 아무것도 먹지 못했네

"그 이유를 물어봐도 될까요, 무슈 푸아로?"

에르퀼 푸아로는 이 질문에 뭐라고 대답해야 할지 고심했다. 작고 주름진 얼굴에 아주 날카로운 회색 눈이 그를 유심히 바라보고 있었다.

엘사 디티셤의 집에서 나온 푸아로는 일하는 여성들을 위한 낡은 아파트 꼭대기 층 584호의 문을 두드렸다.

작은 원룸형 아파트, 방 하나에 침대와 거실 겸 식당, 그리고 가스풍로가 있는 부엌, 방의 사분의 일 크기인 욕실과 서재까지 다닥다닥 붙어 있는 이곳에서 세실리아 윌리엄스 양이 살고 있었다.

초라한 환경이었지만 윌리엄스 양은 나름의 개성을 발휘해 꾸며 놓았다.

벽은 금욕적인 창백한 회색으로 칠해져 있었고 그 위로는 다양한 복제 그림들이 걸려 있었다. 단테가 다리 위에서 베아트리체와 만나는 그림이 있었는데, 이유를 이해하기는 힘들지만 그 그림을 본 한 아이가 오렌지 나무 위에 눈 먼 소녀가 앉아 있다는 이유로 그 그림을 '희망'이라고 부른 일화가 있는 작품이었다. 그리고 베네치아의 풍경을 그린 두 점의 수채화, 보티첼리의 「봄(Primavera)」을 갈색으로 모사한 그림도 걸려 있었다. 낮은 서랍장 위로는 빛바랜 사진들이 잔뜩 걸려 있었는데, 머리 스타일로 보아서는 이삼십 년 전의 사진 같았다.

사각형 카펫은 닳아서 올이 다 드러나 있었고, 가구들 또한 조악하고 낡아빠진 것들뿐이었다. 세실리아 윌리엄스는 아주 궁핍한 생활을 하는 게 분명했다. 여기에는 로스트비프 따위는 없었다. 이 작은 돼지는 아무것도 먹지 못한 것이었다.

분명하고 예리하며 집요한 목소리로 윌리엄스 양은 다시 한 번 질문을 던졌다.

"크레일 사건에 대한 제 이야기를 듣고 싶으시다고요? 그 이유를 물어봐도 되겠습니까?"

에르퀼 푸아로의 친구들은 항상 그가 진실보다는 거짓말을 선호하고, 목적을 이루기 위해서라면 얼마든지 교묘한 거짓말을 꾸며 낸다며 화를 내곤 했었다.

하지만 이번 경우에는 달랐다. 푸아로는 빠르게 결정을 내렸다. 다른 벨기에나 프랑스 아이들처럼 영국인 가정 교사를 둔 집에서 자라진 않았지만, '오늘 아침에 이는 닦았니, 해롤드(또는 리처드, 혹은 앤서니)?'라는 질문을 받은 수많은 어린 아이들처럼 반응했다. 거짓말을 해 볼까 잠깐 생각하다가 통하지 않을 거라고 포기하고는 불쌍하게 '아니요, 윌리엄스 양.'이라고 대답하고 마는 아이처럼.

윌리엄스 양은 훌륭한 교육자라면 갖추고 있는 미스터리한 특징, 즉 권위를 가지고 있었다! 윌리엄스 양이 '위층으로 올라가서 손을 씻어, 존.'이라거나 '엘리자베스 시대의 시에 대한 이 챕터를 읽어 오고, 내 질문에 대답할 수 있도록 해야 해.'라고 말했을 때 항상 아이는 복종했을 것이다. 윌리엄스 양의 머릿속에는 불복종이란 단어조차 없을 것이다.

따라서 에르퀼 푸아로도 이번 경우만큼은 지나간 범죄 사건에 대한 책을 쓴다는 거짓 구실을 댈 수가 없었다. 그 대신 칼라 레마챈트가 자신을 찾아온 경위를 간단히 설명했다.

낡은 원피스를 깔끔하게 차려 입은 자그마한 노부인은 푸아로의 말을 주의 깊게 들었다.

"그 아이의 소식을 들으니 정말 기쁩니다. 어떻게 자랐던가요?"

"용기도 넘치고 자기 주장도 강한 매력적인 젊은 아가씨더군요."

"다행이군요."

윌리엄스 양은 간단하게 대꾸했다.

"그리고 아주 고집이 센 분이더군요. 쉽게 거절하거나 핑계를 댈 수 있는 타입이 아니었습니다."

전(前) 가정 교사는 생각에 잠긴 채 고개를 끄덕이더니 이렇게 물었다.

"예술가적 기질이 있던가요?"

"그렇지는 않은 것 같았습니다."

"그건 정말 감사할 일이군요!"

윌리엄스 양은 냉담하게 대꾸했다.

그 말을 하는 어조는 윌리엄스 양이 예술가를 어떻게 생각하고 있는지를 여지없이 드러내 주었다.

그리고 이렇게 덧붙였다.

"선생님의 이야기를 들어 보면 그 아이는 아버지보다 어머니를 많이 닮았을 것 같습니다."

"그럴 가능성이 아주 높습니다. 직접 만나 보시면 잘 알 수 있겠죠. 한번 만나 보시겠습니까?"

"저도 그 애가 정말 보고 싶습니다. 어릴 때 가르쳤던 아이가 어떻게 성장했는지 보는 것은 정말 흥미로운 일이죠."

"마지막으로 보신 건 아주 어릴 때였죠?"

"그 애가 다섯 살 때였습니다. 아주 예쁜 아이였어요. 지나치게 얌전하긴 했지만요. 속이 깊었다고 할까요. 다른 사람들을 부르려고 하지도 않고 혼자서 잘 놀곤 했어요. 정말 착하고 티 없이 맑은 아이였죠."

"그렇게 어렸다는 게 다행이군요."

"네, 그래요. 조금만 더 나이가 많았더라도 그 사건의 충격 때문에 나쁜 영향을 받았을 겁니다."

"그래도 뭔가 문제가 있다는 건 알게 마련이죠. 아무리 어렸다 해도 뭔가 이상하거나 비밀스러운 분위기, 갑작스런 이사로 인해 느끼는 게 있었을 겁니다. 그런 것들 또한 아이에겐 좋지 않죠."

윌리엄스 양은 생각에 잠긴 채 대답했다.

"생각하시는 것보다 그리 해롭진 않았을 수도 있습니다."

"칼라 레마챈트, 그러니까 어린 칼라 크레일에 관해 한 가지 묻고 싶은 게 있습니다. 아무래도 윌리엄스 양 외에는 설명해 주실 분이 없을 것 같아서요."

"뭐죠?"

그녀의 목소리에는 의아한 기색이 어렸다.

푸아로는 손짓을 해 가며 묻고자 하는 것을 정확하게 표현하려 애썼다.

"그러니까……, 뭐라고 콕 짚어 얘기할 수 없지만 제가 그 아이, 즉 칼라에 대한 이야기를 꺼낼 때마다 그 아이에게는 아무도 관심을 갖지 않았던 게 아닐까 하는 생각이 들었습니다. 그 이름을 꺼낼 때마다 다들 아이가 있었다는 사실도 잊고 있었다는 듯 놀란 표정을 짓더군요. 마드무아젤, 그건 분명 이상한 일이 아닌가요? 그러한 상황이라면 아이는 중요한 인물, 즉 중요한 매개 변수가 되지 않습니까. 에이미어스 크레일에게 아내를 버릴 만한 이유가 있었는지 어쨌는지는 모르겠습니다만 일반적으로 이혼을 할 때면 아이는 아주 중요한 문제죠. 그런데 이 경우에는 아이를 전혀 고려하지 않은 것 같아요. 그게 저에겐 이상하게 느껴집니다."

윌리엄스 양이 재빨리 입을 열었다.

"아주 중요한 점을 지적하셨군요, 무슈 푸아로. 선생님 말씀이 맞습니다. 그렇기 때문에 칼라가 전혀 다른 환경에서 자랐다는 것이 어떤 점에서는 차라리 잘된 일인 것 같습니다. 더 나이가 들었더라면 자신의 가정에 뭔가 결핍되어 있다는 걸 깨닫고 괴로워했을 게 분명하니까요."

그녀는 몸을 앞으로 숙이더니 천천히 신중하게 말을 이었다.

"당연한 일이겠지만 저는 그동안 일을 하면서 부모와 자녀 간의 다양한 문제점들을 봐 왔습니다. 많은 아이들이, 아니 대부분의 아이들이 부모의 지나친 관심으로 고통을 겪고 있지요. 지나친 애정과 관심으로요. 그런 걸 불편하게 생각하는 아이들은 자유를 좇아 부모의 눈길이 닿지 않는 곳으로 도망가 버리고 맙니다. 특히 아이가 하나뿐인 집에서 그런 일이 많습니다. 물론 가장 큰 문제는 어머니들이죠. 그런 문제가 결국엔 결혼 생활에도 악영향을 미치게 됩니다. 남편들은 자신도 위안과 칭찬, 관심을 받길 원하기 때문에 아내가 아이를 우선시하는 것에 분노해요. 그러다 보면 이혼으로 이어지고 마는 겁니다. 아이를 위한 최선은 부모가 모두 어느 정도 아이를 내버려 두는 것이라고 생각합니다. 대가족에서 자라는 아이와 가난한 가정에서 자라는 아이에게는 자연스럽게 발생하는 현상이죠. 그런 가정의 경우 어머니는 말 그대로 아이들에게 신경 쓸 시간이 없어 내버려 두게 되니까요. 하지만 아이들은 어머니가 자신을 사랑한다는 것을 잘 알고, 어머니가 관심을 충분히 보일 수 없는 상황도 이해하죠.

하지만 이런 경우도 있습니다. 두 부부가 서로에게 푹 빠져 아이를 중요하게 생각하지 않는 경우요. 둘만으로 충분하다고 생각하는 거예요. 그리고 이런 상황에서는 아이가 자신이 버려졌다는 생각과 함께 분노를 느낄 수 있습니다. 제가 말하는 건 아무렇게나 내버려 둔다는 게 아닙니다. 예를 들어 크레일 부인은 아주 훌륭한 어머니셨습니다. 항상 칼라의 행복과 건강에 신경을 쓰셨고 아이에게 상냥하게 대하셨으며, 언제나 즐겁게 아이와 함께 놀아 주셨어요. 하지만 크레일 부인은 남편에게 푹 빠져 있었답니다. 그의 옆에서만, 그를 위해서만 존재하는 사람 같았어요."

윌리엄스 양은 잠시 말을 멈추더니 다시 조용하게 덧붙였다.

"그래서 그런 행동을 한 것 같습니다."

"크레일 부부가 남편과 아내라기보다는 연인 사이 같았다는 말씀이신가요?"

윌리엄스 양은 이 외국인의 표현이 마음에 들지 않는 듯 얼굴을 살짝 찌푸리고는 대답했다.

"그렇게 볼 수도 있습니다."

"크레일 씨도 부인이 그랬던 것처럼 부인에게 헌신적이었나요?"

"서로에게 충실한 부부였습니다. 하지만 크레일 씨도 어쩔 수 없는 남자였죠."

윌리엄스 양은 빅토리아 시대 사람답게 '남자'라는 말을 강조했다.

"남자들이란……."

윌리엄스 양은 이렇게 말하고는 멈췄다.

부유한 영지의 소유자가 "볼셰비키란……."이라고 말하듯이, 골수 공산주의자가 "자본주의자들이란……."이라고 말하듯이, 성실한 가정주부들이 "바퀴벌레란……."이라고 말할 때처럼 윌리엄스 양은 "남자들이란!"이라고 말했다.

오랜 독신 생활과 가정 교사 생활을 통해 과격한 페미니즘에 사로잡힌 모양이었다. 듣는 사람이 아무도 없었다면 윌리엄스 양은 남자들이란 모두 적이라고 말을 이었을 게 분명했다.

"남자에 대한 동정심은 없으신가요?"

푸아로의 질문에 윌리엄스 양은 냉담하게 대꾸했다.

"남자들은 이 세상에서 우월한 위치에 있죠. 하지만 언제까지고 그렇지는 않을 겁니다."

푸아로는 생각에 잠긴 채 그녀를 바라보았다. 윌리엄스 양이 차분하게 효과적으로 철도 위에 몸을 묶고, 엄청난 인내심을 발휘하며 단식 투쟁을 하는 모습이 쉽게 상상이 갔다. 그런 상상은 집어치우고, 푸아로는 입을 열어 중요한 질문을 던졌다.

"에이미어스 크레일을 좋아하지 않으셨죠?"

"물론 크레일 씨를 좋아하진 않았습니다. 크레일 씨의 행실도 마음에 들지 않았고요. 제가 그 사람 아내였다면 진즉에 떠났을 겁니다. 아마 그 어떤 여자도 참아 내지 못했겠죠."

"하지만 크레일 부인은 참아 내셨죠?"

"네."

"크레일 부인의 잘못이라고 생각하십니까?"

"네, 그렇게 생각합니다. 여성이라면 그런 수치스러운 일을 받아 들여서는 안 됩니다. 자신을 존중해야 해요."

"혹시 그런 말씀을 크레일 부인께 하신 적 있나요?"

"물론 그러지 않았습니다. 제가 그런 말을 할 위치는 아니었으니까요. 제 임무는 안젤라를 가르치는 것이지 부탁받지도 않은 충고를 크레일 부인께 하는 것이 아니었습니다. 그건 주제 넘은 짓이죠."

"크레일 부인은 좋아하셨죠?"

"크레일 부인은 아주 좋아했죠. 정말 좋아했고 또한 안타까웠어요."

딱딱하던 목소리가 부드러워지며 온기와 감정이 느껴졌다.

"그리고 학생인 안젤라 워런은요?"

"그 아인 정말 아주 흥미로웠습니다. 제가 가르친 학생들 중에서도 가장 흥미로운 학생이었어요. 머리가 정말 좋았답니다. 버릇이 없고 성미가 급한 데다 여러 모로 다루기가 힘들었지만, 품성은 정말 좋은 아이였어요."

그녀는 잠시 말을 멈추었다가 다시 입을 열었다.

"항상 그 아이가 가치 있는 일을 해내길 바랐죠. 그리고 실제로도 해냈어요! 사하라에 대해 쓴 그 아이의 책을 읽어 보셨나요? 파이윰에 있는 아주 오래된 무덤들을 발굴했답니다! 네, 전 정말 안젤라가 자랑스러워요. 제가 앨더베리에 있었던 것은 2년 반이니까 그리 오랜 시간은 아니었지만, 그 아이의 호기심을 자극하고 고고학에 흥미를 불어넣어 줬다는 데 항상 자부심을 느끼고 있어요."

"크레일 부부가 안젤라를 학교에 보내 계속 공부를 시키기로 결정했다고 들었습니다. 그 결정 때문에 불쾌하셨겠군요."

푸아로가 물었다.

"전혀요, 무슈 푸아로. 저는 그 결정에 전적으로 찬성했습니다."

그녀는 잠시 말을 멈추었다가 다시 입을 열었다.

"확실히 말씀드리죠. 안젤라는 귀여운 아이였습니다······. 정말이지 귀여운 아이였어요. 마음도 따뜻했지만 충동적이고······, 동시에 까다로운 아이기도 했지요. 사춘기 여자 아이였으니까요. 그 나이때되는 아이들은 아이라고 할 수도, 여자라고 할 수도 없는 애매한 시점이라고 할 수 있습니다. 안젤라는 한순간에는 다 자란 것처럼 이성적이고 성숙하다가도, 또 한순간에는 말괄량이 아이처럼 말썽을 피우곤 했어요······. 나쁜 장난을 치고 건방지게 굴거나 화를 내면서요. 아시겠지만 그 나이 또래의 여자 아이들은 정말이지 까다로워요. 극도로 예민해서 무슨 말만 해도 화를 내죠. 어린 아이 다루듯한다고 짜증을 내다가도, 어른처럼 대하면 갑자기 수줍어합니다. 안젤라가 딱 그랬어요. 아주 변덕스러워서 갑자기 화를 벌컥 내고는며칠 동안 삐져서 오만상을 찌푸리다가, 다시 기운이 펄펄 솟는지나무를 타고 정원사 집 남자 아이들이랑 뛰어다니며 어른들 말이라곤 귓등으로도 듣지 않았어요."

윌리엄스 양은 잠시 말을 멈추었다가 다시 입을 열었다.

"그 나이 또래의 여자 아이들에게는 학교가 많은 도움이 되죠. 안젤라에게는 다른 아이들과 어울려서 자극을 받을 필요가 있었어요. 그러니까 집단 생활의 규율이랄까 그런 걸 경험하면 건강한 사회인으로 자라는 데 도움을 받을 수 있죠. 안젤라의 환경은 이상적이라곤 할 수 없었습니다. 크레일 부인이 그 애를 너무 응석받이로 만든 것도 문제였죠. 안젤라는 무슨 일만 있으면 쪼르르 언니에게 달려갔고, 그러면 크레일 부인은 항상 안젤라의 편을 들어줬습니다. 그 결과 안젤라는 자신이 언니에게 최우선이라 여기게 되었고, 그런 우쭐한 기분 때문에 크레일 씨와 자주 충돌하곤 했어요.

크레일 씨 또한 당연히 자신이 아내에게 있어 최우선이라야 했죠. 물론 크레일 씨도 안젤라를 예뻐해서 즐겁게 실랑이도 하면서 잘 지냈지만 때로는 부인이 안젤라만 신경 쓰는 것에는 화를 냈지요. 남자들이 다 그렇지만 크레일 씨도 어리광쟁이 아이였으니까요. 모든 사람들이 자신을 치켜세워 주길 바랐어요. 그러다 안젤라와 정말 심하게 다툰 적도 많습니다. 그러면 크레일 부인은 대부분 안젤라의 편을 들었죠. 그러면 크레일 씨는 화를 냈고요. 물론 반대로 크레일 부인이 남편의 편을 들 때면 안젤라가 화를 냈죠. 그러고는 유치하게 앙심을 품고 심한 장난을 치는 겁니다. 크레일 씨는 음료수를 마실 때면 단숨에 들이키는 버릇이 있는데, 한번은 안젤라가 그 음료수에 소금을 잔뜩 집어넣기도 했으니까요. 물론 마시자마자 토해 냈지만 크레일 씨는 화가 단단히 났었죠. 하지만 문제를 더 크게 만든 건 안젤라가 침대에 민달팽이를 잔뜩 집어넣은 사건이었습니다. 크레일 씨는 이상할 정도로 민달팽이를 혐오하셨죠. 그래서 크레일 씨가 이성을 완전히 잃고 안젤라를 기숙 학교에 보내자고 한 겁니다. 더 이상 안젤라의 비열한 장난을 참을 수가 없었던 거예요.

안젤라도 저에게 한두 번 기숙 학교에 가고 싶다는 이야기를 한 적이 있었지만, 크레일 씨의 말에 엄청나게 화를 내며 불평을 늘어 놨죠. 크레일 부인은 안젤라를 보내고 싶어 하지 않았지만 결국 그 결정에 따랐어요. 제가 부인에게 드린 충고 때문이었을 겁니다. 학교 생활이 안젤라에게 많은 도움이 될 거라고 말씀을 드렸거든요. 그리고 실제로도 많은 도움이 되었다고 생각해요. 결국 안젤라는 가을 학기부터 헬스턴에 다니기로 결정이 났죠. 남부 해안가에 있는 명문 학교였답니다. 그래도 크레일 부인은 내내 기분이 편치 않았어요. 게다가 안젤라는 틈만 나면 크레일 씨에게 복수를 해 댔죠. 물론 그리 심각한 건 아니었지만, 안 그래도 분위기가 심상치 않던 그해 여름에 더 심각한 공기를 조성하는 데 한몫하긴 했습니다."

"엘사 그리어 말씀이신가요?"

"바로 그겁니다."

윌리엄스 양은 날카롭게 쏘아붙이고는 입을 꼭 다물었다.

"엘사 그리어에 대해서는 어떻게 생각하시나요?"

"그녀에 대해서는 전혀 할 말이 없습니다. 그저 버르장머리 없는 젊은 아가씨일 뿐이죠."

"네, 아주 어렸지요."

"사리 분별을 할 수 있을 정도의 나이는 됐어요. 그 여자의 행동에는 변명의 여지가 없습니다……, 전혀요."

"크레일 씨와 사랑에 빠졌기 때문에 그런 게 아니었을까요?"

윌리엄스 양은 코웃음을 치며 쏘아 붙였다.

"크레일 씨와 사랑에 빠지긴 했죠. 무슈 푸아로, 사람이란 어떤 감정을 가지든 그 감정을 억제할 수 있는 이성을 가지고 있습니다. 따라서 자신의 행동도 조절할 수가 있죠. 그런데 그 여자에겐 도덕심이라고는 눈곱만치도 없었던 거예요. 전혀 부끄러워하지도 않고 태연자약했어요. 어쩌면 제대로 된 교육을 받고 자라지 못했기 때문이겠죠. 그 여자의 행동에 대한 이유라고는 그것밖에 찾을 수가 없군요."

"크레일 씨의 죽음이 그리어 양에게는 엄청난 충격이었겠군요."

"오, 그랬어요. 그리고 그에 대한 비난도 그 여자에게로 돌아갔죠. 살인을 용인하는 건 아니지만요, 무슈 푸아로, 만약 여자가 한계에 도달한다면 그럴 수도 있습니다. 바로 캐롤라인 크레일이 그런 경우였고요. 솔직히 말씀드려 저도 그 둘을 죽이고 싶은 마음이 들 때가 있었어요. 그런 여자를 아내의 눈앞에 들이대고 부인더러 그 무례함을 참으라니요……. 그 여잔 정말 무례했죠. 오, 에이미어스 크레일은 마땅한 대가를 치른 거예요. 자기 아내를 그렇게 취급한 사람이 벌을 받지 않을 수는 없는 노릇이죠. 그 사람은 천벌을 받은 거예요."

"정말 생각이 확고하시군요……."

자그마한 체구의 윌리엄스 양은 강렬한 회색 눈으로 푸아로를 바라보며 입을 열었다.

"저는 부부의 인연이란 단단한 끈으로 묶여 있는 것과 같다고 생각합니다. 결혼 생활을 존중하고 유지하지 않는다면 나라꼴이 뭐가 되겠어요? 크레일 부인은 헌신적이고 충실한 아내였어요. 그런데 크레일 씨는 그런 아내를 업신여기고 자기 정부(情婦)를 집안으로 끌어 들였지요. 아까도 말했듯이, 크레일 씨는 마땅한 대가를 치른 겁니다. 아내의 마지막 인내심을 자극했고, 그렇기 때문에 저는 크레일 부인의 행동을 비난할 수가 없습니다."

푸아로가 천천히 입을 열었다.

"크레일 씨의 행실이 아주 나빴지요. 그건 저도 인정합니다. 하지만 제가 알기로는 아주 위대한 예술가였다죠."

윌리엄스 양은 그 말에 경멸하듯 코웃음을 쳤다.

"아, 네. 물론이죠. 요즘에는 다들 그걸로 핑계를 대더군요. 예술 가니까! 방탕한 생활, 알코올 중독, 싸움, 간통까지 그 모든 것들에 대해 그런 핑계를 대다니. 게다가 크레일 씨가 뭐 그리 대단한 예술 가였다는 거죠? 몇 년 동안 그 사람 그림을 숭배하는 게 유행이었나 보지만, 오래 가진 않을 거예요. 그 사람은 제대로 그림을 그릴 줄도 모르는 사람이었다고요! 원근법은 정말 엉망이었죠! 인체 해부학도 부정확했고요. 저도 그림에 대해 좀 안답니다, 무슈 푸아로. 어릴 적 플로렌스에서 그림 공부를 한 적이 있으니까요. 위대한 작품을 보고 감상할 줄 아는 사람들에게는 크레일 씨의 조잡한 그림들이 가소롭게 느껴질 뿐이죠. 그저 캔버스 위에 물감이나 더덕더덕 발랐지, 구성도 섬세한 스케치도 없었어요. 절대 크레일 씨의 그림은 이해할 수가 없어요."

그녀는 고개를 저으며 말했다.

"크레일 씨의 작품 두 점이 테이트 박물관에 전시되어 있지요."

푸아로는 넌지시 그녀에게 이 사실을 상기시켜 주었다.

윌리엄스 양은 다시 한 번 콧방귀를 뀌었다.

"그렇겠죠. 엡스타인 씨*의 조각상 중 하나도 거기 전시되어 있다면서요."

푸아로는 윌리엄스 양의 이 말을 듣고는 예술에 대한 이야기는 그만두기로 했다.

"크레일 부인께서 시체를 발견했을 때 함께 계셨죠?"

"네. 부인과 저는 점심 식사를 마친 후 함께 아래층으로 내려갔습니다. 안젤라가 수영할 때 스웨터를 해변이나 배 위에 둔 것 같다고 해서요. 안젤라는 항상 물건을 잘 간수하지 못했죠. 배터리 가든 앞에서 크레일 부인과 헤어졌지만, 곧 부인이 절 부르는 소리가 들려서 달려갔어요. 그랬더니 죽은 지 한 시간은 넘은 것 같은 크레일 씨가 이젤 근처에 있는 벤치 위에 누워 있었어요."

"크레일 부인은 그 광경에 많이 놀라셨나요?"

"그게 정확히 무슨 뜻이죠, 무슈 푸아로?"

"당시에 윌리엄스 양께서 받은 인상으로 어땠는지를 물어보는 겁니다."

"아, 그렇군요. 네, 제가 보기에는 정신이 완전히 나간 것 같았어

---

* 제이콥 엡스타인은 미국 출신의 영국 조각가로 영국 현대 조각의 선구자적 역할을 했다. 인물상을 주로 제작했으며 주제의 추상성을 표현하기 위해 노력했다.

요. 그리고 절더러 의사를 부르라고 하셨죠. 크레일 씨가 죽었는지 확실히는 알 수가 없었고, 갑자기 마비 증상이 온 건지도 모르는 일이었으니까요."

"크레일 부인이 그렇게 말씀하셨나요?"

"기억나지 않습니다."

"그리고 집으로 올라가 전화를 거셨고요?"

윌리엄스 양의 어조는 딱딱하고 건조했다.

"올라가던 도중에 메러디스 블레이크 씨와 마주쳤습니다. 그분에게 전화를 부탁하고는 크레일 부인에게로 되돌아갔죠. 어쩌면 부인이 쓰러질지도 모른다고 생각했고, 남자들은 그런 일에는 쓸모가 없으니까요."

"크레일 부인이 쓰러지셨나요?"

"부인은 자제력이 강한 분이셨어요. 히스테리를 부리며 볼썽사나운 소란이나 피운 그리어 양과는 딴판이었죠."

윌리엄스 양의 목소리는 냉담했다.

"어떤 소란이었죠?"

"크레일 부인에게 덤벼들었습니다."

"그리어 양은 크레일 부인이 크레일 씨를 죽였다는 걸 눈치 챘다는 뜻인가요?"

윌리엄스 양은 잠시 곰곰이 생각을 해 보더니 입을 열었다.

"아닙니다. 그건 몰랐을 거예요. 그때까지만 해도 그런 끔찍한 의심은 하지 않았으니까요. 그리어 양은 그냥 이렇게 소리를 질렀어요. '다 당신 짓이야, 캐롤라인. 당신이 그이를 죽인 거라고! 모두 당신 탓이야!' 실제로 '당신이 그를 독살했어.'라는 말은 하지 않았지만, 분명 그렇게 생각하고 있었을 거예요."

"크레일 부인은요?"

윌리엄스 양은 초조한 듯 계속 몸을 들썩였다.

"절더러 위선자가 되라고 하시는 건가요, 무슈 푸아로? 그 당시에 크레일 부인이 어떤 기분이었는지, 무슨 생각을 했는지를 제가 어떻게 알 수 있겠습니까? 자신이 저지른 일에 공포를 느꼈는지 어땠는지……."

"그래 보였나요?"

"아니요, 아니에요. 그랬다고는 말할 수 없어요. 놀란 것 같았어요. 네, 맞아요……. 그리고 겁먹은 것 같기도 했고요. 확실히 겁을 먹고 있었어요. 하지만 그건 자연스러운 반응이겠죠."

에르퀼 푸아로는 불만족스럽다는 어조로 말했다.

"네, 어쩌면 그게 자연스러울지도 모르지요……. 크레일 부인은 남편의 죽음에 대해 뭐라고 입장을 밝히셨나요?"

"자살이라고요. 처음부터 아주 단호하게 자살이 틀림없다고 말씀하셨어요."

"윌리엄스 양에게 얘기할 때도 그렇게 말씀하셨나요? 아니면 다른 주장을 하셨나요?"

"아니에요. 크레일 부인은 제게도 자살이 틀림없다고 강조하셨습니다."

윌리엄스 양의 목소리는 당황한 것 같았다.

"그래서 뭐라고 말씀하셨나요?"

"무슈 푸아로, 제가 무슨 말을 했는지가 중요합니까?"

"네, 제가 생각하기에는 그렇습니다."

"이유를 모르겠군요……."

하지만 대답을 기다리는 침묵이 길어지자, 그녀는 마지못해 입을 열었다.

"이렇게 말했던 것 같아요. '물론이에요, 크레일 부인. 자살이 틀림없어요.'"

"실제로도 그렇게 생각하셨습니까?"

윌리엄스 양은 고개를 들고는 단호하게 말했다.

"아니요, 그렇게 생각하지 않았습니다. 하지만 이건 이해해 주셔야 해요, 무슈 푸아로. 저는 무슈 푸아로의 표현대로라면 전적으로 크레일 부인의 편이었죠. 저는 경찰도 아니고 부인에게 연민을 느끼고 있었으니까요."

"크레일 부인이 무죄로 풀려나길 바라셨겠군요?"

그러자 윌리엄스 양은 도전적으로 대꾸했다.

"네, 그랬죠."

"그렇다면 크레일 부인의 따님에게도 동정심을 느끼시겠군요?"

"물론입니다."

"그렇다면 그 비극적인 사건에 대한 자세한 이야기를 써서 제게 보내 주시겠습니까?"

"칼라에게 주시려고요?"

"네."

윌리엄스 양은 천천히 입을 열었다.

"물론이에요, 써 드리죠. 그 사건의 진실을 알고 싶다는 결심이 확고하겠죠?"

"그렇습니다. 차라리 모르는 편이 좋을 것 같지만……."

윌리엄스 양이 푸아로의 말을 가로챘다.

"그렇지 않아요. 진실과 마주하는 편이 좋을 겁니다. 사실을 왜곡해서 불행을 피하려 해 봐야 소용 없어요. 칼라는 진실을 알고 충격을 받았죠……. 하지만 이제는 그 비극이 어쩌다 일어나게 된 건지 정확하게 알길 원해요. 용감한 아가씨라면 응당 가지고 있어야 할 올바른 태도입니다. 일단 모든 것을 알게 된다면, 그 일을 잊고 다시 자신만의 인생을 살아갈 수 있을 거예요."

"윌리엄스 양의 말씀이 맞는지도 모르겠습니다."

"제 말이 맞을 거예요."

"하지만 알다시피 문제가 있어요. 그 아가씨는 진실을 원할 뿐 아니라 자신의 어머니가 결백하다는 걸 증명하고 싶어 하죠."

"불쌍한 것."

"그렇게 생각하십니까?"

"이젠 왜 선생님께서 그 아이가 진실을 모르는 편이 낫겠다고 말씀하셨는지 그 이유를 알겠네요. 하지만 그래도 전 그게 최선이라고 생각합니다. 어머니가 결백하다는 사실을 밝히고 싶은 소망은 딸로서는 당연한 일이겠죠. 사실이 밝혀진다면 아주 힘들겠지만……. 그래도 선생님의 말씀을 들어 보면 칼라는 괴로운 진실과 마주하더라도 겁먹지 않을 만큼 강한 아이 같습니다."

"그게 진실이라고 확신하십니까?"

"무슨 말씀이신지 모르겠군요."

"크레일 부인이 결백하다는 생각은 조금도 안 해 보셨나요?"

"그럴 만한 가능성은 조금도 없다고 생각합니다."

"하지만 크레일 부인은 자살이라고 주장하셨잖습니까?"

윌리엄스 양은 냉담하게 대꾸했다.

"그 불쌍한 분은 무슨 말이라도 해야 했겠죠."

"크레일 부인께서 돌아가시기 직전, 딸에게 자신의 결백을 주장하는 편지를 남겼다는 걸 알고 계십니까?"

윌리엄스 양은 푸아로를 뚫어지게 바라보았다.

"크레일 부인이 정말 잘못된 행동을 하셨군요."

그녀는 날카롭게 쏘아붙였다.

"그렇게 생각하시나요?"

"네, 그래요. 무슈 푸아로께서도 다른 남자들과 마찬가지로 감상적이시군요……."

푸아로는 화가 난 듯 윌리엄스 양의 말을 가로챘다.

"저는 감상적인 사람이 아닙니다."

"하지만 분명 어리석은 감상에 빠지셨잖아요. 도대체 왜 그런 중요한 순간에 거짓말을 한답니까? 아이의 고통을 덜어 주기 위해?

네, 많은 여자들이 그렇게 하곤 하죠. 하지만 크레일 부인이 그럴 거라고는 생각도 못 했습니다. 부인은 아주 용감하고 솔직한 분이셨어요. 차라리 딸에게 자신을 비난하지 말아 달라고 쓰는 게 훨씬 더 부인다웠을 거라고 생각해요."

푸아로는 약간 분한 듯 이야기했다.

"캐롤라인 크레일이 쓴 편지가 사실이라는 가능성은 조금도 고려하지 않으시는 겁니까?"

"물론이에요!"

"하지만 크레일 부인을 좋아하셨다고 말씀하셨잖습니까?"

"정말 좋아했습니다. 크레일 부인에게는 깊은 애정과 동시에 연민을 품고 있었죠."

"자, 그렇다면……."

윌리엄스 양은 푸아로를 아주 이상하게 쳐다보았다.

"이해를 못 하시는군요, 무슈 푸아로. 지금 제가 무슨 말을 하건 중요하지 않습니다. 이렇게나 시간이 지나 버린 데다 우연히 캐롤라인 크레일이 유죄라는 것도 알아 버렸으니까요."

"네?"

"사실입니다. 당시에 그 말을 하지 않은 것이 옳은 행동이었는지는 잘 모르겠어요. 어쨌든 그 말은 하지 않았죠. 하지만 이제는 확실히 말씀드리겠어요. 저는 캐롤라인 크레일이 유죄라는 걸 알고 있습니다……."

작은 돼지 한 마리는 '꿀꿀꿀' 울었네

안젤라 워런의 아파트에서는 리젠트 공원이 내려다 보였다. 화창한 봄날이라 열린 창문으로 부드러운 바람이 밀려들어 왔다. 아래로 끊임없이 지나가는 자동차 소리만 없었다면 한적한 시골에 있다는 착각이 들 정도였다.

문이 열리고 안젤라 워런이 들어오자 창가에 서 있던 푸아로는 몸을 돌렸다.

안젤라 워런을 본 것은 이번이 처음은 아니었다. 푸아로는 시간을 내어 영국 왕립 지리 협회에서 열리는 그녀의 강의에 참석했었다. 대중적인 관점에서 보자면 딱딱하게 느껴질 수도 있겠지만, 워런 양은 단 한 마디도 멈칫거리거나 주저하지 않고 아주 훌륭한 강연을 펼쳤다. 한 번 했던 말은 반복하지도 않았다. 발음은 정확했고 목소리는 물 흐르듯 자연스럽고 매끄러웠다. 청중들이 모험에 대한 낭만적인 환상을 품을 여지는 조금도 주지 않았다. 그녀가 펼친 강의에서 감성적인 발언은 조금도 없었다. 훌륭한 슬라이드로 사실을 간결하고 적절히 설명한 다음, 그러한 사실을 바탕으로 결론을 재치 있게 끌어낸, 아주 감탄스러운 강연이었다. 지극히 객관적이고 정확하며, 명쾌하고 전문적이었다.

에르퀼 푸아로와 같은 영혼, 바로 논리적인 지성을 갖춘 여성이었다.

이제 안젤라 워런을 가까이서 보게 된 푸아로는, 그녀가 아주 아름다운 여성으로 자랄 수 있었다는 걸 깨달았다. 그녀의 얼굴은 딱딱하고 엄격해 보이긴 하지만 아주 조화로웠다. 섬세하게 곡선을 그리고 있는 짙은 갈색 눈썹, 맑고 지적인 갈색 눈동자에 뽀얀 피부, 넓게 딱 벌어진 어깨에 걸음걸이는 약간 남자 같았다.

그녀를 보고 "꿀꿀꿀" 울어 대는 작은 돼지라고 할 사람은 아무도 없을 게 분명했다. 하지만 오른쪽 뺨에는 피부가 잔뜩 일그러진 상처 자국이 남아 있었다. 오른쪽 눈 또한 약간 비뚤어졌고, 상처 자국 때문에 눈 꼬리가 아래로 당겨져 있었지만 아무도 그 눈이 보이지 않는다는 걸 알아차리지는 못할 것이다. 그녀는 아주 어릴 적부터 그러한 장애를 달고 살아 왔기 때문에 이제는 아예 의식조차 하지 않는 것 같았다. 푸아로는 사건 조사를 하며 관심을 갖게 된 다섯 명의 사람들을 보며, 실제로 인생에서 행복과 성공을 거머쥔 사람은 처음부터 완벽한 조건을 타고나는 게 아니라는 생각이 퍼뜩 들었다. 완벽한 조건, 즉 젊음, 아름다움, 부유함을 타고났다고 할 수 있는 엘사는 가장 끔찍한 삶을 살고 있었다. 그녀는 마치 봉오리가 막 맺힐 즈음 때 아닌 서리에 맞은 꽃처럼 활기라곤 조금도 없었다.

세실리아 윌리엄스의 경우 겉보기에는 자랑할 만한 장점이 하나도 없는 것 같았다. 하지만 푸아로가 보기에 그녀에게는 낙담이나 패배감 따윈 조금도 없었다. 윌리엄스 양도 나름대로 재미있는 삶을 살고 있었으며, 여전히 사람과 사건들에 깊은 흥미를 가지고 있었다. 요즘 사람들이 멀리하는 엄격한 빅토리아 시대의 교육을 받아 투철한 도덕적인 관념으로 자신에게 주어진 소임을 다했다. 그러한 확신 덕에 질투심과 불만, 후회와 같은 사소한 감정들에 흔들리지 않는 강한 정신력을 가지고 있었다. 검소한 생활로 인해 삶에서 소소한 기쁨을 느끼는 법을 알고 있었으며, 여전한 건강과 열정으로 삶에 애착을 가지고 있었다.

그리고 안젤라 워런……. 얼굴의 흉측한 상처와 장애로 수치심을 안고 살았을 젊은 아가씨. 푸아로의 눈에는 자신감과 확신을 가지기 위해 노력한 덕분에 강인해진 영혼이 보였다. 버르장머리 없던 어린 소녀는 활기가 넘치고 강한 여성, 굳은 정신력을 가지고 야심찬 목적을 성취할 수 있는 에너지가 넘치는 여성으로 자랐다. 푸아로는 그녀가 행복과 성공을 동시에 이룬 여성이라고 확신했다. 그녀의 삶은 생동감과 함께 넘치는 즐거움으로 충만했다.

덧붙이자면, 그녀는 푸아로가 좋아하는 타입의 여성은 아니었다. 지적이고 이성적이긴 하지만, 동시에 만만치 않은 여성이라는 분위기를 뿜어내 상대방에게 '당신 또한 그저 그런 남자들 중 한 명일 뿐'이라는 위압감을 안겨 주었다. 푸아로의 취향은 언제나 화려하고 우아한 여성들이었다.

안젤라 워런에게는 방문의 목적을 이야기하기가 쉬웠다. 아무런 구실을 꾸며 내지 않고, 그저 칼라 레마챈트의 이야기를 전해 주었다.

안젤라 워런의 딱딱해 보이는 얼굴에 반가운 기색이 떠오르며 환해졌다.

"꼬맹이 칼라 말씀이세요? 그 아이가 영국에 왔어요? 정말 만나 보고 싶네요."

"그동안 서로 연락을 하지 않으셨나요?"

"거의 연락을 못했다고 할 수 있죠. 그 아이가 캐나다로 갔을 때 전 학생이었고, 일이 년만 지나면 그 아이가 우릴 잊어버릴 거라는 것도 알고 있었으니까요. 물론 나중에는 가끔씩 크리스마스 선물을 보내 주기도 했지만 그게 전부였어요. 지금쯤이면 캐나다의 환경에 완전히 적응해 그곳에서 앞으로의 인생을 살고 있을 거라고 생각했거든요. 그게 더 나을 거다 싶었고요."

"물론 그렇게 생각할 수도 있죠. 다른 환경과 다른 이름, 새로운 삶. 하지만 그렇게 쉬운 것만은 아닙니다."

그리고 푸아로는 칼라의 약혼과 칼라가 스무 살이 되던 해에 알게 된 사실, 그리고 영국에 온 목적을 이야기해 주었다.

안젤라 워런은 손으로 일그러진 오른쪽 뺨을 괴고는 조용히 푸아로의 말에 귀를 기울였다. 푸아로의 말을 듣는 동안 아무런 감정도 드러내지 않았고, 얘기가 끝나자 조용히 입을 열었다.

"칼라에게는 잘된 일이군요."

푸아로는 안젤라의 말에 깜짝 놀랐다. 이런 반응은 처음이었다.

"그렇다면 워런 양께서는 동의하십니까?"

"물론이에요. 전 그 아이가 잘되길 바래요. 제가 도울 일이 있다면 기꺼이 도와야죠. 그 일이 있던 당시에는 아무런 도움도 못 돼죄책감을 느끼고 있었어요."

"그렇다면 그분의 말이 맞을 가능성도 있다고 생각하십니까?"

"물론 그 아이 말이 맞아요. 캐롤라인 언니는 무죄에요. 전 항상그렇게 생각했는걸요."

그러자 에르퀼 푸아로는 중얼거렸다.

"정말이지 저를 여러 번 놀라게 하시는군요, 마드무아젤. 제가 이야기를 나눠 본 사람들은 전부……."

갑자기 안젤라가 날카로운 목소리로 잡아챘다.

"그 사람들 말은 믿지 마세요. 당시의 정황 증거가 언니에게 불리했다는 건 저도 잘 알고 있어요. 그래도 언니가 무죄라고 확신하는건 제가 언니에 대해 잘 알고 있기 때문이에요. 캐롤라인 언니가 그누구도 죽일 수 없는 사람이라는 건 분명한 사실이니까요."

"하지만 인간에 대해 그렇게 단정지을 수 있을까요?"

"대부분의 경우에는 그럴 수 없겠죠. 인간이란 수수께끼 같은 동물이라는 데 저도 동의합니다. 하지만 캐롤라인 언니의 경우에는특별한 이유가 있어요. 다른 누구보다도 제가 더 잘 알고 있는 이유가요."

안젤라는 흉터가 남아 있는 뺨을 만졌다.

"이거 보이시죠? 아마 이 상처에 대한 이야기도 들으셨겠죠?"

푸아로는 고개를 끄덕였다.

"캐롤라인 언니 때문에 생긴 흉터예요. 또한 그 때문에 저는 언니가 살인을 저지르지 않았다고 확신해요……, 아니 저지르지 않았다는 걸 알아요."

"그다지 설득력 있는 주장은 아닌데요."

"네, 그 반대겠죠. 사건 당시에는 캐롤라인 언니가 폭력적이고 난폭하다는 증거로 제시되었으니까요! 심리학자들은 언니가 아기였던 저에게 상처를 입혔던 사실 때문에 불성실한 남편을 독살하는 것도 가능하다고 주장했죠."

"저라면 최소한 그 둘의 차이점을 구분할 수 있었을 겁니다. 갑자기 솟아오르는 분노를 통제할 수 없어서 충동적으로 독약을 빼내온 사람이, 다음 날 신중하게 독약을 사용할 수는 없겠죠."

푸아로의 말에 안젤라 워런은 재빨리 손을 저으며 입을 열었다.

"제 말은 그런 뜻이 아니에요. 제가 좀 더 명확하게 설명을 드리죠. 만약 당신이 보통 때에는 상냥하고 친절한 성격이지만 그와 동시에 질투심도 아주 강한 사람이라고 해 보죠. 그리고 스스로를 통제하기가 힘든 시기에 살인에 가까운 끔찍한 일을 저질렀다고 생각해 보세요. 얼마나 큰 충격과 공포, 죄책감에 사로잡히겠어요? 캐롤라인 언니처럼 섬세한 사람일 경우엔 그러한 공포와 죄책감을 떨쳐버릴 수가 없어요. 실제 캐롤라인 언니는 절대 그러한 감정을 잊지 못했죠. 당시에는 몰랐지만, 나중에 되돌아보니 잘 알겠더군요. 캐롤라인 언니는 저에게 상처를 입혔다는 사실 때문에 끊임없이 괴로워했어요. 그 때문에 마음 편할 날이 없었던 거죠. 언니의 행동에서도 그 마음이 묻어났어요. 언니가 제게 왜 그렇게 대했는지도 알수 있었죠. 저에겐 뭘 해 줘도 부족하다고 생각했던 거예요. 언니의 마음속에서는 언제나 제가 우선이었기에 언니와 형부가 다툰 이유 중 절반은 저 때문이었어요. 그땐 제가 형부에게 질투심을 느껴 온갖 못된 장난들을 치곤 했으니까요. 형부가 마실 음료수에 넣으려고 '고양이밥'을 몰래 훔친 적도 있고, 한번은 침대에 고슴도치를 넣어둔 적도 있어요. 하지만 캐롤라인 언니는 언제나 제 편을 들어줬죠."

워런 양은 잠시 말을 멈추었다가 다시 이어나갔다.

"물론 그런 언니의 행동이 제게는 아주 나쁜 영향을 미쳤어요. 끔찍할 정도로 버르장머리 없는 아이가 되었으니까요. 하지만 이 얘기 중요하지가 않죠? 지금은 캐롤라인 언니의 이야기를 해야 하니까. 폭력에 대한 충동을 이기지 못했다는 그 죄책감 때문에 언니는 더 이상 그런 일이 없어야겠다고 다짐을 했어요. 항상 자신을 감시하면서 그런 일이 또다시 일어나지 않을까 두려움에 떨었어요. 그리고 나름대로 그러한 일을 미연에 방지하는 방법을 강구한 거예요. 과장된 말을 하는 것도 그중 한 가지였죠. 언니는 폭력적인 말을 실컷 한다면 실제로 그런 폭력을 행할 유혹에 빠지지 않을 거라고 생각했어요. 저 또한 심리학적인 면에서 옳은 방법이었다고 생각해요. 그리고 경험을 통해 실제로 효과가 있다는 것도 알아냈고요. 그래서 캐롤라인 언니는 '난 에이미어스를 잘게잘게 썰어서 끓는 기름에다가 천천히 끓여 버리고 싶어.'라든가 '계속 짜증나게 굴면 죽여 버릴 거야.'라는 등의 말을 했던 거죠. 또한 격렬한 말다툼을 자주 벌인 것도 그런 맥락에서였어요. 아마 캐롤라인 언니는 자신의 본성에 폭력적인 충동이 숨어 있다는 걸 깨달았던 것 같아요. 그래서 그런 방식으로 충동들을 배출하려 했던 거였고 언니와 형부는 정말이지 서로 엄청나고 무시무시한 말을 해 대며 말다툼을 하곤 했죠."

에르퀼 푸아로는 고개를 끄덕였다.

"네, 그 말을 뒷받침하는 증거도 있었습니다. 두 부부가 마치 개와 고양이처럼 싸웠다고 하더군요."

"맞아요. 그런데 사람들이 그 증거를 정말 멍청하게도 잘못 받아들인 거죠. 캐롤라인 언니와 형부가 싸움을 한 것은 사실이에요. 서로에게 잔인하고 모욕적인 말들을 퍼부은 것도 사실이고요. 하지만 사람들은 그 둘이 싸우는 걸 즐겼다는 사실을 몰랐죠. 정말 그랬어요! 형부도 싸우는 걸 즐겼고, 그 둘은 그런 부부였어요. 둘 다 극적이고 감정적인 걸 좋아하는. 물론 대부분의 남자들은 그와 반대로 평화를 좋아하지만 형부는 예술가였어요. 소리 지르고 위협하고 난폭하게 구는 걸 좋아했어요. 마치 그런 것으로 활기를 얻는 것 같았죠. 형부는 옷깃 단추가 떨어졌다고 집이 떠나가라 고함을 지르는 그런 유형이었다고요. 물론 아주 이상하게 들리겠지만, 끊임없이 싸우고 화해하는 것은 언니와 형부에게 있어 사는 재미였어요!"

안젤라는 초조한 듯 몸을 움직이며 말을 이었다.

"절 그렇게 서둘러 외국에 보내지 않고 증언을 할 기회를 줬더라면 그 애길 했을 거예요."

그러더니 안젤라는 어깨를 으쓱했다.

"물론 그 사람들이 제 말을 믿진 않았겠죠. 그때만 해도 지금처럼 확실히 알지도 못했고요. 그저 막연히 느끼고만 있었지 진지하게 생각해 보지도 않았고, 말로 전달하는 건 더더욱 힘들었을 거예요."

안젤라는 푸아로를 건너보았다.

"무슨 말인지 아시겠어요?"

푸아로는 열심히 고개를 끄덕였다.

"완벽하게 이해합니다……. 그리고 워런 양의 말씀이 전적으로 옳습니다. 평화를 지루하게 느끼는 사람들이 있죠. 그런 사람들에게는 생활에 극적인 요소를 만들어내는 다툼이라는 자극제가 필요한 법이고요."

"바로 그거예요."

"워런 양, 당시 워런 양께서는 어떤 감정을 느끼셨는지 물어봐도 될까요?"

안젤라 워런은 한숨을 쉬고는 입을 열었다.

"당혹스러움과 무력감을 느꼈던 것 같아요. 끔찍한 악몽 같았죠. 캐롤라인 언니는 곧 체포되었어요. 그 일이 일어난 지 사흘 후였을 거예요. 그 당시에 느꼈던 분노, 그리고 어리석게도 모든 게 다 바보 같은 실수고 잘 풀릴 거라는 믿음을 가졌던 기억이 아직도 생생해요. 캐롤라인 언니는 저를 가장 걱정해서 가능한 제가 멀리 떨어져 있길 바랬어요. 윌리엄스 양을 시켜 절 바로 친척집으로 보냈죠. 경찰에서도 아무런 이의를 제기하지 않았어요. 제 증언이 필요 없다는 결정이 내려지자마자, 저는 곧 외국에 있는 학교로 떠나야 했죠.

물론 저는 정말 떠나기 싫었어요. 하지만 캐롤라인 언니가 저를 너무 걱정하고 있고, 제가 언니를 도울 수 있는 유일한 방법은 떠나는 것뿐이라는 말에 어쩔 수가 없었습니다."

안젤라는 잠시 말을 멈추었다. 그리고 다시 입을 열었다.

"그래서 저는 뮌헨으로 갔어요. 평결이 내려졌을 때도 그곳에 있었고요. 캐롤라인 언니가 거부할 거라면서 아무도 제가 캐롤라인 언니를 만나러 가도록 허락해 주지 않았어요. 언니가 제 마음을 들어주지 않은 건 그때가 유일했죠."

"워런 양, 그건 알 수 없는 겁니다. 사랑하는 사람이 감옥에 갇혀 있는 모습을 본다는 건, 어리고 섬세한 소녀에게 악영향을 미칠 수도 있으니까요."

"그럴 수도 있겠죠."

안젤라 워런은 자리에서 일어났다.

"재판이 끝나고 유죄를 선고받은 다음, 언니는 제게 편지를 썼어요. 여태껏 아무에게도 보여 준 적이 없지만 아무래도 푸아로 씨께는 보여 드려야 할 것 같네요. 캐롤라인 언니가 어떤 사람이었는지 이해하는 데 도움이 될지도 모르니까요. 원하신다면 편지를 가져다 칼라에게 보여 주셔도 돼요."

그녀는 문을 열고 나가더니, 잠시 후 다시 방으로 돌아 왔다.

"이리 오시죠. 제 방에 캐롤라인 언니의 초상화가 있어요."

푸아로가 넋 놓고 초상화를 올려다보기는 두 번째였다.

그림으로서만 보자면, 캐롤라인 크레일의 초상화는 평범한 수준이었다. 하지만 푸아로는 흥미를 갖고 그 그림을 바라보았다. 그의 관심을 끈 것은 초상화의 예술적 가치가 아니었다.

그림 속의 여자는 갸름하고 긴 계란형 얼굴에 우아한 턱선, 상냥하지만 약간은 조심스러운 표정을 짓고 있었다. 자신에 대한 확신이 없고 감정적이며, 수줍은 듯 감춰진 아름다움이 있는 얼굴이었다. 딸의 얼굴에서 느껴지는 강인함과 활기는 찾아볼 수가 없었다. 칼라 레마챈트의 에너지와 삶에 대한 애정은 아버지에게서 물려받은 게 분명했다. 그림 속의 여성은 그다지 활기차 보이지 않았음에도, 계속 그 얼굴을 들여다보고 있자니 쿠엔틴 포그처럼 상상력이 풍부한 남자가 왜 그녀를 잊지 못하는지 이해할 수 있었다.

안젤라 워런은 손에 편지를 들고 푸아로의 옆에 섰다.

그러고는 조용히 입을 열었다.

"이제 캐롤라인 언니가 어떻게 생겼는지 보셨으니 언니의 편지도 읽어 보셔야죠."

푸아로는 16년 전 캐롤라인이 쓴 편지를 조심스럽게 펼쳐 읽기 시작했다.

사랑하는 동생 안젤라에게

나쁜 소식을 듣고 슬픔에 빠져 있겠지? 하지만 모든 일은 다 잘 될 테니 걱정 마. 나는 절대 네게 거짓말을 한 적이 없었고, 지금 내가 정말 행복하다고 말하는 것 또한 거짓말이 아니란다. 전에는 절대 느끼지 못한, 올바른 일을 했다는 생각과 평화로운 마음만이 남아 있어. 괜찮아, 안젤라. 정말 괜찮아. 뒤도 돌아보지 말고 후회하지도 말고, 날 위해 슬퍼하지도 마……. 넌 너만의 인생을 계속해서 살아가면 돼. 너라면 그럴 수 있다는 거 알아. 다 괜찮을 거야. 다 괜찮을 거야, 안젤라. 난 에이미어스에게로 갈 거야. 난 단 한 번도 우리가 떨어지리라는 생각은 해 본 적이 없단다. 그 사람이 없이는 살 수 없었을 거야……. 날 위해 한 가지 부탁을 들어 주겠니? 행복해져. 아까도 말했듯 나는 행복해. 사람이라면 누구나 빚을 갚아야지. 평화로운 기분이 든다는 게 정말 좋구나.

— 사랑하는 언니, 캐롤라인으로부터

에르퀼 푸아로는 편지를 찬찬히 두 번 읽었다. 그러고 나서 안젤라에게 다시 돌려주고는 입을 열었다.

"정말 감동적인 편지군요, 마드무아젤……. 그리고 정말 놀라운 편지입니다. 아주 놀라워요."

"캐롤라인 언니는 아주 놀라운 사람이었죠."

"네, 보기 드문 마음씨군요……. 이 편지가 결백을 나타낸다고 생각하십니까?"

"물론이에요!"

"하지만 그런 걸 명시하는 말은 쓰여 있지 않은데요."

"언니가 유죄일 거라고는 제가 꿈도 꾸지 않고 있다는 걸 알았을 테니까요!"

"그럴 수도 있겠군요……, 그럴 수도 있겠습니다. 하지만 이 편지는 다른 방식으로 해석할 수도 있어요. 캐롤라인이 유죄이고, 자신이 저지른 일에 대해 속죄하여 평화를 찾았다고 말입니다."

푸아로는 법정에서 보인 캐롤라인의 태도와 딱 맞아떨어진다는 생각이 들었다. 지금 이 순간 자신이 일을 제대로 처리해 나가고 있는 것인지 강한 의심이 들었다. 지금까지 모든 정황이 캐롤라인 크레일의 유죄를 가리켰다. 이제는 캐롤라인의 편지까지도 그녀에게 불리한 증거가 되지 않았는가.

캐롤라인의 무죄를 증명하는 거라곤 안젤라 워런의 확신뿐이었다. 안젤라는 물론 언니를 잘 알고 한 말이겠지만, 사랑하는 언니를 보호하고픈 사춘기 소녀의 애정 때문은 아닐까?

안젤라 워런은 마치 푸아로의 생각을 읽은 것처럼 이렇게 말했다.

"아니에요, 무슈 푸아로. 저는 정말로 캐롤라인 언니가 무죄라는 걸 알아요."

푸아로는 쾌활하게 대답했다.

"봉 디유(하느님) 또한 제가 워런 양의 신념을 흔들어 놓길 원치 않는다는 걸 알고 계실 겁니다. 하지만 실질적인 이야기를 나눠 보도록 하죠. 워런 양은 언니에게 아무런 죄가 없다고 말씀하셨습니다.

그렇다면 정말로 어떠한 일이 일어났는지를 말씀해 주시겠습니까?"

안젤라는 생각에 잠긴 채 고개를 끄덕였다. 그리고 입을 열었다.

"그게 어려운 부분이죠, 알아요. 저는 캐롤라인 언니가 말한 대로 형부는 자살을 한 거라고 생각해요."

"형부의 성격으로 미뤄 볼 때 그럴 가능성이 있나요?"

"희박하죠."

"하지만 언니에 대해 얘기할 때처럼 말도 안 되는 일이라고는 확신하지 않으시는군요?"

"네. 방금 말씀드렸듯이 사람들은 말도 안 되는, 즉 본래 성격과는 정반대되는 일들을 하곤 하니까요. 하지만 자세히 들여다보면 그리 반대되는 것도 아닐 거라고 생각해요."

"형부가 어떤 분인지 잘 알고 계셨나요?"

"네, 하지만 캐롤라인 언니를 아는 만큼은 아니었어요. 형부가 자살을 했다는 게 터무니없는 일처럼 느껴지긴 하지만, 그럴 수도 있다고 생각해요. 사실 그렇게 해야 마땅하죠."

"다른 가능성이 있다고는 생각하지 않으십니까?"

안젤라는 푸아로의 기습적인 질문을 특별한 놀라는 기미 없이 그저 침착하게 받아들였다.

"아, 무슨 말씀이신지 알겠어요. 하지만 그런 가능성은 한 번도 생각해 보지 않았어요. 다른 사람들 중 누군가가 형부를 죽였을 가능성 말씀이시죠? 교묘하고 잔인한 살인이었다……?"

"그럴 수도 있죠, 그렇지 않습니까?"

"네, 그럴 수도 있겠죠. 하지만 그 또한 있을 법한 일이 아닌 건 분명해요."

"자살보다도 말입니까?"

"그건 대답하기가 어렵군요……. 표면적으로 보면 다른 누군가를 의심할 이유가 전혀 없었으니까요. 그건 지금도 마찬가지예요."

"그래도 가능성은 생각해 봐야 하죠. 워런 양이 생각하기에……, 그러니까 가장 그럴 만한 사람은 누구라고 생각하십니까?"

"어디 보자. 뭐, 저는 죽이지 않았어요. 그리고 엘사도 분명 아니 겠죠. 형부가 죽었을 때 미쳐서 날뛰었으니까. 그리고 또 누가 있었 더라? 메러디스 블레이크? 그 사람은 항상 캐롤라인 언니에게 아 주 헌신적이었죠. 마치 잘 길들여진 고양이처럼요. 그런 면에서 그 사람에게 동기가 있었다고도 할 수 있겠네요. 소설 속에서라면 캐 롤라인 언니와 결혼하기 위해 형부를 없애 버리고 싶어 했을 수 있 으니까요. 하지만 형부가 엘사와 떠나 버리게 놔두었더라면, 나중 에 기회를 봐서 언니에게 접근하기 더 쉬웠을 거예요. 게다가 제가 보기에 메러디스는 살인을 저지를 만한 사람이 아니에요. 지나치게 온화하고 신중한 사람이니까요. 그리고 또 누가 있었죠?"

"윌리엄스 양? 필립 블레이크?"

푸아로의 말에 안젤라의 진지했던 얼굴이 잠시 미소를 띠며 풀어 졌다.

"윌리엄스 양이요? 그분이 살인을 저질렀을 거라고는 절대 생각 할 수도 없어요! 윌리엄스 양은 융통성이 없는 데다 올곧은 분이셨으니까요."

안젤라는 잠시 말을 멈추었다가 다시 이어나갔다.

"물론 캐롤라인 언니에게 아주 헌신적이었던 데다 형부를 미워했으니 언니를 위해서라면 뭐든 했겠죠. 그리고 그분은 대단한 페미니스트에 남성들을 혐오했어요. 그렇다고 살인을 저질렀을까요? 물론 아니죠."

"그렇게 보긴 힘들죠."

푸아로도 안젤라의 말에 동의했다.

"필립 블레이크?"

안젤라는 잠시 침묵하더니 조용히 덧붙였다.

"만약 그럴 만한 사람을 굳이 꼽는다면 바로 그 사람일 거라고 생각해요."

"정말 흥미로운 제안이로군요, 워런 양. 그 이유를 물어봐도 되겠습니까?"

"확실한 증거 같은 건 없어요. 다만 그 사람은 문제 해결 능력이 별로 없었던 기억이 나요."

"문제 해결 능력이 없는 사람이 살인을 저지르기 쉽다, 이런 말씀입니까?"

"난처한 문제를 해결하기 위해 잔인한 방법을 쓸 수도 있죠. 그런 유형의 남자들은 그런 행동으로 만족을 느끼기도 하니까요. 살인은 아주 잔인한 일이잖아요, 그렇게 생각하지 않으세요?"

"네, 워런 양의 말씀이 맞는 것 같군요. 분명 그런 식으로 볼 수도 있죠. 하지만 워런 양, 뭔가가 분명 더 있을 텐데요. 필립 블레이크에게 어떤 동기가 있었을까요?"

안젤라 워런은 한순간 아무런 대답도 하지 않았다. 인상을 찌푸린 채 바닥만 내려다 보고 서 있었다.

"그분은 에이미어스 크레일의 절친한 친구였지요, 그렇지 않습니까?"

안젤라는 고개만 끄덕였다.

"하지만 뭔가 걸리는 게 있으신 거죠, 워런 양? 아직 저에게 털어놓지 않은 무언가가 말입니다. 혹시 두 남자가 여자……, 그러니까 엘사 양을 두고 다퉜나요?"

안젤라 워런은 고개를 저었다.

"오, 아니에요. 필립은 그러지 않았어요."

"그렇다면 무슨 일이 있었던 거죠?"

안젤라 워런은 천천히 입을 열었다.

"어느 순간 갑작스럽게 옛날 일들이 떠오르곤 하죠……, 몇 년이 지난 후에 말이에요. 무슨 말인지 설명해 드리죠. 제가 열한 살 때 누군가 제게 이야기를 해 준 적이 있어요. 무슨 뜻인지도 몰랐고, 깊이 생각도 하지 않은 채 그냥 잊고 있었던 이야기였죠. 저는 그 이야기가 다시 생각날 거라고는 꿈에도 몰랐어요. 하지만 2년 전 레뷔* 극장의 특별석에 앉아 있다가, 순간 깜짝 놀라 저도 모르게 큰 소리

....

* 촌극과 춤, 무용으로 이루어진 뮤지컬 코미디.

로 이렇게 말했죠. '아, 이제야 그 라이스 푸딩에 대한 바보 같은 이야기가 무슨 뜻인지 알겠어.' 하지만 레뷔에는 그런 걸 직접적으로 암시하는 장면도 없었어요. 그저 바람이 부는 대로 따라 가는 우스운 항해 이야기뿐이었는걸요."

"무슨 뜻인지 잘 알겠습니다, 마드무아젤."

"그렇다면 제가 이제 하려는 말도 이해하실 거예요. 한번은 호텔에 묵은 적이 있어요. 복도를 따라 걷는데, 방문 하나가 열리면서 제가 아는 여자가 그 방에서 나왔죠. 그곳은 그 여자의 방이 아니었고, 절 보는 그녀의 얼굴에서도 그러한 사실이 명백히 드러났죠.

그리고 그 표정은 앨더베리에서의 어느 날 밤, 캐롤라인 언니가 필립 블레이크의 방에서 나오다가 저와 마주쳤을 때 지었던 표정과 똑같았어요."

안젤라는 몸을 앞으로 숙이며 막 입을 열려는 푸아로를 막았다.

"당시에 저는 아무것도 몰랐다는 걸 이해하셔야 해요. 물론 막연히는 알고 있었어요. 그 나이 또래 아이들이 그렇듯 말이에요. 하지만 그러한 것들을 현실과 결부지어 생각하지는 못했죠. 언니가 필립 블레이크의 방에서 나왔다는 건 그저 언니가 필립 블레이크의 방에서 나왔다는 것뿐이었어요. 어쩌면 윌리엄스 양의 방일 수도, 제 방일 수도 있는 것과 마찬가지죠. 하지만 그때 언니의 표정을 잊을 수가 없어요……. 저로서는 도무지 이해할 수 없는 이상한 표정이었죠. 좀 전에 말씀드렸듯 파리의 호텔에서 하룻밤을 묵을 때 그 여자의 얼굴에 떠오른 표정을 보기 전까지 이해하지 못했으니까요."

푸아로가 천천히 입을 열었다.

"하지만 워런 양, 워런 양의 말은 정말이지 놀랍군요. 저도 필립 블레이크를 만나 보았지만, 언니분을 굉장히 싫어하고 항상 그래왔다는 인상을 받았답니다."

"저도 무슨 말씀이신지 알아요. 어떻게 설명해야 할지 모르겠지만 여하튼 그랬어요."

푸아로는 천천히 고개를 끄덕였다. 이미 필립 블레이크와 이야기를 나눌 때 뭔가 막연히 이상하다는 느낌을 받은 터였다. 캐롤라인에 대한 지나친 증오……, 그건 어딘지 모르게 부자연스러웠다.

갑자기 메러디스 블레이크의 말이 떠올랐다. '에이미어스가 그녀와 결혼을 할 때도 잔뜩 화가 났던 것 같아요. 그후로 거의 1년이나 그 집 근처에도 가지 않았으니까요.'

그렇다면 필립은 캐롤라인을 사랑했던 것일까? 그러다 캐롤라인이 에이미어스를 택하자 그 사랑이 증오로 변한 것일까?

그렇다, 필립은 지나치게 격렬했으며 지나치게 편견에 사로잡혀 있었다. 푸아로는 조심스럽게 그의 모습을 그려 보았다. 커다란 저택을 소유한 데다 골프를 즐기는 활기차고 부유한 남자. 16년 전 필립 블레이크는 어떤 감정을 느꼈던 것일까?

한편, 안젤라 워런은 계속 말을 잇고 있었다.

"저는 이해할 수가 없죠. 연애 경험이라고는 없으니까요……. 연애운이 없더라고요. 제가 이 말씀을 드리는 건 혹시 사건과 관련이 있지 않을까 해서에요."

제2부

필립 블레이크의 이야기

(사건 당시의 정황을 적은 기록과 함께 편지가 도착했다.)

친애하는 무슈 푸아로,

제가 한 약속을 지키기 위해 에이미어스 크레일의 죽음과 관련한 정황들을 쓴 원고를 동봉합니다. 오랜 세월이 흘렀기 때문에 제 기억이 정확하진 않을 거라는 점을 다시 한 번 말씀드립니다. 하지만 최선을 다해 당시에 일어난 일을 적어 보았습니다.

— 진심을 담아, 필립 블레이크

9월 19일 에이미어스 크레일이 사망하기까지 일어난 사건 기록:

나와 죽은 크레일과의 우정은 아주 어린 시절로 거슬러 올라간다. 우리는 바로 이웃에 살았고, 가족들끼리도 가까운 사이였다. 에이미어스 크레일은 나보다 두 살이 더 많았다. 같은 학교에 다니진 않았지만 어릴 적부터 휴일이면 그와 함께 놀곤 했다.

그를 오랜 시간 알아 온 나야말로 그의 성격과 삶에 대한 태도를 증언할 자격이 있다고 생각한다. 그리고 에이미어스 크레일을 아는 사람이라면 누구나 그가 자살했다는 주장은 터무니없는 것이라고 말할 것이다. 크레일은 스스로 목숨을 끊을 만한 사람이 절대 아니었다. 오히려 삶에 대한 애착이 지나친 사람이었다! 크레일이 양심의 가책에 사로잡혀 있었으며, 순간의 자책으로 인해 독약을 마셨다는 재판 당시 피고 측의 주장은 크레일을 아는 사람에게는 정말이지 터무니없는 소리였다. 크레일은 양심이라고는 없었으며, 물론 우울증에 걸릴 사람도 결코 아니었다. 게다가 크레일은 부인과의 사이가 나빴던 만큼 그런 불만족스러웠던 결혼 생활을 청산하는 데 그 어떤 가책도 느끼지 않았을 것이라 생각한다. 크레일은 이혼한 후에도 부인과 아이를 재정적으로 지원해 줄 준비를 하고 있었으며, 나 또한 그가 분명 아낌없이 그렇게 했으리라고 확신한다. 그는 아주 관대한 남자였으며……, 동시에 마음이 따듯하고 매력적인 사람이었다. 위대한 화가였을 뿐 아니라 친구들에게도 인기가 많은 사람이었다. 내가 아는 한 그에게 적이라고는 없었다.

캐롤라인 크레일과도 또한 오랜 세월을 알고 지냈다. 그녀가 결혼하기 전, 앨더베리로 놀러와 머물곤 하던 때부터 알고 지낸 사이였다. 그 당시에는 약간 신경질적인 소녀로 툭하면 성질을 부리곤 했다. 물론 매력적이긴 했지만 같이 살기에는 힘든 사람임이 분명했다.

그녀는 에이미어스를 만나자마자 그에게 관심을 보였다. 크레일은 그녀를 그렇게까지 사랑했던 것 같진 않다. 하지만 자주 함께 어울려 다녔고, 캐롤라인은 매력적이었기 때문에 결국엔 둘이 약혼하기에 이르렀다. 에이미어스 크레일의 친한 친구들은 다들 캐롤라인이 그에게 어울리지 않는다고 느꼈는지 다소 우려를 표시했다.

이 때문에 결혼한 후 몇 년 간은 캐롤라인과 크레일의 친구들 사이에 어느 정도 긴장감이 흘렀지만, 에이미어스는 여전히 친구들을 가까이 했으며 아내가 싫어한다고 해서 오랜 친구들을 버리지 않았다. 수년이 지난 후에는 그와 예전처럼 가깝게 지내며 앨더베리를 자주 방문하게 되었다. 한 가지 더 덧붙이자면 나는 크레일의 어린 딸인 칼라의 대부를 서기도 했다. 이것이야말로 에이미어스가 나를 가장 소중한 친구로 생각했다는 걸 드러내 준다고 생각한다. 따라서 나에게는, 더 이상 자신을 변론할 수 없는 그 친구를 위해 대신 변론해 줄 권리가 있는 것이다.

이제부터는 부탁받은 대로 당시에 일어난 실제 사건들을 써 보도록 하겠다. 나는 사건이 일어나기 5일 전 앨더베리에 도착했다.(옛날 일기장으로 확인.) 그때가 9월 13일이었는데 나는 그 집에 도착하자마자 뭔가 긴장감이 감돌고 있다는 것을 알아차렸다. 당시에 그집에는 에이미어스의 그림 모델을 하고 있는 엘사 그리어 양도 머물고 있었다. 실제로 그리어 양을 만난 것은 처음이었지만, 그녀의 존재는 이미 알고 있었다. 한 달 전 에이미어스가 나에게 엘사에 대한 이야기를 열정적으로 털어놓은 적이 있었다. 놀라운 소녀를 만났다는 얘기였는데 어찌나 열정적으로 이야기를 하는지, 나는 그에게 장난스럽게 말을 던졌다.

"조심해, 친구. 그러다 또 큰일 나지."

그러자 에이미어스는 내게 바보 같은 소리 말라고 했다. 그저 그 소녀의 그림을 그리고 있을 뿐, 개인적인 관심은 전혀 없다는 거였다. 그래서 나는 이렇게 말했다.

"그런 소릴 누가 믿겠어! 지난번에도 넌 그렇게 말했잖아."

그러자 그가 이렇게 대꾸했다.

"이번엔 달라."

그래서 나는 약간 비꼬듯 받아쳤다.

"항상 그렇지!"

그러자 에이미어스는 초조하고 불안한 듯한 표정을 지으며 말했다.

"넌 뭘 몰라서 그래. 그저 소녀일 뿐이라고. 아직 어린 아이야."

그러고는 엘사 그리어 양이 아주 현대적인 관점을 가지고 있으며, 구시대적인 편견에서 완전히 벗어나 있다고 덧붙이며 이렇게 말했다.

"그녀는 정직하고 꾸밈이 없으며 두려움이라곤 조금도 없어!"

그때, 나는 입 밖으로 내진 않았지만 에이미어스가 이번에는 꽤 심각하게 빠진 모양이라고 생각했다. 몇 주 후 나는 다른 사람들에게서 오르내리는 소문을 듣게 되었다. "엘사라는 여자가 크레일에게 푹 빠졌어."라는 이야기였다. 어떤 사람들은 그 아가씨가 너무 어려 에이미어스가 감당하기 힘들 거라고도 했고, 또 어떤 사람들은 엘사 그리어가 알 건 다 알고 있을 거라며 낄낄댔다. 그리고 그 여자가 엄청난 부자이며 원하는 건 모조리 가져야 하는 성미에, '앞서가는 여성 중 한 명'이라는 소문도 있었다. 크레일 부인이 그 문제를 어떻게 생각하는지에 대한 의문도 있었다. 어떤 사람들은 그녀가 이런 일을 당하는 것도 이젠 이골이 났을 거라고 했고, 또 어떤 사람은 그녀의 질투심으로 인해 크레일이 참을 수 없는 괴로운 생활을 하고 있기 때문에 바람을 피우는 것도 당연하다며 반박했다.

내가 이 모든 이야기들을 언급하는 것은, 내가 앨더베리에 왔을 당시 어떤 상황이었는지를 완벽하게 전해 주는 것이 중요하다고 생각해서이다.

나는 그 소문만 무성한 엘사를 마침내 보게 되어 들떠 있었다. 그녀의 외모는 놀라울 정도로 아름답고 매력적이었으며, 나는 캐롤라인이 괴로워하는 모습에 못되게도 즐거움을 느꼈다.

에이미어스 크레일은 평소처럼 쾌활하지가 않았다. 그를 잘 모르는 사람이었다면 그의 태도가 평소와 다르지 않다고 생각했겠지만, 나는 그를 너무나도 잘 알았기에 보는 즉시 그의 태도에서 긴장감과 불안함, 침울함, 짜증스러움이 배어 나온다는 것을 알아차렸다.

물론 그림을 그릴 때면 항상 기분이 처지는 편이긴 했지만, 당시 그에게서 보인 피로감은 순전히 그림 때문만이 아니었다. 그는 날 보고 반가워했으며 단둘이 있게 되자 이렇게 말했다.

"네가 와서 정말 다행이야, 필. 여자 네 명과 한 집에서 산다는 건 정말이지 온전한 정신으로 버틸 수가 없어. 이러다 정신 병원 가는 거 아닌지 모르겠어."

그 집 안에는 분명 어색한 분위기가 감돌고 있었다. 아까 말했듯 캐롤라인은 사사건건 에이미어스에게 화를 내는 한편, 모욕적인 말은 한 마디도 않고 예절 바르며 교양 있는 태도로 엘사를 무시했다. 엘사는 아예 드러내 놓고 캐롤라인에게 무례한 언사를 일삼았다. 엘사는 승자였고 본인 역시 그 사실을 잘 알고 있는 데다 버르장머리 없고 노골적인 태도를 자제할 만한 양심의 가책이라고는 조금도 없었다.

그 결과 크레일은 그림을 그리지 않을 때면 안젤라와 티격태격하며 시간을 보내야 했다. 크레일과 안젤라는 툭하면 서로 놀리고 싸워 댔지만, 보통은 사이가 좋은 편이었다. 하지만 그 당시 에이미어스가 하는 말이나 행동에는 잔뜩 날이 서 있었으며, 둘은 심하게 싸워 댔다. 그 집에 있던 네 번째 여자는 가정 교사였다.

"심술궂은 얼굴을 한 마녀야."

에이미어스는 그녀를 이렇게 불렀다.

"저 여잔 내가 무슨 못 볼 거라도 되는 듯 미워한다니까. 입을 꾹 다물고 저렇게 앉아서 끊임없이 날 비난하는 눈초리로 쳐다보니 원, 참."

그러고 나서 에이미어스는 이렇게 말했다.

"빌어먹을 여자들! 남자가 평화를 얻으려면 여자들을 죄다 없애 버려야 해!"

"넌 결혼을 하지 말았어야 해. 너는 가정에 매여서는 안 되는 사람이라고."

내 말에 에이미어스는 이제 와서 그런 얘기를 해 봐야 소용없는 일이라고 대꾸했다. 그리고 캐롤라인이 기꺼이 자길 보내 줄 거라고 덧붙였다. 그때 처음으로 나는 뭔가 심상치 않은 일이 일어나고 있다는 것을 알아차렸다.

"이게 다 무슨 일이야? 사랑스러운 엘사와 진지한 관계라도 된 거야?"

내 물음에 그는 신음하듯 이렇게 말했다.

"엘사는 정말 사랑스러워, 그렇지? 가끔은 차라리 그녀를 만나지 않았더라면 하는 생각이 들어."

"이봐, 친구. 네가 중심을 잘 잡아야지. 더 이상은 여자 문제에 휘말리고 싶지 않다며."

크레일은 날 보고 껄껄 웃고는 말했다.

"네 말이 전부 옳아. 하지만 난 여자를 그냥 내버려 둘 수가 없어……, 그럴 수가 없다고. 게다가 내가 내버려 둔다고 해도 여자들이 날 내버려 두지 않는걸!"

건장한 어깨를 으쓱하고는 날 보고 씩 웃으며 덧붙였다.

"뭐, 다 잘 되겠지. 참, 내 그림이 근사하다는 건 너도 인정하지?"

에이미어스가 말한 것은 엘사의 초상화였고, 비록 난 그림에 대한 지식이라곤 전혀 없었지만 그 그림이 특별한 작품이 될 거라는 건 알 수 있었다.

그림을 그릴 때의 에이미어스는 전혀 다른 사람이었다. 물론 으르렁대고 신음 소리를 내며 얼굴을 찌푸리고 욕지거릴 하거나 붓을 던져 버리기도 했지만 아주 행복해 보였다.

두 여자 사이에 감돌던 적대적인 분위기가 그를 덮친 건 그가 식사를 하기 위해 집으로 올라왔을 때였다. 둘 사이의 적대적인 분위기는 9월 17일에 극도로 악화되어 그날 점심 식사 시간에는 어색한 분위기가 흘렀다. 특히 엘사는……, 정말이지 건방지다는 말로밖에 표현할 수가 없다! 그녀는 대놓고 캐롤라인을 무시한 채, 마치 에이미어스와 단둘이 있는 듯 끊임없이 은근한 목소리로 그에게만 말을 걸었다. 반면 캐롤라인은 아무렇지 않은 듯 우리에게 유쾌하게 말을 걸었지만, 아무런 뜻이 없어 보이는 그녀의 말 속에는 가시가 박혀 있었다. 그녀는 엘사 그리어처럼 대놓고 감정을 드러내는 솔직함 없이 모든 것을 모호하게 둘러말할 뿐이었다.

점심 식사가 끝난 후, 응접실에서 커피를 마시고 있을 때 사태는 최악의 국면으로 치달았다. 내가 너도밤나무로 만든 반질반질한 두상(頭像)이 정말 흥미로운 조각상이었다고 이야기를 꺼내자 캐롤라인이 이렇게 말했다.

"그건 젊은 노르웨이의 조각가가 만든 작품이야. 에이미어스와 난 그 사람 작품을 아주 좋아하거든. 내년 여름에는 함께 그를 만나러 갈까 해."

에이미어스가 자신의 남편임을 조용히 드러내는 캐롤라인의 말에 엘사는 더 이상 참지 못했다. 그녀는 상대방의 도발을 그저 조용히 참는 성미가 아니었으니 말이다. 잠시 후, 엘사는 분명하고 지나치게 똑 부러지는 목소리로 말했다.

"가구만 좀 더 적절히 배치한다면 응접실이 정말 멋있을 거예요. 지금은 가구가 너무 많아 산만해요. 내가 여기 살게 되면 저 쓰레기들은 죄다 치우고 훌륭한 가구 한두 개만 남겨 놓겠어요. 그리고 커튼은 구릿빛이 좋겠네요. 그러면 서쪽으로 난 커다란 창의 커튼을 통해 지는 해가 은은하게 들어오겠죠."

그리고 엘사는 나를 바라보며 이렇게 덧붙였다.

"정말 멋있을 것 같지 않아요?"

나에게는 대답할 시간조차 없었다. 캐롤라인이 여지없이 끼어들어 부드럽고 매끄러운 목소리, 하지만 어딘지 위협스러운 목소리로 말했다.

"이 집을 살 생각이에요, 엘사?"

"굳이 살 필요도 없죠."

"그게 무슨 뜻이에요?"

이렇게 묻는 캐롤라인의 목소리는 더 이상 부드럽지가 않은, 딱딱하고 새된 목소리였다. 엘사는 깔깔거리며 말했다.

"지금 모르는 척 하자는 거예요? 이봐요, 캐롤라인. 내 말이 무슨 뜻인지는 당신도 잘 알고 있잖아요!"

"무슨 말인지 전혀 모르겠네요."

"현실을 외면하지 말아요. 아무것도 못 본 척, 아무것도 모르는 척 해 봐야 좋을 건 하나도 없어요. 에이미어스와 난 서로 사랑하고 있어요. 여긴 당신 집이 아니라 에이미어스의 집이죠. 우리가 결혼한다면 내가 여기서 그와 함께 살게 될 거예요!"

"당신 미쳤군요."

"오, 아니에요, 전혀. 당신도 잘 알잖아요. 우리가 서로에게 솔직해진다면 일이 훨씬 쉬워질 거예요. 에이미어스와 나는 서로를 사랑해요……. 당신도 이젠 잘 알았겠죠. 당신이 해야 할 일은 한 가지예요. 그에게 자유를 주는 것."

"당신이 하는 말은 단 한 마디도 믿을 수가 없어요."

하지만 캐롤라인의 목소리에는 자신감이 없었다. 엘사가 이미 그녀의 자신감을 몽땅 무너뜨린 것이다.

그리고 그 순간 에이미어스 크레일이 응접실로 들어왔고 엘사는 깔깔거리며 말했다.

"내 말을 못 믿겠다면 에이미어스에게 물어봐요."

"그럴 거예요."

캐롤라인은 잠시 아무 말 없이 있다가 다시 입을 열었다.

"에이미어스, 엘사 말로는 당신이 그녀와 결혼할 생각이라던데 그게 사실이야?"

불쌍한 에이미어스. 나는 정말이지 그 친구가 가여웠다. 그런 상황은 어떤 남자든 바보로 만들어 버리기 마련이었다. 그는 얼굴이 벌겋게 달아오르더니 버럭 화를 내기 시작했다. 엘사를 향해 그 빌어먹을 입단속을 왜 못하냐고 소리를 쳤다.

그러자 캐롤라인이 이렇게 물었다.

"그럼 그게 사실이야?"

그는 아무런 대답도 없이 셔츠깃을 만지작거리며 우두커니 서 있었다. 마치 곤경에 처한 어린 아이 같았다. 마침내 그는 입을 열어 위엄 있게 말하려 애썼지만, 물론 성공하지는 못했다. 불쌍한 친구.

"그 얘긴 하고 싶지 않아."

"난 꼭 해야겠어!"

그러자 엘사가 끼어들어 이렇게 말했다.

"캐롤라인에게도 알려 주는 게 공평하다고 생각해요."

다시 캐롤라인이 아주 조용히 입을 열었다.

"그게 사실이야, 에이미어스?"

그는 좀 부끄러워하는 듯했다. 여자들이 무턱대고 밀어붙일 때면 남자들이 그런 것처럼.

캐롤라인이 다시 물었다.

"대답해 줘. 나도 알아야겠어."

그러자 에이미어스는 투우장의 황소처럼 고개를 획 하고 쳐들어 날카롭게 대꾸했다.

"그래, 사실이야……. 하지만 지금은 그 얘기를 하고 싶지 않아."

그러고는 뒤로 돌아 응접실 밖으로 걸어 나갔다. 나는 그의 뒤를 쫓아 나갔다. 나 또한 여자들과 함께 응접실에 남아 있고 싶지 않았다. 나는 테라스에서 욕설을 내뱉고 있는 에이미어스를 발견했다. 그렇게 속에서 우러나오는 욕을 하는 남자는 처음이었다. 그러고는 정신없이 지껄였다.

"도대체 왜 그 여잔 입단속을 못 하는 거야? 도대체 왜 그 빌어먹을 입을 나불대냐고? 이제 불에 기름을 부은 꼴이잖아. 난 저 그림을 끝내야 한단 말이야……. 내 말 듣고 있어, 필? 그 작품은 내가 그린 것 중 최고야. 내 평생 최고의 작품이라고. 그런데 그 빌어먹을 어리석은 여자들 때문에 다 망치게 생겼어!"

그러고 난 후, 에이미어스는 조금 진정이 됐는지 여자들에겐 분별력이라곤 조금도 없다며 중얼거렸다.

나는 나도 모르게 피식 웃고는 이렇게 말했다.

"제기랄, 이게 다 네가 자초한 일이잖아."

"내가 그걸 모를 것 같아?"

에이미어스는 신음하며 대꾸했다. 그러고는 이렇게 덧붙였다.

"하지만 필, 남자가 여자에게 미쳐 버리는 건 죄가 아니라고. 캐롤라인도 그걸 이해해야 해."

나는 에이미어스에게 만약 캐롤라인이 마음을 모질게 먹고 이혼해 주지 않으면 어쩌겠냐고 물어보았다.

하지만 그는 정신이 나간 듯 멍해 있었다. 나는 다시 한 번 똑같은 질문을 던졌고, 에이미어스는 멍하니 대답했다.

"캐롤라인은 절대 그런 앙심을 품을 여자가 아니야. 너도 잘 모르는 모양이지."

"아이가 있잖아."

에이미어스는 내 팔을 잡으며 이렇게 말했다.

"필, 이봐. 네가 좋은 뜻에서 하는 말이란 건 알아. 하지만 까마귀처럼 그렇게 쪼아대지 마. 내 일은 내가 알아서 할 수 있다고. 다 잘될 거야. 너도 지켜보면 알게 되겠지."

그게 바로 에이미어스였다. 구제불능의 낙천주의자. 그리고 그는 기운이 나는지 씩씩하게 말했다.

"여자들은 죄다 지옥으로 떨어졌으면 좋겠어!"

그 뒤로 우리가 더 이야기를 나눴는지 어쨌는지는 잘 기억나지 않지만, 잠시 후 캐롤라인이 테라스로 나왔던 모습은 생생하다. 차양이 살짝 늘어진 독특한 모양의 어두운 갈색 모자를 쓴 모습이 매력적이었다.

그녀는 아무렇지 않은 듯 평소와 다를 것 없는 목소리로 말했다.

"에이미어스, 페인트 얼룩이 진 그 옷은 벗어 버려. 메러디스네 집에 차를 마시러 가기로 했잖아, 잊은 거야?"

그는 캐롤라인을 빤히 쳐다보며 우물거렸다.

"아, 깜빡했어. 그래 무, 물론 가야지."

"그러면 그 넝마조각 같은 옷은 벗고 깔끔한 옷으로 갈아입어."

캐롤라인의 목소리는 지극히 자연스러웠지만, 그녀는 에이미어스에게는 눈길도 주지 않았다.

그러더니 달리아 화단으로 가서 시들어 가는 꽃 몇 송이를 뽑아냈다.

그 모습을 본 에이미어스는 천천히 몸을 돌려 집으로 향했다.

캐롤라인은 나에게 말을 걸었다. 아주 많은 이야기들을 했다. 날씨 이야기, 그리고 고등어 철이라면 에이미어스와 안젤라, 그리고 나와 함께 낚시를 가도 좋겠다는 이야기 등을 했다. 정말이지 캐롤라인은 대단한 여자였다. 정말 존경심이 들 정도였다.

하지만 바로 그런 면이 캐롤라인의 본성을 잘 드러내 준다고 생각한다. 그녀는 대단한 의지력과 자제심을 갖추고 있었다. 그때 캐롤라인이 에이미어스를 죽일 마음을 먹었는지는 알 수 없지만, 그렇다 하더라도 놀랄 일은 아닐 것이다. 아주 조심스럽게, 감정을 드러내지 않은 채 이성적이고 무자비하게 음모를 꾸밀 수 있는 여자였던 것이다.

캐롤라인 크레일은 아주 위험한 여자이며 그러한 모욕을 잠자코 참지 않으리란 걸 그때 깨달았어야 했다. 하지만 나는 바보처럼 그녀가 어쩔 수 없는 일이라 받아들이거나, 또는 언제나처럼 에이미어스가 마음을 바꾸길 기다릴 거라고 생각했다.

곧 다른 일행들도 테라스로 나왔다. 엘사는 아주 거만하고, 동시에 의기양양해 보였다. 캐롤라인은 그녀를 쳐다보지도 않았다. 그런 어색한 분위기를 깨뜨려 준 건 안젤라였다. 그 아이는 윌리엄스 양에게 다른 사람을 위해서 치마를 갈아입지는 않을 거라고 쫑알거리며 테라스로 나왔다. 그건 정말 맞는 말이었다. 메러디스 형이라면 뭘 입어도 절대 눈치 채지 못할 테니 말이다.

우린 마침내 메러디스 형 집으로 출발했다. 캐롤라인은 안젤라와 함께, 나는 에이미어스와 함께 걸었다. 엘사는 혼자 걸어갔으며……얼굴에는 미소를 띠고 있었다.

나는 개인적으로 엘사가 마음에 들지 않았다. 지나치게 드센 여자였다. 하지만 그날 오후만큼은 정말이지 놀라울 정도로 아름다워 보였다. 자신이 원하는 걸 손에 쥔 모든 여자가 그렇듯이.

그날 오후의 일은 정확히 기억이 나지 않는다. 그저 모든 것이 희미할 뿐이다. 메러디스 형이 우리를 맞이하기 위해 밖으로 나왔던 것은 기억이 난다. 그리고 먼저 함께 정원을 산책했던 것 같다. 그리고 테리어가 쥐를 잡을 수 있도록 훈련시키는 것에 대해 안젤라와 오래 토론했던 것도 기억난다. 안젤라는 그날 사과를 엄청나게 먹어 대며, 나더러도 사과를 먹으라고 재촉했다.

집으로 들어가자 커다란 삼나무 아래 티 테이블이 준비되어 있었다. 내 기억으로 그때 형의 표정이 좋지 않았다. 아마도 캐롤라인이나 에이미어스에게서 무슨 이야기를 들은 모양인지 형은 안절부절 못하며 불안한 표정으로 캐롤라인을 바라보고는 엘사를 노려보았다. 그렇게 그동안 캐롤라인은 헌신적이면서도 항상 선은 지키는 친구인 메러디스 형을 맘대로 이용해 왔다. 캐롤라인은 그런 여자였던 것이다.

차를 마시고 난 후, 메러디스 형은 서둘러 나를 따로 불러냈다.

"필, 에이미어스가 그럴 순 없어!"

"하지만 어쩔 수 없는 일이잖아. 에이미어스는 이미 마음을 정했는걸."

"아내와 아이를 버리고 저 아가씨랑 떠날 순 없다고. 도대체 몇 살이나 나이 차가 나는 거야? 고작해야 18살밖에는 안 되는 것 같은데."

나는 메러디스 형에게 그리어 양이 이미 성인인 스무 살이라고 말해 주었다.

그러자 형은 대꾸했다.

"그래도 어린 건 마찬가지야. 자기가 무슨 짓을 하고 있는지도 모를 거라고."

불쌍한 형, 형은 항상 기사도 정신이 투철한 신사였다.

"걱정 마, 형. 그리어 양은 자신이 무슨 짓을 하고 있는 건지 잘 알고 있는 데다, 즐기기까지 한다고!"

그게 우리가 나눌 수 있었던 대화의 전부였다. 어쩌면 형은 캐롤라인이 버려진 아내가 된다는 생각에 마음이 어지러워졌는지도 모른다고 생각했다. 이혼 절차를 마친다면, 어쩌면 캐롤라인은 충직한 친구인 형의 청혼을 기대할 수 있었는지도 모르는 일이었으나 아무런 희망 없는 짝사랑이 훨씬 더 형에게 어울린다고 생각했다. 정말 그 편이 나에겐 더 즐거웠다.

이상한 일이지만 그날 형의 냄새 고약한 실험실에 갔던 것은 거의 기억이 나지 않는다. 형은 사람들에게 자신의 취미 생활을 보여 주는 걸 좋아했다. 하지만 나에겐 정말이지 지루하기 짝이 없었다. 형이 코닌의 효능에 대한 자랑을 늘어놓을 때 나도 다른 일행들과 함께 그곳에 있었던 것 같지만, 전혀 기억이 나질 않는다. 그리고 캐롤라인이 그 약을 집어 드는 것도 보지 못했다. 이미 말했듯, 그녀는 아주 교묘한 여자였다. 플라톤이 소크라테스의 죽음에 대해 묘사한 구절을 형이 읽어 주었던 건 기억이 난다. 그것 역시 아주 지루했고 내게 있어 고전은 언제나 따분하기만 했다.

그날 일은 더 이상 기억나는 게 없다. 에이미어스와 안젤라가 엄청나게 싸워 댔는데 나머지 일행들은 그걸 오히려 반갑게 생각했다. 덕분에 다른 문제점은 피할 수가 있었기 때문이었다. 안젤라는 싸움 끝에 침대에서 뛰어내려와 이렇게 마지막으로 신랄한 악담을 퍼부었다. 첫째, 에이미어스에게 분명히 되갚아 줄 것이며, 둘째, 에이미어스가 죽었으면 좋겠고, 셋째, 에이미어스가 문둥병으로 죽어 마땅하며, 넷째, 동화책에서처럼 소시지가 에이미어스의 코에 딱 들러붙어 떨어지지 않았으면 좋겠다고 했다. 정말이지 웃긴 악담의 조합이었기에 안젤라가 말을 마치자 다들 참지 못하고 웃음을 터뜨렸다.

그 후 캐롤라인은 바로 잠자리에 들러 갔다. 윌리엄스 양은 안젤라의 뒤를 따라 나섰고 에이미어스와 엘사는 함께 정원으로 나갔다. 아무도 나를 원하지 않는 게 분명해서 혼자 산책을 나갔다. 정말 아름다운 밤이었다.

다음 날 아침 조금 늦게 내려왔더니 식당에는 아무도 없었다. 이런 사소한 것들만 기억나다니 정말 우스운 일이다. 내가 즐겨 먹었던 강낭콩과 베이컨의 맛이 아직도 기억에 생생하다. 매콤하게 양념이 된 정말 신선한 강낭콩이었다.

아침 식사를 한 후, 나는 사람들을 찾아보기 위해 집 안을 어슬렁거렸다. 바깥에도 나갔지만 아무도 보이지 않아 담배를 피우고 있는데, 언제나처럼 원피스를 수선하는 대신 땡땡이를 치고 사라진 안젤라를 찾기 위해 달려오는 윌리엄스 양과 마주쳤다. 이후 홀로 집 안으로 되돌아갔는데, 그 순간 에이미어스와 캐롤라인이 서재에서 말다툼하는 소리가 들렸다. 둘 다 목소리가 아주 컸다. 캐롤라인의 목소리가 들렸다.

"당신과 당신의 그 여자들! 정말이지 당신을 죽여 버리고 싶어. 언젠간 죽여 버리고 말 거야."

그러자 에이미어스가 이렇게 말했다.

"바보같이 굴지 마, 캐롤라인."

캐롤라인은 이렇게 대꾸했다.

"난 진심이야, 에이미어스."

나는 더 이상 엿듣고 싶지가 않아 다시 밖으로 나갔다. 테라스를 따라 어슬렁거리다가 엘사와 마주쳤다.

그녀는 테라스에 있는 기다란 벤치 중 하나에 앉아 있었다. 그 벤치는 서재 창 바로 아래에 있었으며, 창문은 열려 있었다. 에이미어스와 케롤라인 둘이 하는 말이 빠짐없이 들렸을 거라는 생각이 들었다. 엘사는 날 보더니 미소를 지으며 아주 침착하게 자리에서 일어나 나에게로 다가왔다. 그러고는 내 팔을 잡더니 이렇게 말했다.

"정말 아름다운 아침이죠?"

물론 그녀에게는 아름다운 아침이었을 것이다! 정말이지 잔인한 아가씨였다. 아니, 눈앞에 보이는 것만을 쫓는 단순히 솔직한 성격에 생각이 부족했을 뿐일 수도 있다.

엘사와 함께 테라스에 서서 5분 정도 이야기를 나누고 있었는데, 갑자기 서재 문이 쾅 하고 닫히는 소리가 나더니 에이미어스 크레일이 밖으로 나왔다. 얼굴이 벌겋게 달아올라 있었다.

에이미어스는 거칠게 엘사의 어깨를 잡고는 이렇게 말했다.

"자, 이제 내려갈 시간이야. 빨리 그림을 그려야겠어."

"좋아요. 위층으로 올라가서 스웨터 좀 가져올게요. 바깥바람이 쌀쌀해요."

엘사는 이렇게 말하곤 집 안으로 들어갔다.

나는 에이미어스가 뭔가 말해 주지 않을까 생각했지만 별다른 말은 없었다. 그저 "여자들이란!"이라고만 했다.

난 "힘내, 친구."라며 그를 격려해 주었다.

그러고는 우리 둘 모두 엘사가 다시 나올 때까지 아무런 말도 하지 않았다.

엘사와 에이미어스는 함께 배터리 가든으로 내려갔고 나는 집 안으로 들어왔다. 캐롤라인이 홀에 서 있었지만 아무래도 내가 들어왔다는 사실을 눈치 채지 못한 것 같았다. 캐롤라인은 가끔씩 그럴 때가 있었다. 정신이 어디론가 나가 버린 듯, 완전히 혼자만의 세계에 빠져들곤 했다. 그리고 무언가를 중얼대는 말을 들었다. 내게 한 말이 아니라 스스로에게 하는 말이었다.

"그건 너무 잔인해……."

캐롤라인은 바로 그렇게 말했다. 그러고는 나를 지나쳐 위층으로 올라갔지만, 여전히 날 알아보지는 못한 것 같았다. 외부의 세계는 전혀 눈에 들어오지 않는 것처럼. 내게 이런 말을 할 확실한 증거는 없지만, 아무래도 그때 그 약을 가지러 올라갔고 그 일을 실행에 옮

기기로 마음을 굳힌 듯하다.

그리고 바로 그 순간, 전화벨이 울렸다. 다른 집에서라면 하인이 받기를 기다렸겠지만, 나는 앨더베리에 워낙 자주 드나들었기 때문에 그 집 가족이나 마찬가지여서 수화기를 들었다.

전화를 건 사람은 메러디스 형이었다. 아주 당황한 목소리로 실험실에 들어갔다가 코닌 병이 반이나 비어 있는 걸 발견했다고 말했다.

당시에 내가 했어야 할 일을 다시 한 번 털어놓을 필요는 없을 것이다. 다만 너무나 급작스러운 일이라 나는 바보같이도 당황해 버리고 말았다. 메러디스 형도 당황하여 안절부절 못하는 건 마찬가지였다. 그때 누군가 계단을 내려오는 소리가 들려, 나는 재빨리 형에게 당장 이곳으로 오라고만 했다.

나는 형을 마중하러 바깥으로 나갔다. 형과 에이미어스의 집을 오가는 가장 빠른 지름길은 작은 만을 건너가는 것이었다. 나는 배들을 매어놓는 작은 방파제로 내려갔다. 그리로 가는 도중 배터리 가든의 문밖을 지나가야 했는데 그때 엘사와 에이미어스가 그림을 그리며 이야기를 나누는 소리를 들었다. 둘 다 아주 활기차며 걱정이라곤 없는 목소리였다. 에이미어스는 끔찍하게 날씨가 덥다며 투덜거렸고(정말이지 9월의 날씨치고는 아주 무더운 날이었다.) 포즈를 취하느라 난간에 걸터앉아 있던 엘사는 바다에서 차가운 바람이 불어온다고 했다. 그리고 엘사는 다시 이렇게 덧붙였다.

"포즈를 취하느라 온몸이 다 쑤셔요. 달링, 나 조금만 쉬면 안 되겠어요?"

그러자 에이미어스가 이렇게 외치는 소리가 들렸다.

"절대 안 돼, 좀 더 참으라고. 당신은 강한 여자잖아. 그리고 장담하건대 이 그림 정말 근사할 거야."

내가 그곳을 지나가면서 마지막으로 들은 것은 엘사가 "잔인해." 라고 말하고는 깔깔거리며 웃는 소리였다.

메러디스 형은 반대편에서 노를 저어 오고 있었다. 나는 형을 기다렸다. 해변에 도착한 형은 배를 묶어 두고 계단을 올라왔다. 얼굴은 창백하게 질려 있는 데다 수심이 가득했다.

"필립, 네 머리가 나보단 낫잖아. 난 어떻게 해야 하지? 그 약은 위험하단 말이야."

"그 약이 없어진 게 확실해?"

형은 좀 얼빠진 데가 있어 다시 한 번 확인해야 했다. 어쩌면 그 때문에 내가 그 일을 심각하게 받아들이지 않은 건지도 모른다. 그러나 형은 약이 없어진 게 분명하다고 답했다. 어제 오후만 해도 약병에는 약이 가득 차 있었다는 거였다.

"누가 가져갔는지 짐작 가는 사람도 없어?"

형은 아무래도 모르겠다며 나더러 어떻게 생각하냐고 물었다.

"하인들 중 한 명이 가져간 게 아닐까?"

말은 그렇게 했지만, 왠지 그럴 것 같진 않았다.

"항상 실험실 문을 잠가 뒀지?"

내 물음에 형은 항상 문을 잠가 뒀지만, 오늘 아침에 창문이 조금 열려 있는 걸 발견했다고 수선을 떨었다. 누군가 창을 통해 들어갔을지도 모르는 일이었다.

"도둑이 들었을 가능성은? 형, 아무래도 뭔가 심각해질 수 있을 것 같아."

형은 무슨 생각을 하고 있는 거냐고 물었다. 그래서 난 만약 형이 잘못 안 게 아니라면, 캐롤라인이 엘사를 독살하기 위해 가져갔거나 혹은 그 반대로 엘사가 캐롤라인을 독살해 에이미어스와의 사랑을 보다 쉽게 이루려고 가져간 것일지도 모른다고 했다.

형은 약간 흥분한 듯 언성을 높였다. 그건 소설 속에서나 나올 법한 말도 안 되는 일이며 절대 사실이 아닐 거라고 했다. 그래서 나는 이렇게 말했다.

"뭐, 어쨌든 그 약이 사라진 건 사실이잖아. 형은 어떻게 생각하는데?"

물론 형은 아무런 가능성도 생각해 내지 못했다. 어쩌면 나와 같은 생각이었겠지만, 진실을 마주하고 싶지 않았던 것인지도 모른다.

형이 다시 내게 물었다.

"이제 어떻게 해야 하지?"

나는 멍청하게도 이렇게 말했다.

"신중하게 생각해 봐야겠어. 모든 사람들 앞에서 약이 없어졌다고 이야기하거나, 아니면 캐롤라인을 따로 불러내어 슬쩍 떠볼 수도 있겠지. 만약 캐롤라인의 짓이 아니라는 확신이 든다면 이번에는 엘사를 떠보는 거야."

그러자 형은 이렇게 말했다.

"그렇게 어린 아가씨가! 그럴 리 없어."

난 그럴 수도 있다고 대꾸했다.

우리는 계속 이야기를 나누며 계단을 따라 올라갔다. 나의 대꾸를 마지막으로 한동안 서로 아무 말도 하지 않았다. 다시 한 번 배터리 가든 앞을 지나가는데 캐롤라인의 목소리가 들렸다. 아마도 삼각관계로 인한 싸움일 거라 생각했지만, 사실은 안젤라의 일로 다투고 있는 것이었다. 캐롤라인이 항의하고 있었다.

"그건 어린 여자애에게 너무 가혹한 일이야."

그러자 에이미어스가 성급하게 대꾸를 했다. 그러고는 우리가 정원 문 앞에 도달하는 순간 정원 문이 열렸다. 에이미어스는 우리를 보고 살짝 놀란 듯했다. 캐롤라인은 문밖으로 걸어 나오며 이렇게 말했다.

"안녕, 메러디스. 지금 안젤라의 학교 문제로 의논 좀 하고 있었어. 그게 그 아이를 위해 옳은 일인지 확신이 서질 않아서."

그러자 에이미어스가 이렇게 대꾸했다.

"그 아이 문제로 법석 좀 떨지 마. 다 괜찮을 거야. 없어지면 속이 다 시원하겠지."

바로 그때 엘사가 계단을 따라 달려 내려오고 있었다. 손에는 자주색 스웨터를 들고 있었다. 에이미어스가 화를 내며 소리쳤다.

"빨리 내려와! 어서 다시 포즈를 잡으라고. 더 이상 시간 낭비하고 싶지 않으니까."

그리고 에이미어스는 이젤이 세워져 있는 곳으로 되돌아갔다. 그때 에이미어스의 발걸음이 약간 비틀거린다는 걸 알아채고 나는 그가 술을 마신 게 아닐까 생각했다. 그렇게 복잡한 상황에서는 남자가 술을 마시는 게 당연한 일일 것이다.

에이미어스는 투덜거리며 이렇게 말했다.

"여기 있는 맥주는 아주 절절 끓어. 여기 얼음 좀 가져다 두면 안 되나?"

그러자 캐롤라인 크레일이 이렇게 대답했다.

"시원한 맥주를 내올게."

에이미어스는 여전히 투덜거리는 목소리로 대답했다.

"고마워."

그리고 캐롤라인은 배터리 가든의 문을 닫은 다음 우리와 함께 집으로 올라갔다. 형과 나는 테라스에 앉았고, 캐롤라인은 집 안으로 들어갔다. 약 5분이 지난 후, 안젤라가 맥주 두 병과 유리잔을 가져왔다. 정말이지 무더운 날이라 맥주가 그렇게 반가울 수 없었다. 그렇게 형과 내가 맥주를 마시고 있는 동안 캐롤라인이 우리 앞을 지나갔다. 그녀는 에이미어스에게 가져다 줄 거라며 맥주 한 병을 들고 있었다. 메러디스 형이 자기가 가져가겠다고 했지만, 캐롤라인은 아주 단호하게 자신이 가겠다고 했다. 나는 어리석게도 그저 캐롤라인이 질투심 때문에 고집을 부린다고 생각했다. 캐롤라인은 에이미어스와 엘사가 단둘이 있는 것을 참을 수 없을 뿐이라고 말이다. 이미 안젤라의 학교 문제라는 핑계를 대고는 배터리 가든에 내려가지 않았던가.

캐롤라인은 굽이굽이 이어진 길을 따라 내려갔고, 형과 나는 그런 뒷모습을 바라보았다. 우리는 여전히 아무런 결정도 내리지 못한 상태에서 이번에는 안젤라가 나에게 함께 수영을 가자고 졸라댔다. 형을 혼자 내버려 두기가 힘들었지만 그저 "점심 식사 후에 얘기하자."고만 말해 두고 말았다. 형은 고개를 끄덕였다.

그러고 난 후, 나는 안젤라와 수영을 하러 갔다. 안젤라와 나는 좁은 만을 가로질러 갔다가 되돌아오며 실컷 수영을 하고, 바위에 누워 일광욕을 했다. 안젤라는 좀 무뚝뚝한 편이었고 그게 나에게는 편했다. 바위에 누워서는 점심 식사가 끝나자마자 캐롤라인을 따로 불러내어 직접적으로 그 약을 훔쳤는지 물어보기로 결심했다. 형에게 맡겨 둘 일이 아니었다. 형은 마음이 약한 사람이니까, 그녀에게는 내가 물어보는 게 나을 것이다, 그러면 캐롤라인은 그 약을 되돌려 줄 테고, 혹시 되돌려 주지 않더라도 감히 그 약을 사용할 생각은 하지 못할 것이다, 그 약을 훔쳐 간 것은 캐롤라인이 분명하다고 확신했다. 엘사는 그런 위험을 감수하기에는 지나치게 이성적이고 현실적인 아가씨였다. 그녀는 빈틈이 없으며 무엇보다도 자신을 위험에 빠뜨리는 일은 절대 하지 않을 터였다. 그러나 캐롤라인은 더 위험한 여자였다. 정서가 불안정하고 충동적이며 신경질적이었다.

그리고 마음 한구석에는 형이 잘못 안 것일 수도 있다는 느낌이 여전히 남아 있었다. 혹은 하인들이 몰래 그곳에 들어갔다가 실수로 그 약병을 쏟고는, 차마 털어놓지 못한 것일 수도 있었다. 독살이란 건 정말이지 소설에나 나올 법한 이야기라 실감이 나지가 않았기 때문이다.

그 사건이 일어나기 전까지는.

바위에 누워 있다가 시계를 봤을 때는 꽤 시간이 지나서 안젤라와 나는 점심 시간에 맞추기 위해 열심히 계단을 뛰어 올라갔다. 그림을 그리느라 배터리 가든에 남아 있는 에이미어스만 뺀 모두가 식탁에 앉아 있었다. 그건 에이미어스에겐 꽤 흔한 일이었고, 개인적으로는 오늘 같은 날 점심 식사에 빠지는 게 오히려 현명한 일이라고 생각했다. 어색한 분위기가 감돌 게 뻔했으니까.

식사를 마친 후, 다들 테라스로 나가 커피를 마셨다. 캐롤라인이 그 당시 어떤 표정을 짓고, 어떤 행동을 했는지 좀 더 자세하게 기억할 수 있다면 좋으련만. 어쨌든 초조해 보이지는 않았다. 조용하고 약간은 슬퍼 보였다는 게 당시 내가 받은 인상이다. 얼마나 악마 같은 여자인가!

맥주에 독약을 넣어 사람을 죽이다니 얼마나 극악무도한 짓인가. 만약 근처에 놓여 있던 권총을 집어 에이미어스를 쏘았다면, 차라리 이해할 수 있다. 하지만 앙심을 품고는 냉정하고 교묘하게 독약을 쓰다니……. 게다가 평온하고 침착한 그 태도라니!

그러고는 자리에서 일어나 아주 자연스러운 태도로 에이미어스에게 커피를 가져다주러 간다고 했다. 하지만 캐롤라인은 이미 알고 있었을 것이다. 그때쯤이면 에이미어스가 이미 죽어 있으리란 것을……. 윌리엄스 양도 캐롤라인과 함께 내려갔다. 캐롤라인이 같이 가자고 했는지 어쨌는지는 잘 기억이 나지 않는다. 아마도 같이 가자고 했던 것 같다.

두 여자가 함께 아래층으로 내려간 직후, 형은 바로 산책을 나갔다. 형을 따라갈 구실을 짜내고 있을 때 형이 헐레벌떡 다시 뛰어 올라 와서는 하얗게 얼굴이 질려 숨을 헐떡이며 말했다.

"의사를 불러야 해, 빨리…… 에이미어스가……."

나는 자리에서 벌떡 일어났다.

"어디가 아픈 거야? 심각해?"

"아무래도 죽은 것 같아……."

우리는 잠시 엘사를 잊고 말았다. 순간 그녀가 울부짖었다. 마치 밴시*의 울음소리 같았다.

"죽었어? 죽었다고……?"

그리고 엘사는 정원으로 달려 내려갔다. 그렇게 움직이는 사람은 내 평생 처음 보았다. 마치 사슴처럼, 총알에 맞은 사슴처럼. 그리고 복수의 여신처럼…….

그때 형이 숨을 헐떡이며 말했다.

"엘사를 따라 가. 전화는 내가 할게. 어서 따라 가! 엘사가 무슨 짓을 할지 몰라."

나는 엘사의 뒤를 따라 갔다. 그렇게 따라간 게 천만 다행이었다. 하마터면 엘사가 캐롤라인을 죽일 뻔했던 것이다. 그렇게 깊은 슬

---

* 아일랜드 민화에 나오는 여자 유령으로 구슬픈 울음소리로 가족 중 누군가가 곧 죽게 될 것을 알려 준다고 한다.

품과 그처럼 격정적인 증오는 처음 보는 것이었다. 겉치레와 예절은 죄다 벗어 버린 상태로 그녀의 아버지, 아버지의 아버지가 제분공이었다는 자신의 출신을 여실히 드러냈다. 연인을 빼앗긴 그녀는 있는 그대로의 본성으로 캐롤라인의 얼굴을 할퀴고 머리채를 쥐어뜯으며, 난간 밖으로 캐롤라인을 밀어 버리려 했다. 무슨 이유에서인지는 몰라도 캐롤라인이 에이미어스를 칼로 찔렀다고 생각한 것이다. 물론 엘사의 생각은 틀렸지만 말이다.

나는 엘사를 떼어 낸 다음, 윌리엄스 양에게 맡겼다. 정말이지 윌리엄스 양은 대단했다. 곧바로 그녀는 엘사를 진정시켰다. 엘사에게 조용히 하라며 더 이상 이런 소란은 참을 수 없다고 했다. 윌리엄스 양은 아주 매서운 여자였고 그러한 그녀의 태도는 효과가 있었다. 엘사는 조용해진 채 숨을 헐떡이고 몸을 덜덜 떨어대며 얌전히 서 있었다.

캐롤라인은, 내 생각에 가면을 바로 벗어 버린 것 같았다. 아주 조용히 서 있었지만 캐롤라인의 정신은 멀쩡했다. 어쩌면 다른 사람들은 망연자실해 있던 거라고 말할지도 모르겠다. 하지만 그녀의 두 눈이 사실을 여실히 드러내 주고 있었다. 그녀의 눈은 주위를 유심히 살피며 모든 상황을 정확히 이해하고 조용히 지켜보고 있었다. 아무래도 두려운 마음이 들기 시작했던 것 같다…….

나는 캐롤라인에게 다가가 말을 걸었다. 아주 조용하고 낮은 목소리로. 다른 두 여자들은 듣지 못했을 것이다.

"이 살인자, 당신이 내 친구를 죽였어."

캐롤라인은 멈칫거리며 뒤로 물러나며 말했다.

"아니야……. 오, 아니야. 그이는……, 그 사람은 자살한 거야."

나는 그녀를 뚫어지게 바라보며 이렇게 말했다.

"그런 이야기는 경찰에게나 해."

하지만 경찰도 캐롤라인의 그 이야기는 믿지 않았다.

필립 블레이크의 이야기 끝.

메러디스 블레이크의 이야기

친애하는 무슈 푸아로,

약속드린 대로 16년 전에 일어난 비극적인 사건과 관련해 기억나는 대로 모든 일들을 적어 보았습니다. 우선 지난번 만났을 때 무슈 푸아로가 하신 말씀을 주의 깊게 생각해 보았습니다. 그 결과, 캐롤라인 크레일이 남편을 독살하지 않았을 거라는 확신이 전보다 더욱 강해지게 되었습니다. 캐롤라인에게는 어울리지 않는 일이라고 항상 생각하긴 했지만, 그 외에는 달리 설명할 도리도 없고, 양처럼 유순하기만 한 캐롤라인의 태도와 다른 사람들이 쑥덕거리는 소리에 저도 모르게 그만 휩쓸려 버렸던 겁니다……. 도대체 캐롤라인이 아니라면 누가 그랬다는 거냐는 바로 그 얘기에 말입니다.

그러나 무슈 푸아로를 만난 이후로, 재판 당시 피고 측의 주장을 아주 신중하게 생각해 보았습니다. 바로 에이미어스 크레일이 스스로 목숨을 끊었다는 주장에 대해서요. 물론 그를 잘 아는 저로서는 터무니없는 주장이라고 생각했지만, 이제와 다시 보니 제 생각이 틀릴 수도 있을 것 같습니다. 먼저, 가장 중요한 것은 캐롤라인이 그렇게 믿었다는 사실입니다. 우리가 지금 그 매력적이고 우아한 숙녀가 부당한 판결을 받은 건 아닐까 의심을 하는 거라면, 캐롤라인이 반복해서 주장한 그 말이야말로 가장 중요시 해야 할 부분일 겁니다. 그녀는 그 누구보다도 에이미어스를 잘 알고 있었습니다. 만약 그런 그녀가 에이미어스가 자살했을 가능성이 있다고 말했다면, 에이미어스의 친구들이 아무리 회의적인 태도를 보인다 하더라도 자살일 가능성이 분명 존재할 겁니다.

따라서 전 에이미어스 크레일의 내면에 양심의 가책과 후회, 어찌할 수 없는 자신의 기질에 대한 절망감이 깃들어 있었으며 이는 그의 아내만이 알고 있었을 거라고 생각합니다. 아예 말도 안 되는 추측은 아닐 겁니다. 어쩌면 에이미어스가 자신의 그런 면을 아내에게만 드러냈을 수도 있습니다. 물론 에이미어스가 평소 하던 말을 생각해보면 그닥 이해되진 않지만, 대부분의 사람들이 가까이 지내던 사람들마저도 깜짝 놀라게 할 만큼 예기치 못한 면모를 지니고 있는 게 사실이지 않습니까. 존경받고 엄격하던 사람의 이면에 비열하고 상스러운 면모가 있다는 게 드러나기도 하고, 천박한 돈벌레가 알고 보면 섬세한 예술 작품을 감상하는 취미를 가지고 있기도 합니다. 빈틈없고 냉혹한 사람들이 남몰래 생각지도 못한 선행을 베풀기도 하고, 관대하고 유쾌한 사람이 비열하고 잔인한 기질을 갖고 있는 경우도 있고 말입니다.

따라서 에이미어스 크레일에게도 남모르게 자책하는 면모가 있었을지 모르며, 이기주의적 성향을 드러내고 내키는 대로 행동하면 할수록 내면의 양심이 상처를 입었던 것인지도 모릅니다. 겉보기엔 말도 안 되는 것 같지만, 이제 저는 에이미어스가 정말 그러했을 거라고 믿습니다. 다시 한 번 말하지만, 캐롤라인은 진작부터 에이미어스의 그런 면을 알고 있었을 겁니다. 위에서도 썼듯 바로 그 점이 중요합니다!

이제부터는 새로운 믿음의 견지에서 당시 사건의 진상, 제 기억 속 사건들의 진실에 대해 살펴보고자 합니다.

아무래도 그 비극적인 사건이 일어나기 몇 주 전 제가 캐롤라인과 나누었던 대화를 먼저 말씀드려야 할 것 같습니다. 그때는 엘사 그리어가 처음으로 앨더베리를 방문했을 때였습니다.

제가 이미 말씀드렸듯, 캐롤라인은 제가 그녀에게 깊은 애정과 우정을 가지고 있다는 걸 잘 알고 있었습니다. 따라서 그녀가 가장 신뢰할 수 있는 사람, 속내를 털어놓을 수 있는 사람은 바로 저였죠. 캐롤라인의 표정이 그다지 좋지가 않았습니다. 어느 날 문득, 에이미어스가 정말로 그 아가씨와 사랑에 빠질 것 같지 않냐고 캐롤라인이 물었을 때 저는 놀라고 말았습니다.

그래서 이렇게 말해 주었죠.

"에이미어스는 그 아가씨를 그리는 데 관심이 있을 뿐이야. 캐롤라인도 에이미어스가 어떤 사람인지 잘 알잖아."

그러자 캐롤라인은 고개를 저으며 이렇게 말했습니다.

"아니야, 저이는 엘사를 사랑하는 거야."

"글쎄……, 어쩌면 조금은 그럴 수도 있겠지."

"내가 보기엔 아주 푹 빠진 것 같아."

"물론 엘사가 보기 드물게 매력적인 아가씨라는 건 나도 인정해. 게다가 우리 둘 다 에이미어스가 얼마나 유혹에 빠지기 쉬운 사람인지 잘 알잖아. 하지만 당신도 이제는 에이미어스가 정말로 사랑하는 건 단 한 사람, 바로 당신뿐이라는 걸 알아야 해. 그 친구가 툭하면 이 여자 저 여자 만나곤 했지만 결국 오래 가진 못했잖아. 에이미어스에겐 당신뿐이고, 아무리 그 친구 행실이 나쁘더라도 당신에 대한 감정마저 변한 건 아니야."

"나도 지금까지는 그렇게 생각했어."

"내 말을 믿어, 캐롤라인. 그런 게 분명해."

"하지만 메러디스, 이번엔 나도 두려워. 저 아가씨는 정말……, 정말로 진심이야. 너무나 어리고 너무 열정적이라고. 이번에는 느낌이 안 좋아……. 심각하다고."

"하지만 너무나 젊고, 당신 말대로 진심이라는 바로 그 사실이 그 아가씨에겐 다행일 거야. 결국 에이미어스에게 있어 여자들이란 사냥감에 지나지 않으니까. 게다가 그런 아가씨는 다르겠지."

"그래, 바로 그게 내가 두려워하는 거야. 이번엔 다를 거라는 거."

그리고 캐롤라인은 이렇게 덧붙였습니다.

"메러디스, 난 서른 네 살이야. 그리고 결혼한 지 벌써 10년이고.

외모로는 엘사라는 그 어린 아가씨와 비교도 되지 않아. 나도 그걸 잘 알아."

"하지만 캐롤라인, 당신도 알잖아……. 에이미어스가 당신에게만큼은 언제나 헌신적이라는 걸 알잖아."

"남자란 알 수가 없지."

그리고 캐롤라인은 약간 애처롭게 웃고는 이렇게 말했습니다.

"난 아주 유치한 여자야, 메러디스. 그 아가씨 머리채라도 쥐어뜯었으면 좋겠어."

저는 캐롤라인에게 엘사라는 그 어린 아가씨는 자기가 무슨 짓을 하고 있는지도 모를 거라고 말해 주었습니다. 에이미어스에게 엄청난 존경심과 숭배심을 가지고 있어도, 에이미어스가 자기한테 빠졌다는 건 전혀 깨닫지 못할 거라고 말입니다.

캐롤라인은 그저 이렇게 말했죠.

"당신은 정말 상냥해!"

그러고는 정원에 대해 이야기하기 시작했습니다. 저는 캐롤라인이 더 이상 그 문제로 고민하지 않길 바랐습니다.

그리고 얼마 지나지 않아 엘사는 런던으로 돌아갔습니다. 에이미어스 또한 이삼 주 정도 집을 떠나 있었죠. 모든 일에 대해서 까맣게 잊을 만한 어느 날, 에이미어스의 그림을 마무리 짓기 위해 엘사가 다시 앨더베리로 온다는 소식을 들었습니다.

그 소식을 듣고 저는 기분이 좀 언짢았습니다. 하지만 캐롤라인은 별다른 말이 없었죠. 평소와 같아 보였고 걱정스럽거나 불안해 보이지 않았습니다. 그래서 저는 모든 일이 다 잘된 거라고 생각했죠.

그렇기 때문에 에이미어스와 엘사 사이가 얼마나 진척되었는지 들었을 때 그렇게 충격을 받았던 겁니다.

이미 무슈 푸아로께 크레일하고 엘사와 나눈 이야기를 말씀드렸죠. 캐롤라인과는 제대로 이야기를 할 기회조차 없었습니다. 앞서 말씀드린 대로 간단히 몇 마디 주고받은 게 전부죠.

지금도 캐롤라인의 얼굴이 눈앞에 선합니다. 커다란 검은 눈동자와 그 속에 감추고 있는 감정. 아직도 그녀가 이렇게 말하던 게 귓가에 생생합니다.

"모든 게 다 끝났어……."

그 말에 담겨진 절망감이 얼마나 큰 것인지는 말로 다 설명할 수가 없습니다. 그 말이 바로 캐롤라인의 진심이었던 거죠. 에이미어스의 배신은 그녀에게 세상의 종말이나 마찬가지였던 겁니다. 바로 그 때문에 캐롤라인이 코닌을 가져간 거라고 확신합니다. 자살을 하려고요. 제가 멍청하게도 그 약에 대해 장황하게 늘어놓는 바람에 그런 아이디어를 얻었겠죠. 게다가 전 플라톤이 죽음에 대해 우아하게 묘사한 구절마저 읽어 주었으니까요.

지금의 제 생각은 이렇습니다. 캐롤라인은 에이미어스가 자신을 떠난다면 자살할 결심으로 코닌을 가져간 겁니다. 에이미어스는 어쩌다 캐롤라인이 그 약을 가져가는 걸 봤을 수도 있고, 혹은 나중에 집 안에서 발견했을 수도 있습니다.

그걸 발견한 에이미어스는 커다란 충격을 받았을 겁니다. 자신의 행동으로 인해 캐롤라인이 그런 생각까지 하게 되었다는 데 무서운 마음까지 들었겠죠. 하지만 그런 공포심과 죄책감에도 여전히 엘사를 포기할 수는 없다고 생각했을 겁니다. 그건 저도 이해할 수 있습니다. 엘사와 사랑에 빠진 남자라면 누구라도 그녀를 떠날 수 없겠죠. 에이미어스는 엘사가 없는 삶은 상상할 수조차 없었던 동시에 캐롤라인이 자기 없이는 살 수가 없다는 것도 깨달았지요. 따라서 방법은 하나밖에 없다고 생각했을 겁니다……. 바로 자신이 코닌을 마셔 버리는 것이지요.

그가 그림을 그리던 중 독약을 마신 것 또한 그의 성격을 잘 드러내 주는 것이라고 생각합니다. 그에게 있어서는 그림이 전부였으니까 말 그대로 손에 붓을 쥔 채 죽는 것을 선택한 겁니다. 그리고 그의 눈이 마지막으로 보는 것은 그가 절망적으로 사랑했던 소녀의 얼굴이 될 테니까요. 어쩌면 자신의 죽음이 엘사에게도 최선일 거라고 생각했을지 모르겠습니다…….

물론 제 생각에 몇 가지 의심스러운 구석이 있다는 건 인정합니다. 이를테면, 왜 빈 코닌 병에서 캐롤라인의 지문만이 발견되었나 하는 것입니다. 어쩌면 에이미어스가 그 병을 만진 다음, 마지막으로 발견된 서랍장 속에서 그의 모든 지문은 부드러운 옷감들에 쓸려 다 닦여 버린 겁니다. 그리고 그가 죽은 후, 캐롤라인이 혹시 누군가가 그 약을 쓰지 않았나 하고 병을 만졌기 때문은 아닐까요? 정말이지 그럴듯하지 않습니까? 맥주병에서 발견된 지문은, 피고 측의 주장대로 독약을 마신 후 손이 뒤틀려 아주 부자연스러운 모양으로 맥주병을 쥔 때문일 수도 있겠지요.

한 가지 더 짚고 넘어가야 할 부분이 있습니다. 바로 재판 내내 보인 캐롤라인의 태도 말입니다. 하지만 이제는 그 이유를 알 것 같습니다. 실제로 제 실험실에서 독약을 가져간 건 캐롤라인이죠. 자살하겠다는 그녀의 결심이 남편의 목숨을 앗아가 버렸던 겁니다. 캐롤라인이 에이미어스의 죽음에 대해 책임감을 느꼈다는 것……, 그래서 물론 사람들이 생각하는 것처럼은 아니지만 자신이 유죄라고 생각했다는 것은 분명 이치에 맞지 않습니까?

저는 충분히 그럴 수 있다고 생각합니다. 그리고 만약 이게 사실이라면 무슈 푸아로께서 어린 칼라에게 사건의 전말을 설명해 주기도 편하시겠죠? 그리고 칼라는 어머니에게 죄가 있다면 스스로 목숨을 끊고 싶다는 충동을 느낀 것밖에 없다는 사실에 마음을 놓으며 그 젊은이와 결혼할 수 있을 겁니다.

이런, 무슈 푸아로께서 제가 부탁하신 건 이런 게 아니었죠……. 그 사건에 대한 제 기억을 서술해 달라는 부탁이었으니 이제부터 그 이야기를 하겠습니다. 이미 에이미어스가 죽기 전날 일어난 일에 대해서는 전부 말씀드렸으니 사건 당일부터 시작하도록 하죠.

그 전날 밤 저는, 제 친구들에게 일어난 불행으로 마음이 뒤숭숭해 잠을 이루지 못했습니다. 친구 부부의 파국을 막기 위한 방도를 생각하느라 한참을 깨어 있었고, 새벽 6시가 돼서야 정신없이 잠에 빠져 들었습니다. 아침에 하인이 차를 들고 와도 일어나지 못했고, 결국 9시 30분 정도가 되어서야 머리도 멍하고 온몸이 찌뿌드드한 상태로 잠에서 깼습니다. 아래층 방, 그러니까 실험실로 쓰던 방에서 뭔가 움직이는 소리가 들리는 것 같다는 생각을 하며 잠에서 깬 것이죠.

아마 그 소리는 고양이가 몰래 들어와서 낸 소리였을 것입니다. 그 전날 부주의하게 창문이 조금 열린 채로 두었다는 걸 생각해 냈죠. 고양이 한 마리 정도는 충분히 드나들 수 있을 정도였습니다. 실험실에서 나는 소리를 언급한 이유는, 단지 제가 어쩌다가 실험실에 들어가게 되었는지를 설명하기 위해서입니다.

저는 옷을 입자마자 재빨리 실험실로 내려갔고 선반을 둘러보다가 코닌 병이 원래 자리에서 약간 비껴 있다는 걸 알아챘습니다. 가까이 가서 정돈을 하려는데, 그 병에 담긴 약의 꽤 많은 양이 없어졌다는 걸 알고는 깜짝 놀랐습니다. 전날만 해도 거의 꽉 차 있던 병이 거의 비어 있었던 겁니다.

저는 창문을 꽉 닫아 잠그고 밖으로 나와 실험실의 문도 잠갔습니다. 정말이지 당황스럽고 초조했습니다. 저는 당황할 때면 머리가 잘 안 돌아가는 경향이 있습니다. 처음에는 우왕좌왕 어쩔 줄 모르다가 그 다음에야 상황 파악을 하고, 그리고 나서야 사태의 심각성에 놀라는 겁니다.

저는 먼저 하인들에게 물어보았지만, 다들 실험실 근처에는 얼씬도 하지 않았다고 했습니다. 저는 좀 더 생각을 해 보다가, 마침내 동생에게 전화를 걸어 조언을 구하기로 결심했습니다.

필립은 저보다 머리 회전이 빨랐습니다. 필립은 문제의 심각성을 즉시 깨닫고는, 저더러 빨리 앨더베리로 와 함께 의논해 보자고 했습니다.

서둘러 밖으로 나가다, 땡땡이 친 학생을 찾는 윌리엄스 양과 마주쳤습니다. 저는 그녀에게 안젤라를 보지 못했으며, 절대 우리 집으로 오지 않았다는 확인을 해 주었습니다.

윌리엄스 양은 뭔가 상황이 좋지 않다는 것을 알아차린 모양이었습니다. 절 조금 이상하다는 듯 쳐다보았으니까요. 하지만 저는 절대 그녀에게 무슨 일이 일어났는지 말하고 싶지 않았습니다. 다만 윌리엄스 양에게 주방 쪽의 정원에 가 보는 게 어떠냐고 제안했죠. 그곳에는 안젤라가 제일 좋아하는 사과나무가 있었거든요. 그리고 저는 서둘러 해변으로 내려가서 앨더베리 쪽으로 노를 저었습니다.

제 동생은 이미 나와 저를 기다리고 있었습니다.

저번에 무슈 푸아로와 함께 갔던 그 길을 저는 동생과 같이 걸어 올라갔습니다. 그곳의 지형을 보셨으니 아시겠지만, 배터리 가든 앞을 지나다보면 그 안에서 하는 이야기가 저절로 들릴 수밖에 없습니다.

캐롤라인과 에이미어스가 어떤 문제로 말다툼을 하고 있긴 했지만, 무슨 말을 하고 있는지는 별로 신경 쓰지 않았습니다.

하지만 분명 캐롤라인의 목소리, 전혀 위협적이지 않은 목소리는 들었습니다. 안젤라 문제를 의논하고 있었고, 아마도 캐롤라인이 안젤라를 학교에 보내지 말자고 간청했던 것 같습니다. 하지만 에이미어스는 아주 단호하게, 그리고 짜증을 내며 모든 게 다 정해졌으며 곧 짐을 싸서 내보낼 거라고 소리쳤습니다.

우리가 마침 그 앞을 지날 때 배터리 가든의 문이 열렸고 캐롤라인이 나왔습니다. 좀 심란한 표정이었지만……, 그렇게 심각해 보이진 않았습니다. 그녀는 다소 맥없이 제게 미소를 짓고는 안젤라 문제로 의논을 하고 있었다고 했습니다. 바로 그때 엘사가 계단을 내려왔고, 에이미어스는 우리의 방해를 받고 싶어 하지 않을 듯하여 다 같이 집으로 올라왔죠.

필립은 당시에 우리가 즉각적인 조치를 취하지 않은 사실을 두고, 사건이 일어난 후 심하게 자책했습니다. 하지만 저는 그렇게 생각하지 않습니다. 살해 음모가 있었을 거라고 누가 생각할 수 있었겠습니까. (게다가 저는 이제 그런 음모 같은 건 없었다고 믿고 있습니다.) 뭔가 조치를 취했어야 하는 건 분명했지만, 그래도 먼저 주의 깊게 의논을 해 본 것이 옳았다고 저는 지금도 생각합니다. 먼저 어떻게 해야 할지를 결정하는 게 우선이죠……. 게다가 내가 잘못 안 것은 아닐까 하는 의구심도 계속해서 들었습니다. 그 병이 정말 전날에는 꽉 차 있었던 것일까? 저는 동생 필립처럼 모든 일에 확신을 가지는 그런 타입이 아닙니다. 기억이란 우리를 속이기도 하지요. 예를 들어 물건을 어디에 두었는지 확신하다가도 나중에 전혀 다른 장소에 있었다는 사실을 발견하는 일이 얼마나 많습니까. 전날 오후에 병이 얼마나 차 있었는지 기억해 내려 할수록, 점점 더 자신이 없어졌습니다. 제 이런 태도가 필립에게는 아주 짜증이 났을 겁니다. 그 아이의 인내심이 이미 바닥을 드러내고 있었죠.

당시에 필립과 저는 더 이상 의논을 할 수가 없었고, 결국 점심 식사를 마친 후에 다시 이야기하기로 암묵적인 동의를 했습니다. (전 언제든 앨더베리에 들러 함께 점심 식사를 할 수 있었다는 걸 말씀드려야겠군요.)

후에 안젤라와 캐롤라인이 우리에게 맥주를 가져다 주었습니다. 저는 안젤라에게 땡땡이를 치고 그동안 무엇을 했냐고 물으며 윌리엄스 양이 화가 단단히 났다고 전하자, 그 아이는 수영을 하고 있었다더군요……. 학교에 가게 되면 물건을 전부 새로 사야 할 텐데 왜 낡은 치마나 수선하고 있어야 하는지 모르겠다는 말도 덧붙였습니다.

더 이상 필립과 함께 의논할 수 없었기 때문에 저는 혼자 생각해 보느라 머리가 아팠습니다. 그래서 배터리 가든으로 향하는 길을 따라 천천히 산책을 갔죠. 제가 보여 드린 대로 배터리 가든 위쪽으로 무성한 나무들과 오래된 벤치가 하나 있죠. 저는 그곳에 앉아 담배를 피우며 생각에 잠겨 있었고, 엘사가 에이미어스를 위해 포즈를 잡고 앉아 있는 걸 바라보았습니다.

그날 엘사의 모습은 영원히 잊을 수가 없을 겁니다. 노란색 셔츠에 짙은 파란색 바지, 쌀쌀한 바람 때문에 어깨에 붉은색 스웨터를 두르고 포즈를 취한 모습.

그녀의 얼굴은 생명력과 활기, 광채로 빛나고 있었습니다. 쾌활한 목소리로 미래의 계획을 줄줄이 늘어놓고 있었죠.

마치 제가 그들의 이야기를 엿듣기라도 한 것 같지만 그건 아닙니다. 제가 앉아 있는 곳에서는 엘사의 모습이 잘 보였죠. 엘사와 에이미어스도 제가 그곳에 있다는 걸 알고 있었습니다. 엘사는 제게 손을 흔들며, 에이미어스가 오늘 아침 너무 심술 맞아 쉬지를 못하게 한다고, 온몸이 뻣뻣하고 쑤신다고 말했습니다.

그러자 에이미어스는 자기만큼 쑤시진 않을 거라며 투덜거렸습니다. 그는 온몸이 쑤시는 게 근육통 같다고 했습니다. 엘사는 놀리듯 "저런, 불쌍한 아저씨!"라고 말했고 에이미어스는 엘사더러 온몸이 삐걱대는 노인네를 떠맡게 될 거라고 했습니다.

그렇게 많은 사람들을 고통으로 몰아넣으면서도, 둘이 함께할 미래를 쾌활하고 자연스럽게 받아들이는 모습을 보며 저는 충격을 받았습니다. 그렇지만 저는 엘사를 원망할 수가 없었습니다. 그녀는 정말로 어리고 자신감에 차 있었으며, 너무나도 깊은 사랑에 빠져 있었으니까요. 그리고 고통이란 게 무엇인지, 자신이 무슨 짓을 하는지도 잘 몰랐습니다. 그녀는 몰랐죠, 그저 어린애처럼 순진하게도 '캐롤라인은 괜찮을 것이다, 곧 이겨낼 것이다.'라고만 믿었던 겁니다. 엘사는 자신과 에이미어스, 그리고 본인들의 행복 외에는 아무 것도 눈에 들어오지 않았던 겁니다. 엘사는 이미 제게도 제 생각이 구식이라며 타박한 적이 있었죠. 그녀에게는 망설임이나 양심의 가책도, 동정심도 없었습니다. 하긴 빛나는 젊음에게서 그 누가 동정심을 바랄 수 있겠습니까? 동정심이란 보다 원숙하고, 보다 현명한 감정이지요.

물론 엘사와 에이미어스는 그다지 말을 많이 하지는 않았습니다.

작업 중에 시끄럽게 조잘대는 걸 좋아할 화가는 없겠죠. 한 10분에 한 번씩 엘사가 말을 걸면 에이미어스가 퉁명스럽게 대답하는 정도였습니다. 한 번은 엘사가 이런 말을 했습니다.

"당신 말이 맞는 것 같아요. 먼저 스페인을 가도록 해요. 꼭 투우장에도 데려가 주고요. 정말 멋지겠죠? 꼭 황소가 투우사를 죽이는 걸 보고 싶어요……. 다른 건 싫어요. 로마 여자들이 남자가 죽는 걸 봤을 때 어떤 기분이 들었을지 알 수 있을 것 같아요. 남자들은 볼품없지만, 동물들은 정말 근사하죠."

저는 엘사 그녀가 동물 같다고 생각했습니다. 젊고 원초적이며 슬픔이나 불안 같은 건 전혀 모르는 동물. 그녀는 생각이란 걸 할 줄도 몰랐을 겁니다. 오로지 느낄 뿐이죠. 하지만 그녀는 정말이지 생명력으로 넘쳤습니다. 제가 아는 그 어떤 사람보다도 더 생명력이 넘쳤어요…….

그녀가 그렇게 빛나고 확신에 차 있으며, 그렇게 의기양양한 모습을 본 건 그때가 마지막이었습니다. 그런 걸 마력이라고 하던가요?

그리고 점심 식사 종이 울리길래, 저는 자리에서 일어나 배터리 가든으로 내려갔습니다. 그늘진 나무 밑에 있다가 정원으로 들어서니 너무 환해 눈이 부셨습니다. 앞이 잘 보이지가 않았죠. 에이미어스는 의자에 축 늘어져 앉아 그림을 뚫어져라 쳐다보고 있었습니다. 그의 그런 모습은 자주 보던 것이었습니다. 이미 독약의 효과가 퍼져, 앉은 채로 뻣뻣하게 굳어 가고 있다는 걸 제가 어떻게 알았겠습니까?

에이미어스는 병에 걸렸다는 것 자체를 증오하고 분노하는 사람이었습니다. 그리고 아프지도 않았죠. 아무래도 자신이 일사병(증세가 아주 비슷합니다.)에라도 걸렸다고 생각했던 모양이지만, 그렇다고 해서 그런 사실을 입 밖에 낼 사람이 아니었습니다.

엘사가 제게 이렇게 말했습니다.

"에이미어스는 점심을 먹지 않겠대요."

저는 속으로 에이미어스가 현명한 결정을 내렸다고 생각했습니다.

"그럼, 우린 이만 올라가겠네."

그때 에이미어스는 그림을 향해 있던 눈동자를 천천히 옮겨 마침내 제게 고정시켰습니다. 정말이지 이상해서 어떻게 설명해야 할지 모를, 증오에 가득 찬 것 같은 눈빛이었습니다. 네, 증오로 불타는 듯한 눈빛이었어요.

물론 당시에는 그게 무슨 의미인지 이해하지 못했습니다. 에이미어스는 그림이 잘 안 될 때면 아주 사나운 표정을 짓고 으르렁거리는 듯한 소리도 내곤 했기 때문에, 그때도 그런 것인 줄만 알았습니다.

엘사나 저나 그에게서 평소와 다른 점은 발견하지 못했습니다. 그저 여느 때와 다름없이 '예술가적 기질' 때문이려니 했죠.

그래서 우리는 그를 남겨 둔 채, 웃고 떠들면서 계단을 따라 올라갔습니다. 불쌍한 엘사, 다시는 살아 있는 에이미어스의 모습을 보지 못할 거라는 걸 알았더라면……. 아니, 오히려 몰랐다는 게 다행이었겠지요. 조금이라도 더 행복한 시간을 지속시킬 수 있었으니까요.

점심 식사 때 캐롤라인은 평소와 다름없어 보였습니다. 다른 데 정신이 좀 팔려 있는 것 같긴 했지만 그게 전부였습니다. 바로 그게 캐롤라인이 그 일과는 아무런 연관이 없다는 것을 드러내 주는 게 아니겠습니까? 캐롤라인은 속마음을 감추고 태연히 연기를 해낼 수 있는 사람이 아니기 때문입니다.

식사를 마친 후에 캐롤라인과 가정 교사는 아래층으로 내려갔고, 에이미어스를 발견했습니다. 저는 뒤따라 계단을 내려가던 중에 다시 올라오던 윌리엄스 양과 마주쳤죠. 그녀는 제게 의사를 부르라고 하고는 다시 캐롤라인에게로 돌아갔습니다.

불쌍한 엘사, 정말이지 너무나 불쌍했습니다! 그녀는 마치 아이처럼 미친 듯이 슬픔을 그대로 드러냈죠. 이렇게 가혹한 일이 벌어질 줄은 상상도 하지 못했을 겁니다. 반면 캐롤라인은 아주 침착했습니다. 네, 아주 침착했어요. 물론 캐롤라인은 엘사보다야 자신의 감정을 통제할 줄 알았으니까요. 그 당시 캐롤라인이 양심의 가책을 느끼는 것처럼 보이진 않았습니다. 그저 에이미어스가 자살을 한 게 분명하다고 말했죠. 물론 우리들 중 그 누구도 그 말을 믿지 않았고 엘사는 캐롤라인의 얼굴에 대고 소리를 지르며 비난까지 퍼부었죠.

어쩌면 캐롤라인은 자신이 의심을 받을 거라는 걸 이미 알고 있었을 지도 모릅니다. 네, 그래서 그런 태도를 보인 거겠지요.

필립은 캐롤라인의 짓이 분명하다고 확신하고 있었습니다.

그 와중에 가정 교사는 흔들리지 않고 침착하게 상황을 정리했습니다. 엘사를 진정시키고 달랜 다음, 경찰이 왔을 때는 안젤라가 가까이 가지 못하도록 했죠. 네, 정말이지 대단한 여자였습니다.

그러나 순식간에 모든 일은 악몽이 되었습니다. 경찰이 집 안을 수색하고 사람들에게 질문을 던졌죠. 기자들이 파리 떼처럼 몰려와 정신없이 카메라를 눌러 대고 가족들과 인터뷰를 하기 위해 마이크를 들이댔습니다.

정말이지 악몽이었죠…….

수많은 세월이 지난 지금도 그 사건은 제겐 악몽입니다. 무슈 푸아로께서 칼라에게 실제로 어떤 일이 일어났는지를 확실히 알려 주신다면, 우리는 그 일을 다 잊고 다시는 떠올리지 않을 수 있을 것 같습니다.

에이미어스는 자살한 게 틀림없습니다. 아무리 말이 안 되는 일 같아도 말입니다.

메러디스 블레이크의 이야기 끝.

레이디 디티셤의 이야기

여기에 제가 에이미어스 크레일을 처음 만난 순간부터 그가 비극적인 죽음에 이르기까지 모든 이야기를 적도록 하겠어요.

제가 그를 처음 만난 것은 아틀리에에서 열린 파티였어요. 제 기억으로는 에이미어스가 창가에 서 있었고, 제가 문을 열고 들어가면서 그를 발견했죠. 저 사람이 누구냐고 물었어요. 그러자 누군가 이러더군요.

"저 사람이 바로 크레일이야. 그 화가라고."

전 그 즉시 그를 만나보고 싶다고 했어요.

에이미어스와 전 그날 한 10분 정도 이야기를 나눴죠. 누군가 그때 에이미어스 크레일에게서 받은 인상을 이야기해 보라고 한다 해도, 말로는 설명할 도리가 없어요. 그저 에이미어스 크레일을 보는 순간 파티장에 있던 다른 모든 사람들이 점점 작아지고 희미해졌다는 것……, 그것만이 가장 비슷한 설명이 될 거예요.

그를 만난 다음부터, 가능한 한 그의 그림을 모조리 보러 다녔죠. 당시 그의 개인 전시회가 본드 가(街)에서 열리고 있었고, 그의 작품이 맨체스터에 한 점, 리즈에도 한 점, 그리고 런던의 국립 박물관에도 두 점 전시되어 있었어요. 그 전시회를 하나도 빠짐없이 모두 찾아갔어요. 그리고 에이미어스를 다시 만난 전 이렇게 말했어요.

"당신 그림을 그동안 모조리 봤어요. 정말 멋지던데요."

에이미어스는 제 말에 흡족해하면서 이렇게 말했어요.

"마치 그림 전문가라도 되는 듯한 말이군. 아가씨가 그림에 대해 뭘 알지?"

"당신 말대로 내가 모를 수도 있죠. 하지만 작품들은 정말 놀라워요. 그건 사실이라고요."

에이미어스는 절 보고 씩 웃으며 말했죠.

"바보 같은 소리."

"아니에요. 당신이 제 그림을 그려 줬으면 좋겠어요."

"아가씨가 나에 대해 조금이라도 안다면, 내가 예쁜 여자들 초상화는 그리지 않는다는 것 또한 알 텐데?"

"꼭 초상화일 필요도 없고, 난 예쁜 여자가 아니에요."

그랬더니 에이미어스는 새삼 절 처음 보는 듯 뚫어지게 바라보며 이렇게 말했어요.

"그래, 그럴지도 모르겠군."

"그렇다면 날 그려 주겠어요?"

에이미어스는 고개를 삐딱하게 숙인 채 한동안 절 훑어보더니 이렇게 말했어요.

"정말 이상한 아가씨야."

"아시겠지만 난 아주 부자예요. 얼마든지 돈은 낼 수 있죠."

"왜 그렇게 내가 아가씨 그림을 그려 주길 바라는 거지?"

"내가 원하니까요!"

"그게 이유야?"

"네, 난 항상 원하는 건 손에 넣고 말죠."

"이런, 정말 세상 물정 모르는 어린 아가씨군!"

"날 그려 주시겠어요?"

에이미어스는 제 어깨를 잡더니 햇살이 들어오는 쪽으로 제 몸을 돌려놓고 찬찬히 쳐다봤죠. 그러고는 제게서 좀 떨어져서 다시 보더군요. 전 그대로 조용히 서서 기다렸어요.

마침내 그가 이렇게 말했어요.

"가끔씩 강렬한 색상의 오스트레일리아 산(産) 마카 앵무새 한 무리가 성 바울 성당에 내려앉은 모습을 그리고 싶었지. 근사한 전통적 야외 풍경을 배경으로 아가씨를 그린다면, 그런 느낌을 낼 수 있을 것 같아."

"그렇다면 그려 줄 거예요?"

"아가씨는 내가 여태껏 본 중에 가장 사랑스럽고 원초적이고 화려한 이국적 색채를 지니고 있어. 아가씨를 그리도록 하지!"

"그렇다면 결정된 거예요."

"하지만 엘사 그리어, 당신에게 경고할 게 있어. 만약 내가 당신 그림을 그리게 된다면, 당신을 사랑하게 될지도 몰라."

"그러길 바라요……."

전 아주 차분하고 조용하게 대답했어요. 그러자 에이미어스가 순간 멈칫하더군요. 그리고 그의 눈에 떠오르는 그 표정을 봤어요.

모든 게 그렇게 갑작스럽게 이루어졌죠.

한 이틀 후에, 우린 다시 만났어요. 에이미어스는 제게 데번셔에 배경으로 딱 맞는 곳이 있다며 그리로 오라고 했어요.

그러고는 제게 이렇게 말하더군요.

"당신도 알겠지만 난 유부남이야. 그리고 내 아내를 많이 사랑해."

그래서 전 아내를 그렇게 사랑한다니, 아내가 아주 멋진 분일 것 같다고 대답했어요.

에이미어스는 아내가 대단히 멋진 여자라고 하더군요.

"사실 그녀는 정말 사랑스러워……. 그리고 난 그녀를 사랑해. 그러니까 엘사, 잘 생각해 보라고."

전 충분히 이해한다고 대답했어요.

그로부터 일주일 후에 그는 그림을 그리기 시작했어요. 캐롤라인 크레일은 절 아주 기쁘게 맞이해 줬죠. 절 그다지 좋아하진 않았지만, 뭐 굳이 절 좋아할 필요는 없잖아요? 에이미어스는 아주 신중했어요. 에이미어스는 아내가 오해할 만한 말은 하지도 않았고, 저 또한 그에게 아주 예의바르고 정중하게 대했죠. 물론 그 밑에 감추어진 진실한 감정은 서로 잘 알고 있었지만요.

열흘이 지나자, 에이미어스는 제게 런던으로 돌아가라고 했어요.

전 이렇게 말했죠.

"그림이 아직 끝나지 않았잖아요."

"지금은 시작 단계에 불과해. 사실은 말이지, 난 당신을 그릴 수가 없어, 엘사."

"왜요?"

"왜인지는 당신도 잘 알잖아. 그건 미리 경고했었고. 그림에 집중할수가 없어……. 당신 생각 때문에 아무 것에도 집중할 수가 없다고."

그때 우리는 배터리 가든에 있었어요. 햇살이 쨍쨍 내리쬐는 무더운 날이었죠. 새들이 지저귀고 벌들은 윙윙거리며 날아다녔어요. 아주 행복하고 평화스러웠어야 했지만, 그런 느낌은 들지 않았어요. 어쩐지 비극적인 느낌이 들었죠. 마치……, 마치 앞으로 무슨 일이 벌어질지 이미 예감하고 있었던 것처럼.

저는 런던으로 돌아가 봐야 좋을 게 없다는 걸 알았지만 이렇게 대답했죠.

"좋아요, 당신이 그렇게 말한다면 가겠어요."

그러자 에이미어스는 "착한 아가씨군!"이라고 말하더군요.

전 런던으로 떠났어요. 그에게 편지도 쓰지 않았죠.

그렇게 열흘을 기다린 후, 에이미어스가 제게로 왔어요. 마르고 초췌해진 데다 얼마나 초라해 보이던지 정말 충격적이었어요.

"엘사, 내가 이미 경고했어. 내가 미리 경고하지 않았다는 말은 하지 마."

"당신을 기다리고 있었어요, 당신이 올 줄 알았어요."

에이미어스는 신음 소리를 내뱉고는 이렇게 말했죠.

"남자들이라면 견딜 수 없는 것들이 있어. 당신을 너무나 원하는 나머지 먹을 수도, 잠을 잘 수도, 쉴 수도 없어."

저 또한 마찬가지이며, 그를 처음 본 순간부터 그랬다고 대답했죠. 우리는 운명이고, 그 운명을 거역하려 해 봐야 소용없다고요.

"엘사, 당신은 운명을 거스르려고 열심히 노력해 봤어?"

에이미어스가 묻길래 저는 조금도 노력해보지 않았다고 했어요.

에이미어스는 제가 그렇게 어리지 않았다면 좋았을 거라고 했지만, 저는 나이는 아무런 상관이 없다고 했죠. 그리고서의 다음 이삼 주 동안은 정말 행복했다고 할 수 있을 것 같아요. 하지만 행복이란 건 적절한 표현이 아닌 것 같군요. 그보다 더 깊고 더 무서운 무언가였어요.

우리는 서로에게 없어서는 안 될 존재였고, 마침내 서로를 발견해 냈으며……, 함께해야 할 운명이라는 걸 알고 있었어요.

하지만 다른 문제가 남아 있었죠. 완성하지 못한 그림이 에이미어스를 괴롭히기 시작했어요.

"정말 이상한 일이지. 전에는 당신 모습이 아른거릴 뿐 그릴 수가 없었어. 하지만 지금은 당신을 그리고 싶어, 엘사. 당신을 그리면, 그 그림은 내가 여태껏 그린 중 최고의 작품이 될 거야. 붓을 잡고 싶어 온몸이 다 근질거리는군. 고색창연한 밤나무 난간에 푸른 바다, 근엄한 나무들을 배경으로……. 그리고 당신……, 당신은 그

배경과는 정반대로 승리의 환성을 지르는 것처럼 그곳에 앉아 있는 거야. 그래, 바로 그거야! 그리고 난 그림을 그릴 동안에는 방해받거나 소란이 이는 건 원치 않아. 그림이 완성되면 내가 직접 캐롤라인한테 사실대로 털어 놓을 거야. 그러면 복잡한 일들이 다 해결되겠지."

"캐롤라인이 당신과 이혼하는 문제로 소란을 피울까요?"

에이미어스는 그렇지는 않을 거라고 대답했어요. 하지만 여자들이란 절대 알 수 없는 존재죠. 전 이 일로 캐롤라인이 상심한다면 정말 안타깝긴 하지만, 그래도 어쩔 수 없는 일이라고 했어요.

에이미어스는 이렇게 말했죠.

"아주 이성적이군, 엘사. 하지만 캐롤라인은 이성적이지 않아. 과거에도 그렇지 않았고 앞으로도 아닐 게 분명해. 캐롤라인은 날 사랑하니까."

저는 충분히 이해하지만, 만약 캐롤라인이 그를 사랑한다면 그의 행복을 우선시해야 한다고 말했죠. 만약 그가 자유로워지길 원한다면 캐롤라인 역시 그를 붙잡아 두려 하지는 않을 거라고도 했어요.

그가 이렇게 말하더군요.

"세상만사란 책에서처럼 멋들어지게 해결할 수 있는 게 아니야. 인간은 누구나 날카로운 이빨과 발톱을 숨기고 있다는 걸 잊지 마."

"우린 다들 교양 있는 사람들이잖아요?"

제 말에 에이미어스는 껄껄 웃으며 이렇게 대꾸했죠.

"교양 있는 사람들이라고? 웃기는군! 캐롤라인은 당신 머리채를 쥐어뜯으려 할걸, 그러고도 남지. 엘사, 캐롤라인이 얼마나 고통을 겪을지 이해 못하겠어? 당신, 고통이라는 게 어떤 건지나 알아?"

"그렇다면 캐롤라인에게 얘기하지 말아요."

"아니야. 할 말은 해야지. 당신은 온전히 내 것이 되어야 해, 엘사. 온 세상 사람들이 알도록 당신이 내 것이라는 걸 알려야 해."

"캐롤라인이 당신을 놔주지 않을 것 같아요?"

"그건 아니야."

"그럼 뭘 걱정하는 거예요?"

그러자 에이미어스가 천천히 입을 열었어요.

"나도 잘 모르겠어⋯⋯."

그 사람은 캐롤라인이 어떤 사람인지 잘 알았던 거죠. 전 몰랐고요. 제가 알았다면⋯⋯.

그리고 우리는 다시 한 번 앨더베리로 내려갔어요. 캐롤라인은 이미 우리 관계를 의심하고 있었기에 이번에는 더 힘들었죠. 전 싫었어요⋯⋯, 정말이지 싫었어요. 속이거나 감추는 걸 싫어하는 성미였으니까요. 캐롤라인에게 사실대로 털어놓아야 한다고 생각했지만, 에이미어스는 도통 말을 듣지 않았죠.

정말 웃긴 건 에이미어스가 그 일에 대해 조금도 걱정하지 않았다는 점이에요. 그 사람은 캐롤라인을 좋아하고 상처주고 싶지 않다고 하면서도, 이 문제를 캐롤라인에게 정직하게 털어놓을지 말지는 전혀 생각도 하지 않았던 거예요. 그림을 그리기 시작하면 그저 거기에만 열중해 다른 일은 안중에도 없었죠. 전 그 사람이 그렇게

까지 작업에 몰두하는 건 처음 봤어요. 그가 얼마나 위대한 천재인지를 깨달았죠. 평범한 일상에서 벗어나 자신만의 세계에 몰두하는 게 그에게는 자연스러운 일이었던 거예요. 하지만 전 그렇지가 않았어요. 캐롤라인은 당연한 일이겠지만 절 못마땅해 했고 저는 아주 난처한 상황에 처한 거죠. 이러한 상황을 바로잡으려면 정직하게 사실을 털어놓는 수밖에 없었죠.

하지만 에이미어스가 하는 말이라고는 그저 그림을 완성할 때까지는 그런 야단법석을 벌여 방해하지 말라는 것뿐이었어요. 저는 그런 일은 없을 거라고 했죠. 그렇게 소란을 부리는 것은 캐롤라인의 자존심이 허락하지 않을 테니까요.

그래서 전 이렇게 말했어요.

"난 다 털어놓고 싶어요. 우린 솔직해야 해요!"

에이미어스는 이렇게 대답하더군요.

"빌어먹을 정직 타령은. 난 지금 그림을 그리고 있다고, 젠장."

전 에이미어스의 입장을 이해했지만, 그 사람은 제 입장을 이해하지 못했어요.

그리고 결국 저는 무너지고 말았죠. 캐롤라인이 내년 가을에 에이미어스와 함께 어딜 갈 거라고 미래의 계획을 늘어놓더군요. 아주 자신감에 차서요. 그 순간 갑자기 우리가 하고 있는 일을 캐롤라인 혼자만 아무것도 모르는 채 두는 것이 너무 가증스럽다는 생각이 들었어요……. 그리고 캐롤라인이 교묘하고 은근하게 제 속을 긁어 놓는 데 화도 났죠.

그래서 사실대로 털어 놓고 말았어요. 어떤 면에서는 아직도 제가 옳았다고 생각해요. 물론 그런 일이 일어날 줄 알았다면 절대 캐롤라인에게 그렇게 털어놓지는 않았을 거지만요.

바로 집안이 시끄러워졌죠. 에이미어스는 제게 엄청나게 화를 냈지만, 결국 제 말이 사실이라는 걸 인정할 수밖에 없었어요.

전 캐롤라인을 전혀 이해할 수가 없었어요. 그날 오후, 모두 함께 메러디스 블레이크의 집에 차를 마시러 갔을 때도 캐롤라인은 웃고 떠들면서 놀라울 정도로 기운이 넘쳤죠⋯⋯. 바보처럼, 저는 캐롤라인이 그 문제를 잘 받아들였다고 생각했어요. 물론 제가 그 집을 떠나지 않고 계속 머무른 건 어색한 일이었지만, 제가 떠났다면 에이미어스는 완전히 무너졌을 거예요. 캐롤라인이 먼저 떠났더라면 일이 훨씬 쉬워졌을 텐데.

캐롤라인이 코닌을 가져가는 것은 보지 못했어요. 솔직하게 말하자면, 캐롤라인이 자살할 생각으로 그 약을 가져갔을 가능성도 있다고 생각해요.

하지만 그것도 진심은 아니었을 거예요. 전 캐롤라인이 자신의 것은 절대 남에게 내주지 못하는, 질투심과 소유욕이 강한 여자라고 봐요. 에이미어스는 그녀에게 있어 소유물이었고, 에이미어스를 다른 여자에게 내주느니 차라리 죽이겠다고 생각한 게 분명해요. 우리 관계를 알자마자 에이미어스를 죽이겠다고 결심한 거예요. 메러디스가 코닌에 대한 특강을 한 것은 이미 마음의 결정을 내린 캐롤라인에게 수단을 제공한 셈이었죠. 캐롤라인은 아주 냉혹한 여자인 데다 복수심에 불타고 있었으니까요. 에이미어스는 이미 캐롤라인이 위험한 여자라는 걸 잘 알고 있었던 거예요, 전 몰랐지만.

다음 날 아침, 캐롤라인은 에이미어스와 최후의 대결을 벌였죠. 저는 그때 테라스에 앉아 있었기 때문에 둘이 하는 얘기를 거의 다 들을 수 있었어요. 에이미어스는 정말 당당했어요……. 아주 참을성 있고 침착했죠. 캐롤라인과 아이들을 사랑하고 그건 앞으로도 변치 않을 거라고 했어요. 둘의 미래를 위해 할 수 있는 건 뭐든 해 주겠다고도 했고요. 그러고는 단호하게 이렇게 말했죠.

"하지만 이거 하나는 분명히 알아 둬야 해. 나는 엘사와 반드시 결혼할 거야. 그 무엇도 날 막을 순 없어. 우린 항상 상대방이 원하면 자유롭게 보내 주기로 했잖아. 이건 어쩔 수 없는 일이라고."

그러자 캐롤라인은 이렇게 말했어요.

"원하는 대로 해. 난 이미 경고했으니까."

캐롤라인의 목소리는 아주 조용했지만, 뭔가 이상한 기색이 돌았어요.

에이미어스가 물었죠.

"그게 무슨 뜻이야, 캐롤라인?"

"당신은 내 것이고 절대 떠나보낼 생각은 없어. 당신을 그 아가씨에게 보내느니……, 차라리 죽여 버리겠어."

바로 그 순간, 필립 블레이크가 테라스로 나왔어요. 전 벤치에서 일어나 그에게 다가갔죠. 그 둘이 하는 말을 필립이 듣길 원치 않으니까요.

얼마 지나지않아 에이미어스가 밖으로 나와 그림을 그릴 시간이라고 했어요. 우리는 함께 배터리 가든으로 내려갔죠. 그는 별다른 말을 하지 않고 그저 캐롤라인이 난폭하게 굴었으며 그 이야기는 하고 싶지 않다고 했어요. 에이미어스는 그림에만 집중하길 원했죠. 다음 날이면 그림을 완성할 수 있을 거라고 했어요.

"여태껏 내가 그린 중 최고의 작품이 될 거야, 엘사. 비록 그만큼의 대가를 치르긴 했지만……."

잠시 후, 나는 스웨터를 가지러 집으로 들어갔어요. 바람이 꽤 쌀쌀했거든요. 다시 배터리 가든으로 돌아왔을 때는 캐롤라인이 있었어요. 마지막으로 한 번 더 애원을 하러 왔던 것 같아요. 필립과 메러디스 블레이크도 있었고요.

그때 갑자기 에이미어스가 목이 마른다며 마실 걸 달라고 했죠. 배터리 가든에 있는 맥주는 시원하지 않다면서요.

그러자 캐롤라인이 시원한 맥주를 가져다주겠다고 했어요. 아주 상냥하고 자연스러운 목소리였어요. 그 여자가 교활하게 연기를 했던 거죠. 그때 이미 계획을 꾸며둔 게 분명해요.

10분 정도가 지나자 캐롤라인이 맥주를 가지고 내려왔어요. 에이미어스는 그림을 그리고 있었죠. 캐롤라인은 맥주를 잔에 따르고는 그 잔을 에이미어스 옆에다 내려놨어요. 에이미어스나 나나 캐롤라인을 보고 있진 않았어요. 에이미어스는 그림을 그리느라 여념이 없었고 난 계속 포즈를 취해야 했으니까요.

에이미어스는 맥주를 마실 때면 항상 그렇듯, 단숨에 들이켰어요.

그러고는 인상을 찌푸리며 맛이 고약하다고, 하지만 어쨌든 시원하긴 하다고 하더군요.

하지만 에이미어스가 그런 말을 할 때에도 난 전혀 의심하지 않았어요. 그저 웃으며 "당신 입맛이 까다로운 거예요."라고만 했죠.

캐롤라인은 에이미어스가 맥주를 마시는 걸 보고는 자리를 떴어요.

에이미어스가 몸이 뻐근하고 통증이 있다며 투덜거린 건 그로부터 40분쯤 지난 때였을 거예요. 근육통인 모양이라고 했어요. 에이미어스는 조금이라도 병에 걸리는 걸 못 참아 했고, 그런 걸로 소란 떠는 것도 싫어해서 그저 가볍게 덧붙였죠.

"나이가 든 거야. 엘사, 당신은 온몸이 삐걱대는 노인네를 떠맡게 된 거라고."

그래서 전 그에게 장난을 치며 떠들었죠. 그러나 그 사람이 다리를 움직이는 게 뻣뻣하고 이상한 데다 한두 번씩 얼굴을 찌푸린다는 건 알아챘어요. 하지만 분명 근육통 때문일 거라고 생각했죠. 에이미어스는 벤치에 몸을 쭉 펴고 앉아, 가끔씩 팔을 뻗어 캔버스 여기저기에 물감을 칠했어요. 그림을 그릴 때 가끔씩 그러곤 했죠. 그저 앉아서 나를 바라보다 캔버스를 또 바라보는 거죠. 때때로 30분씩 그러곤 했기에 특별히 이상하다는 생각은 하지 않았죠.

점심 식사 시간을 알리는 종이 울리자, 에이미어스는 식사를 하지 않겠다고 했어요. 배터리 가든에 남아 있을 거라고, 아무것도 필요 없다고 했죠. 그것 또한 이상한 일은 아니었어요. 그리고 식탁에서 캐롤라인의 얼굴을 마주하는 것보단 나았겠죠.

말하는 게 좀 이상하긴 했어요. 단어를 하나하나 툭툭 내뱉듯이 말이에요. 하지만 그림이 잘 안 그려질 때면 가끔씩 그러곤 했죠.

그때 메러디스 블레이크가 절 부르러 왔어요. 에이미어스에게 말을 걸었지만 에이미어스는 그저 으르렁거리기만 했고요.

저는 그를 남겨둔 채 메러디스와 함께 집으로 올라왔죠. 그 사람 혼자……, 혼자서 죽어 가도록 내버려 둔 거예요. 에이미어스의 상태가 그렇게 심각한 줄은 전혀 몰랐어요. 그저 예술가의 변덕스러운 기질이라고만 생각했어요. 제가 알았더라면, 제가 눈치 챘더라면, 그랬더라면 의사를 불러 그 사람을 구할 수도 있었겠죠. 오, 세상에. 제가 왜 눈치 채지 못했던 걸까요, 이제 와서 그런 생각을 해봐야 소용없는 일이겠죠. 저는 아무것도 모르는 바보였어요. 눈먼 바보…….

더 이상은 할 얘기가 없어요.

캐롤라인과 가정 교사가 점심 식사 후에 아래로 내려갔죠. 메러디스가 그 뒤를 따라갔어요. 그러더니 헐레벌떡 다시 뛰어올라와 에이미어스가 죽었다고 하더군요.

그 순간 알았어요! 캐롤라인의 짓이라는 것을요. 그때만 해도 독약을 쓴 거라는 생각은 하지 못했죠. 그저 캐롤라인이 아래로 내려갔을 때 그를 총으로 쏘거나 칼로 찌른 건 줄만 알았어요.

저는 그 여자를 가만둘 수가 없었어요. 죽여 버리고 싶었죠…….

어떻게 캐롤라인이 그럴 수가 있죠? 어떻게? 에이미어스는 생기가 넘치고, 생명력과 열정으로 가득한 사람이었어요. 그런 사람을,

기운도 차리지 못한 채 서서히 죽어 가게 만들다니. 그것도 단지 제가 그 사람을 가지지 못하게 하려고⋯⋯.

끔찍한 여자.

끔찍하고 잔인하고 무시무시한 여자.

저는 그 여자를 증오해요. 아직까지도 증오해요.

그런데 교수형을 당하지도 않았죠.

그 여자 목을 매달았어야 해요.

아니, 교수형조차도 그 여자에겐 너무 관대한 처분이죠.

저는 그 여자를 증오해요⋯⋯. 증오해요⋯⋯. 증오해요⋯⋯.

레이디 디티셤의 이야기 끝.

세실리아 윌리엄스의 이야기

친애하는 무슈 푸아로,

제가 직접 목격한 9월 19일의 사건에 대한 편지를 보냅니다.

저는 모든 사실을 솔직하게, 숨기는 것 하나 없이 털어놓습니다. 이 편지를 칼라 크레일에게 보여 주셔도 좋습니다. 이 편지가 그 아이에게 고통을 줄 수도 있겠지만, 진실을 받아들일 줄도 알아야 한다고 생각합니다. 고통을 덜어 주기 위한 거짓말은 오히려 해가 될 뿐이지요. 사람이라면 현실을 직시할 용기를 지니고 있어야 하며 그러한 용기 없이는 삶은 아무런 의미도 없을 겁니다. 우리에게 가장 해가 되는 것은 우리가 현실을 보지 못하도록 가로막는 사람들입니다.

제 말을 믿으세요.

— 세실리아 윌리엄스 올림

제 이름은 세실리아 윌리엄스입니다. 크레일 부인의 이복 여동생인 안젤라 워런의 가정 교사 자리를 제의받은 때는 19XX년도, 당시 제 나이는 마흔여덟이었습니다.

저는 앨더베리에서의 그 일자리를 받아들였습니다. 앨더베리는 오랫동안 크레일 가문의 소유였던 사우스 데번에 위치한 아주 아름다운 곳이었습니다. 크레일 씨가 유명한 화가라는 것은 익히 알고 있었지만, 처음 만나게 된 것은 앨더베리로 가정 교사 일을 하러 내려갔을 때였습니다.

그 집에는 크레일 씨 부부와 안젤라 워런(당시 13살의 소녀였습니다.), 그리고 그곳에서 오랫동안 일해 온 세 명의 하인뿐이었습니다.

제 학생은 아주 흥미롭고 장래성이 있는 아이였습니다. 매우 뛰어난 재능을 가졌고, 그런 아이를 가르친다는 것이 제게는 커다란 기쁨이었죠. 다소 거칠고 버릇없긴 했지만 이런 특징들은 진취적인 기상을 가진 사람에게서 나타나는 것으로, 저는 그러한 학생들을 선호하는 편이었습니다. 적절한 훈련만 받는다면 그 지나친 활기를 목적을 성취하는 데 활용할 수 있으니까요.

전반적으로 안젤라는 가르칠 만한 보람이 있는 아이였습니다. 물론 애지중지 감싸고돌기만 하는 크레일 부인 때문에 좀 버르장머리 없이 크긴 했지요. 게다가 크레일 씨의 태도 또한 현명하지 못했다고 생각합니다. 그분은 어느 날은 안젤라에게 터무니없을 정도로 관대하다가, 또 어느 날은 불필요할 정도로 강압적이었습니다. 굉장한 기분파였는데 아마도 그 예술가적 기질 때문이겠지요.

저는 왜 예술가적 능력이 자기 통제 능력이 없는 남자들의 변명 거리가 되는지 그 이유를 알 수가 없습니다. 개인적으로는 크레일 씨의 작품이 대단하다고 생각하지 않아요. 거칠고 색감 또한 과장되어 있죠. 하지만 제가 그림에 대한 의견을 말해 달라는 부탁을 받은 건 아니지요.

저는 곧 크레일 부인에게 깊은 애정을 느끼게 되었습니다. 그분의 성격과, 어려움에 대처하는 의연함을 존경했습니다. 크레일 씨는 헌신적인 남편이 아니었고, 그것이 바로 크레일 부인에게는 고통의 근원이 아니었나 생각합니다. 더 강인한 여자였다면 그를 떠났겠지만, 크레일 부인께서는 그러한 생각은 전혀 하지 않은 채 남편의 바람을 인내했고 용서해 주었습니다. 하지만 그저 온순하게 받아들이기만 한 건 아니라고 말씀을 드려야겠습니다. 부인은 강하게 항의를 하셨어요!

재판 때에 크레일 부부가 개와 고양이처럼 싸웠다는 말이 나왔습니다. 저는 그렇게까지는 말씀드리지 않겠습니다. 그런 말로 표현하기에는 크레일 부인의 자긍심이 아주 높으셨으니까요. 하지만 두 분이 싸움을 한 것은 사실이었습니다. 그리고 그러한 상황에서는 지극히 자연스러운 일이었다고 생각하고요.

엘사 그리어 양이 나타난 것은 제가 크레일 부인과 함께 지낸 지 2년이 넘었을 때였습니다. 엘사 그리어 양은 19XX년 여름에 앨더베리에 왔죠. 크레일 부인은 그때 처음 그녀를 본 것이고요. 엘사 그리어 양은 크레일 씨의 친구로, 초상화 때문에 온 거라고 하더군요.

크레일 씨가 그 아가씨에게 빠져 있고, 그 아가씨도 그에 호응해 주고 있다는 게 분명했습니다. 그 아가씨의 태도는 아주 괘씸했고, 유독 크레일 부인에게 무례하게 굴었으며, 공공연히 크레일 씨에게 추파를 던졌습니다.

물론 크레일 부인께서는 아무런 말씀도 않으셨지만, 심란해하신 다는 것을 알 수 있었습니다. 저는 그 마음의 짐을 조금이라도 덜어 주려 다른 데로 신경을 돌리게 만드는 데 최선을 다했지요. 그리어 양은 매일 크레일 씨의 그림을 위해 포즈를 취하고 앉아 있었지만, 그림에는 그다지 진전이 없더군요. 분명 다른 이야기로 시시덕거리 는 게 분명했죠!

다행스럽게도 제 학생은 무슨 일이 벌어지고 있는 건지 알아채지 못했습니다. 안젤라는 어떤 면에서는 제 나이 또래보다 어렸습니다. 지적인 면에서는 월등했지만, 조숙하다고 할 만한 면은 조금도 없 었습니다. 그 아이는 바람직하지 못한 책을 읽으려 하지도 않았고, 그 나이 또래 여자 애들이 갖는 병적인 호기심도 전혀 없었습니다.

따라서 크레일 씨와 그리어 양의 사이가 수상쩍다는 것도 전혀 몰랐던 것입니다. 그럼에도 안젤라는 그리어 양을 싫어했고, 그녀가 멍청하다고 생각했습니다. 아주 옳은 판단을 하고 있었던 거죠. 그 리어 양은 적절한 교육을 받았을 텐데도, 책을 읽지 않았고 현대 문 학도 전혀 모르더군요. 게다가 지적인 주제에 대한 토론에서는 자 신의 의견을 내놓지도 못했어요. 그리어 양은 외모와 옷, 남자들에 게만 푹 빠져 있었던 겁니다.

제 생각에 안젤라는 언니의 기분이 좋지 않다는 것조차 알아차리지 못했던 것 같습니다. 그다지 예리한 아이가 아닌 데다 나무 타기와 자전거 같은 말괄량이 짓을 하느라 정신이 없었죠. 또한 독서에도 아주 열정적이었고, 자신의 취향에 대해서는 정확히 파악하고 있었습니다.

크레일 부인은 항상 안젤라에게는 언짢은 기색을 비추지 않으려 조심했고, 안젤라가 옆에 있을 때면 밝고 상냥한 모습만을 보여 주려 했습니다.

그리어 양이 런던으로 돌아갔을 때는 모두들 기뻐했습니다! 하인들도 저만큼이나 그녀를 싫어했죠. 그리어 양은 불필요한 문제거리나 만들어 내고, 고맙다는 말조차도 할 줄 모르는 그런 사람이었으니까요.

얼마 지나지 않아 크레일 씨도 집을 떠났고, 물론 크레일 씨가 그 아가씨 뒤를 쫓아갔다는 눈치는 뻔했죠. 크레일 부인이 너무 안쓰러웠습니다. 부인이야말로 이러한 상황을 누구보다 뼈저리게 느끼고 있었을 테니까요. 크레일 씨에 대한 제 적개심은 더욱 커졌죠. 매력적이고 우아하며 지적인 아내에게 그런 모욕을 안겨 주다니요.

크레일 부인과 저는 그 일이 곧 끝나길 바랐습니다. 물론 부인과 제가 그 문제에 대한 이야기를 나눴다는 것은 아닙니다. 하지만 부인은 제가 어떻게 생각하는지 잘 알고 계셨죠.

불행히도, 이삼 주 후에 그 둘이 다시 나타났습니다. 그림 모델 때문인 것 같았어요.

이번엔 크레일 씨가 아주 열광적으로 그림을 그렸죠. 그 아가씨보다 그 아가씨를 그리는 데 더 푹 빠져 있었던 것 같습니다. 그럼에도 전 이번 아가씨는 예전에 크레일 씨가 만나던 여자들과는 다르다는 것을 깨달았어요. 그 아가씨는 정말 진심으로 덤벼들어 크레일 씨를 발톱으로 움켜쥐고 흔드는 꼴이었죠.

크레일 씨가 죽기 전날, 그러니까 9월 17일에는 사태가 극도로 악화되었습니다. 그리어 양의 태도는 지난 며칠간 참을 수 없을 정도로 무례하기 그지없었죠. 그 아가씨는 아주 자신만만했고, 자신이 얼마나 중요한 인물인지를 드러내고 싶어 했어요. 그래도 크레일 부인은 정말이지 숙녀답게 처신했습니다. 냉정하고 예의바르게, 그러면서도 그리어 양을 어떻게 생각하는지 분명하게 나타내셨죠.

9월 17일날 우리는 점심 식사를 한 후, 다 함께 응접실에 둘러 앉아 있는데 그리어 양이 놀랍게도 자신이 앨더베리에 산다면 이 방을 다시 꾸밀 거라는 말을 꺼냈습니다.

당연히 크레일 부인은 그냥 넘기지 않았습니다. 부인이 항의를 하자, 그리어 양은 정말 뻔뻔스럽게도 다들 듣는 데서 크레일 씨와 결혼을 할 거라고 말하지 뭡니까. 유부남과 결혼을 하겠다고요……, 그것도 그 남자의 아내에게!

저는 크레일 씨에게 정말 화가 났습니다. 어떻게 감히 그 아가씨가 아내의 집에서 아내를 모욕하도록 내버려 둘 수가 있단 말입니까? 그 아가씨와 사랑의 도피가 하고 싶었다면 함께 떠날 일이지, 왜 아내의 집으로 데려와 그런 무례한 언사를 하도록 내버려 두는 겁니까.

속마음이야 어땠는지 몰라도 크레일 부인은 위엄을 잃지 않았습니다. 그리고 그 순간, 크레일 씨가 응접실로 들어왔기에 부인은 즉시 그에게 해명을 요구했죠.

당연한 일이지만 크레일 씨는 그리어 양이 생각 없이 그런 상황을 만들어 놓은 데 대해 짜증을 냈습니다. 무엇보다도 그 때문에 자신이 불리한 입장에 처하게 되었으니까요. 남자들은 불리한 입장에 처하는 것을 좋아하지 않습니다. 자기의 위신이 떨어지는 걸 싫어하는 게 남자들이죠.

그 대단한 크레일 씨가 마치 잘못을 저지른 학생처럼 당황하여 멍청한 모습으로 그저 자리에 멍하니 서 있었어요. 그 상황에 슬기롭게 대처한 것은 바로 크레일 부인이었죠. 크레일 씨는 그게 사실이지만 이런 식으로 알리려던 건 아니었다며 멍청하게 중얼거렸습니다.

크레일 부인이 남편에게 그렇게 모욕감을 주는 광경은 처음 보았습니다. 크레일 부인은 머리를 꼿꼿이 세운 채 응접실을 나갔습니다. 부인은 정말 아름다운 분이셨죠. 그 화려한 아가씨보다 훨씬 더 아름답게, 마치 여왕처럼 걸어 나가셨습니다.

저는 진심으로 에이미어스 크레일이 아내에게 보여 준 그 잔인한 태도와 고결한 여성에게 오랜 기간 상처와 모욕을 준 대가를 치르길 바랐습니다.

처음으로 저는 크레일 부인에게 제 감정을 이야기하려 했지만 부인은 제 말을 막았습니다.

"우리는 평소와 다름없이 행동해야 해요. 그게 최선이에요. 오후에는 예정대로 메러디스 블레이크의 집으로 차를 마시러 가죠."

그래서 전 이렇게 말했습니다.

"크레일 부인, 부인은 정말 훌륭한 분이세요."

"당신은 몰라요……."

그러고 나서 크레일 부인은 뒤로 돌더니 제 뺨에 키스를 하고는 말씀하셨습니다.

"정말 당신이 있어서 큰 위안이 돼요."

그런 후에 크레일 부인은 방으로 들어가셨고, 아마 우셨을 것 같아요. 함께 메러디스 블레이크 씨 댁으로 출발할 때 부인을 다시 뵈었죠. 부인은 커다란 테두리가 얼굴에 그늘을 드리우는 모자를 쓰고 계셨습니다. 보통 때는 잘 쓰지 않는 모자였죠.

크레일 씨는 심기가 불편해 보였지만 배짱으로 밀고 나가려 했습니다. 필립 블레이크 씨도 평소처럼 행동하려고 하셨죠. 그리어 양은 크림 단지를 손에 넣은 고양이 같았습니다. 만족스러움에 그르렁거리는 고양이요!

메러디스 블레이크 씨 댁에 갔다가 다시 돌아왔을 때는 6시 경이었습니다. 그날 저녁에는 크레일 부인과 단둘이 이야기를 나눌 기회가 없었습니다. 저녁 식사 때 크레일 부인은 아주 조용하며 침착하셨고, 그후 일찍 잠자리에 드셨죠. 부인이 얼마나 고통스러웠는지는 아무도 몰랐을 겁니다.

그날 저녁에는 크레일 씨와 안젤라의 싸움으로 정신이 없었습니다. 안젤라가 오래된 학교 문제를 다시 끄집어냈죠. 크레일 씨는 잔뜩 날이 서서 짜증을 냈고, 안젤라도 평소와 달리 끈질기게 굴었습니다. 이미 다 결정된 사안이었고 짐까지 모두 싸둔 마당에 그런 이야기를 다시 끄집어낸다는 건 말도 안 되지만, 안젤라는 갑자기 그 일에 대한 불만을 늘어놓기 시작한 것입니다. 안젤라 또한 집 안에 감도는 긴장감을 느꼈고, 그러한 긴장감이 안젤라에게 영향을 미친 게 분명했죠. 제가 집안 문제에만 정신이 너무 팔려 그 아이를 제대로 돌보지 못한 건 아닌지 걱정이 되었습니다. 결국 싸움은 안젤라가 크레일 씨에게 문진을 던지고는 문을 박차고 나가면서 끝이 났습니다.

저는 안젤라를 뒤따라 나가 그렇게 아이처럼 구는 것은 정말 못 봐주겠다고 따끔하게 혼을 내 주었습니다. 그리고 안젤라가 여전히 화가 잔뜩 나 있는 상태라 혼자 있도록 내버려 두는 게 최선이라고 생각했죠.

또한 크레일 부인의 방에 가 볼까 망설였지만, 그런 행동이 오히려 부인을 괴롭히는 꼴이 될 것 같아 그만두기로 했습니다. 차라리 그렇게 머뭇거리지 말고 부인과 이야기를 나눴더라면 좋았을 겁니다. 저에게라도 털어놓았더라면 상황이 달라졌을 수 있으니까요. 크레일 부인에게는 아무도, 의지할 수 있는 사람이 정말 아무도 없었습니다. 물론 저는 자제심을 중요하게 여기긴 하지만, 가끔씩은 너무 지나쳤던 게 아닌가 하는 후회가 듭니다. 감정이란 자연스럽게 배출해 주어야 할 때가 있는데 말입니다.

제 방으로 가던 도중 크레일 씨와 마주쳤고 크레일 씨가 제게 인사를 건넸지만 전 아무런 대답도 하지 않았습니다.

제 기억으로 다음 날 아침은 날씨가 화창했습니다. 눈을 뜨면 주변이 너무나도 평화로워, 어느 남자라도 제정신이 번쩍 들 만한 그런 아침이었죠.

아침 식사를 하러 내려가기 전 안젤라의 방으로 갔지만, 이미 안젤라는 방에 없었습니다. 저는 안젤라가 바닥에 던져두고 간 낡은 스커트를 주워 들고, 식사 후에 수선해 두라고 하기 위해 가지고 내려갔습니다.

하지만 안젤라는 이미 주방에서 빵과 마멀레이드 잼을 집어 들고는 밖으로 나가 버린 모양이었습니다. 그래서 저는 아침 식사를 한 후에 안젤라를 찾으러 밖으로 나갔습니다. 이 이야기를 하는 이유는 제가 그날 아침에 불행히도 크레일 부인과 함께 있지 못했던 이유를 설명 드리기 위해서입니다. 하지만 당시에는 안젤라를 찾아내는 게 제 임무라고 생각했습니다. 안젤라는 옷 수선하는 일을 아주 싫어했는데, 그 문제로 반항하는 것을 두고 볼 수만은 없었기 때문입니다.

안젤라의 수영복이 없어졌길래 저는 해변으로 내려갔죠. 하지만 어디에도 안젤라는 보이지 않았고, 저는 그 아이가 메러디스 블레이크 씨 댁으로 갔을지도 모른다고 생각했습니다. 안젤라와 메러디스 블레이크 씨는 아주 사이가 좋았어요. 그래서 저는 배를 저어 메러디스 블레이크 씨 댁에까지 가서 계속 안젤라를 찾았지만 결국은 찾지 못한 채 집으로 돌아오고 말았습니다. 그때 테라스에는 크레일 부인과 메러디스 블레이크 씨, 그리고 필립 블레이크 씨가 함께 계셨습니다.

바람 없이는 아주 무더운 아침이었고, 집과 테라스에는 바람이 전혀 들어오지 않았습니다. 그래서 크레일 부인이 시원한 맥주를 내오는 게 어떻겠냐고 제안하셨죠.

집 바로 앞쪽에는 빅토리아 시대에 지어진 작은 온실이 하나 붙어 있었습니다. 크레일 부인은 그 온실을 마음에 들어 하지 않으셨죠. 그래서 그 안에는 식물을 키우는 대신 선반에 진과 베르무트 주(酒), 레몬에이드, 진저비어 병들을 올려놓았고 매일 아침 얼음으로 채워 놓는 냉장고에는 항상 맥주와 진저비어가 보관되어 있었습니다.

크레일 부인은 맥주를 가지러 온실로 가셨고 저도 그 뒤를 따랐어요. 마침 안으로 들어가니 안젤라가 냉장고 앞에서 맥주병을 하나 만지작거리고 있었습니다.

제 앞에 서 있던 크레일 부인이 이렇게 말씀하셨습니다.

"에이미어스에게도 맥주 한 병을 가져다 줘야 해요."

이제와 당시 부인의 모습에서 수상한 점을 생각해 본다는 건 정말 어려운 일입니다. 분명 부인의 목소리는 평소와 다름이 없었습니다. 물론 그 당시에 제 신경이 부인이 아니라 안젤라에게 쏠려 있었다는 점은 인정합니다.

냉장고 옆에 서 있는 안젤라를 발견했을 때, 그 아이의 얼굴이 빨

개지며 약간 죄책감을 느끼는 걸 보고는 반가웠습니다.

제가 좀 날카롭게 쏘아붙였는데, 정말 놀랍게도 안젤라는 아주 유순하게 굴었습니다. 그동안 어딜 갔던 거냐고 묻자, 안젤라는 수영을 했다고 대답했습니다. 해변에서 못 봤다고 하자 안젤라는 깔깔거리며 웃더군요. 스웨터는 어디다 뒀느냐는 물음에 안젤라는 해변에 두고 온 것 같다고 했습니다.

제가 이렇게 자세하게 이야기하는 것은 제가 왜 크레일 부인이 배터리 가든으로 맥주를 가져가도록 두었는지 설명하기 위해서입니다.

그 다음 일은 잘 기억이 나지 않습니다. 안젤라는 더 이상 소란을 피우지 않고 얌전히 바늘겨레를 가져와 스커트를 수선했고, 저도 린넨 시트 몇 가지를 수선했던 것 같습니다. 크레일 씨는 점심 식사를 하러 올라오지 않았습니다. 크레일 씨에게 적어도 그 정도의 체면은 있다는 게 다행이라고 생각했죠.

점심 식사가 끝난 후, 크레일 부인은 배터리 가든으로 내려가 보겠다고 했습니다. 그리고 전 해변에서 안젤라의 스웨터를 가져와야겠다고 생각했지요. 그래서 크레일 부인을 따라 아래로 내려갔습니다. 부인은 배터리 가든으로 들어가고 전 해변으로 향했는데, 잠시 후 들리는 부인의 비명 소리에 저는 황급히 배터리 가든으로 달려갔습니다. 전에 무슈 푸아로를 만나 뵀을 때 말씀드렸듯이, 부인은 저에게 집으로 올라가 전화로 의사를 부르라고 하셨습니다. 하지만 저는 올라가던 길에 메러디스 블레이크 씨를 만나 그분에게 부탁을 했고, 다시 크레일 부인에게로 돌아갔죠.

지금까지는 제가 심리와 재판에서 진술했던 내용이었습니다.

이제부터 말씀드릴 내용은 이제껏 그 누구에게도 말한 적이 없는 것입니다. 여태껏 거짓 답변을 했다고 추궁 받거나 한 적은 없지만, 그럼에도 한 가지 사실을 숨겼다는 죄책감에 시달렸습니다. 물론 후회하지는 않습니다. 그때로 다시 돌아간다 하더라도 그렇게 했을 겁니다. 제가 이 사실을 이제와 밝힌다면 비난 받을 거라는 것은 잘 알고 있지만, 이렇게 많은 세월이 흘렀고 게다가 캐롤라인 크레일이 제 증언 없이도 기소를 당했으니 그 누구도 이 문제를 심각하게 생각하지는 않겠지요.

사실은 이런 일이 있었습니다.

아까 말씀드린 것처럼 집으로 올라가던 도중에 메러디스 블레이크 씨를 만난 이후, 다시 저는 가능한 빠르게 배터리 가든으로 뛰어 내려갔습니다. 그때는 가벼운 테니스 화를 신고 있어서 발소리가 거의 나지 않았습니다. 그리고 배터리 가든의 문을 여는 순간 그 장면을 목격한 겁니다.

크레일 부인이 손수건으로 테이블 위에 놓여 있던 맥주병을 정신 없이 닦아내고 있었습니다. 그런 다음 죽은 남편의 손을 잡아 올려 맥주병에 손가락을 눌렀죠. 그러는 동안에도 주변에 대한 경계를 늦추지 않았습니다. 제게 진실을 알려 준 건 부인의 얼굴에 떠오른 공포심이었습니다.

저는 그 순간, 바로 캐롤라인 크레일이 남편을 독살했다는 것을 분명히 알았습니다. 저는 개인적으로 부인을 비난하지 않습니다. 부인을 그런 지경으로 몰아간 것은 바로 크레일 씨였고, 그가 자신의 운명을 자초한 것이었으니까요.

저는 그 일을 크레일 부인께 절대 말하지 않았고, 부인은 제가 그 현장을 목격한 것을 몰랐을 것입니다.

캐롤라인 크레일의 딸은 자신의 인생을 거짓말로 채워서는 안 됩니다. 진실을 안다는 것이 아무리 고통스러운 일이더라도, 중요한 것은 진실뿐입니다.

칼라에게 저는 부인을 비난하지 않는다고 전해 주세요. 부인은 남편을 사랑하는 여자라면 누구나 참을 수 없는 지경에까지 이르렀던 것뿐이었습니다. 그분을 이해하고 용서하는 것은 딸의 몫이겠죠.

세실리아 윌리엄스의 이야기 끝.

안젤라 워런의 이야기

친애하는 무슈 푸아로,

무슈 푸아로와의 약속을 지키기 위해 16년 전의 끔찍한 사건에 대해 제가 기억하는 대로 모두 적어 보았습니다. 하지만 이 편지를 쓰기 시작하면서, 제가 기억하고 있는 게 거의 없다는 사실을 깨달았습니다. 그 사건이 일어나기 전에는 주변에 별다른 관심을 가지지 않았으니까요.

그해 여름은 기억이 희미해요……. 사건들이 드문드문 기억나긴 하지만 사실은 그해 여름에 정확히 어떤 일이 벌어졌는지조차 확실히 말씀드릴 수가 없어요! 형부의 죽음은 마른 하늘의 날벼락이었죠. 그런 일이 벌어질 줄은 꿈에도 몰랐지만, 어쩌면 저만 그러한 사건의 이유를 모조리 놓친 것인지도 모릅니다.

저는 형부의 죽음이 예견된 것이었는지 아닌지 생각해 보려 애썼습니다. 15살짜리 여자 아이들은 저처럼 눈과 귀가 멀고 둔한 존재들인 걸까요? 어쩌면 그럴지도 모르죠. 저는 사람들의 기분을 파악하는 데는 예리한 편이었지만, 왜 그러한 기분을 느끼는지까지 생각해 보지는 않았어요.

게다가 그 당시에 저는 한창 책에 푹 빠져 있었어요. 제가 읽은 것들……, 셰익스피어의 시 구절이 머릿속에 맴돌았습니다. 뒤뜰을 걸으며 황홀경에 빠져 '투명하고 푸르른 녹색 물결 아래서'를 암송하던 게 기억이 납니다. 너무나 사랑스러운 구절이라 몇 번이고 반복해서 외웠죠.

책도 좋아하긴 했지만, 또한 기억할 수 있는 한 아주 어린 시절부터 좋아하는 것들도 많았습니다. 수영과 나무 타기, 과일 따 먹기, 마구간지기 소년에게 장난치기, 말에게 먹이 주기 같은 것들이죠.

제게 있어 캐롤라인 언니와 에이미어스 형부는 당연한 존재였고 세상의 중심이었지만, 한 번도 그들에 대해서나 둘 사이의 사건, 그 둘이 어떤 생각을 하고 어떤 기분을 느끼는 지는 생각해 본 적이 없었어요.

엘사 그리어도 마찬가지였어요. 그저 멍청한 여자라고 생각했을 뿐 그 여자가 예쁘다는 생각조차 하지 못했죠. 그저 부유하지만 지루한 여자, 형부의 그림 모델이 된 여자라고만 받아들였습니다.

처음으로 제가 뭔가 이상하다는 낌새를 알아챈 것은, 어느 날 점심 식사를 한 후 몰래 빠져 나왔다가 테라스에서 하는 이야기를 엿듣게 되었을 때였어요. 엘사가 형부와 결혼하겠다고 하더군요! 저는 말도 안 되는 소리라고 생각해서 형부에게 그 문제로 시비를 걸었던 것도 기억이 나요. 핸드크로스의 정원에 있을 때였는데 제가 이렇게 말했죠.

"왜 엘사가 형부랑 결혼하겠다는 말을 하는 거예요? 그럴 수 없잖아요. 남자들은 두 명의 부인을 거느릴 수는 없어요. 그건 중혼죄라서 감옥에 간다고요."

그러자 형부는 벌컥 화를 내며 이렇게 말했습니다.

"도대체 어디서 그런 말을 들은 거야?"

저는 서재 창문이 열려 있어서 들었다고 했죠.

형부는 더더욱 화를 내며 학교에 가서 남의 말 엿듣는 버릇을 단단히 고쳐야겠다고 하더군요.

아직도 형부의 말에 담긴 그 분노가 기억에 생생합니다. 그때도 그건 정말 부당하다고 생각했으니까요. 그렇게 화를 내는 건 정말이지 부당하잖아요.

저는 툴툴거리며 그 얘기밖에 듣지 못했다고 했습니다. 그리고 다시 물었죠.

"왜 엘사가 그런 바보 같은 말을 한 거예요?"

그러자 형부는 그저 농담이었다고 대답했어요.

저는 그 대답으로 만족해야 했죠. 사실 거의 수긍하긴 했지만 완전히는 아니었어요.

저는 집으로 돌아오는 길에 엘사에게 이렇게 말했어요.

"형부에게 당신이 형부랑 결혼한다는 게 무슨 뜻이냐고 물어봤는

데, 형부 말로는 그저 농담이라던데요."

저는 엘사를 놀라게 해 주려는 의도였지만, 그녀는 그저 미소만 짓더군요.

저는 그 미소가 마음에 들지 않았어요. 집으로 돌아온 후 캐롤라인 언니의 방으로 올라가니, 언니는 저녁 식사를 하기 위해 옷을 입고 있었어요. 저는 직설적으로 형부가 엘사와 결혼한다는 게 정말이냐고 물었지요.

언니의 대답은 지금도 제 귓가에 생생해요. 아주 또박또박하게 이렇게 말했죠.

"에이미어스는 내가 죽은 다음에나 엘사와 결혼할 수 있을 거야."

저는 그 말에 안심했습니다. 죽음이란 아주 먼 것으로만 느껴졌으니까요. 그럼에도 저는 형부가 오후에 한 말 때문에 잔뜩 앙심을 품고 있었고, 저녁 식사 내내 형부에게 사납게 굴었죠. 정말이지 심하게 싸워 댔던 게 기억나요. 그리고 저는 문을 박차고 나가 침실로 가서는 잠이 들었습니다.

메러디스 블레이크의 집에서 보낸 오후는 잘 기억이 나지 않지만, 플라톤이 소크라테스의 죽음에 대해 묘사한 구절을 읽어 준 것만은 확실히 생각나요. 처음 들어 보는 이야기였거든요. 여태껏 들어본 이야기 중 가장 사랑스럽고 제일 아름답다고 생각했어요. 하지만 그 이야기를 들은 오후가 언제인지는 잘 기억이 나지 않아요. 지금 기억하는 한은 그해 여름 어느날이었던 것 같아요.

생각에 생각을 거듭해 봤지만 그 다음 날 아침의 일도 전혀 기억나질 않아요. 그저 수영을 했을 거라는 막연한 느낌이 들고, 또 무언가를 수선했던 것도 어렴풋이 생각납니다. 메러디스가 테라스로 헐레벌떡 뛰어올라오던 그 순간까지의 모든 기억은 아주 모호하고 희미해요.

메러디스의 얼굴은 아주 창백하게 질린 데다 이상했어요. 커피 잔이 테이블 위로 떨어지면서 깨졌던 게 기억나요. 엘사였죠. 엘사가 뛰어 내려가는 모습……, 갑자기 온 힘을 다해 정신없이 아래로 뛰어 내려가던 모습과 그녀의 얼굴에 떠오른 끔찍한 표정이 기억납니다.

저는 혼잣말로 계속 중얼댔죠.

"형부가 죽었어."

하지만 실감이 나질 않았어요.

포셋 박사님이 오신 것과 그분의 심각한 얼굴도 기억 납니다. 윌리엄스 양은 언니를 돌보느라 바빴고, 저는 어른들에게 방해가 되었기에 혼자 쓸쓸히 떠돌아 다녔죠. 울화가 치밀었어요. 다들 내가 아래층으로 내려가 형부를 보는 것을 막았으니까요. 그러고는 경찰이 하나둘씩 밀려들더니 노트에다가 뭔가를 적고, 형부의 시신을 천으로 덮어 들것에 실어 나가더군요.

나중에 윌리엄스 양이 절 언니의 방으로 데려갔죠. 소파에 앉아 있던 언니는 아주 창백하게 질린 얼굴에 불안해 보였어요.

언니는 제게 키스를 하고는 제가 가능한 빨리 이 집을 떠났으면 좋겠다고 했어요. 너무 끔찍한 일이 벌어졌지만 제가 더 이상 걱정하거나 그 일에 대해 생각하지 않았으면 좋겠다면서요. 그리고 이 집을 비워야 하니까 저더러 칼라와 함께 레이디 트레실리언 댁으로 가라고 했습니다.

저는 언니에게 매달리며 떠나고 싶지 않다고 했어요. 언니와 함께 있고 싶었죠. 그러자 언니는 제 마음은 잘 알지만 제가 떠나는 것이 더 나으며, 그래야 언니가 걱정을 덜 수 있을 거라고 했어요. 그리고 윌리엄스 양도 끼어들어 한마디 하더군요.

"안젤라, 네가 언니를 도울 수 있는 최선의 방법은 잠자코 언니 말에 따르는 거란다."

그래서 전 언니가 바라는 대로 하겠다고 했어요. 그러자 캐롤라인 언니는 이렇게 말했죠.

"그래야 착한 내 동생이지."

그리고 언니는 저를 꼭 껴안으며 걱정할 것은 전혀 없으니 가능한 이 일에 대해서는 얘기하지도 생각하지도 말라고 했어요.

저는 아래층으로 내려가 총경님과 이야기를 나눠야 했어요. 그분은 아주 상냥했고 제게 형부를 마지막으로 본 게 언제인지, 그리고 당시로서는 이해할 수 없는 질문들을 여러 개 했어요. 총경은 제가 다른 사람들이 모르는 사실을 더 알고 있진 않다는 것을 확인하고는, 윌리엄스 양에게 저를 레이디 트레실리언 댁으로 보내도 좋다고 했습니다.

저는 결국 레이디 트레실리언 댁으로 갔고 그분은 제게 아주 친절히 대해 주셨어요. 하지만 머지않아 저는 진실을 알게 되었죠. 제가 떠나자마자 경찰이 캐롤라인 언니를 체포했던 겁니다. 너무 두렵고 당황한 나머지 저는 앓아눕고 말았고요.

후에 캐롤라인 언니가 제 걱정을 많이 한다는 이야기를 전해 들었습니다. 재판이 열리기 전에 절 영국 밖으로 내보낸 건 이미 말씀 드렸듯 언니의 고집 때문이었어요.

보셔서 아시겠지만, 제가 적은 것들은 한심할 정도로 빈약한 정보네요. 무슈 푸아로와 이야기를 나눈 이후로 힘들게 기억을 되짚어 보며 당시 사람들의 표정이나 반응을 떠올려 보려 했지만, 죄책감에 빠진 사람은 기억해 낼 수가 없었습니다. 엘사의 격분한 얼굴, 메러디스의 창백하고 수심에 가득 찬 얼굴, 필립의 슬픔과 분노에 휩싸인 얼굴…….. 모든 것이 지극히 자연스러웠던 것 같아요. 하지만 그중 누군가가 연기를 했을 수도 있겠죠?

제가 아는 것은 단 하나, 캐롤라인 언니는 형부를 살해하지 않았다는 것뿐이에요.

이 점에 있어서는 확신하고 있고, 앞으로도 그럴 거예요. 하지만 그 말을 뒷받침할 증거라고는 제가 언니의 성격을 잘 안다는 사실 밖에 없죠.

안젤라 워런의 이야기 끝.

제3부

결론

칼라 레마챈트는 푸아로를 올려다보았다. 그녀의 눈은 피로와 고통으로 가득했다. 이마에 흘러내린 머리카락을 기운 없이 쓸어 넘기며 마침내 입을 열었다.

"정말이지 당황스럽네요."

그녀는 앞에 쌓인 편지들을 만지작거렸다.

"사람들의 의견이 죄다 제각각이에요! 모두들 어머니를 다른 시각으로 보고 있어요. 하지만 사건에 대한 의견은 똑같군요. 다들 똑같아요."

"이 편지들을 읽고 실망하셨습니까?"

"네. 무슈 푸아로는 실망하지 않으셨나요?"

"전혀요. 이 편지들은 아주 중요한 정보를 알려 주고 있습니다."

푸아로는 생각에 잠긴 듯 천천히 말했다.

"차라리 읽지 않았더라면 좋았을 거예요!"

푸아로는 그녀를 건너다 보았다.

"아……, 그렇게 생각하십니까?"

칼라는 씁쓸한 표정으로 입을 열었다.

"다들 어머니의 짓이라고 생각하잖아요, 안젤라 이모만 빼고요. 게다가 이모의 주장에는 심증만 있을 뿐 아무런 물증이 없어요. 그저 어머니와 절친한 자매 사이였기 때문에 변함없이 믿는 것뿐이에요. 계속 '언니가 그럴 리가 없어요.'라는 말만 되풀이하잖아요."

"그렇게 생각하십니까?"

"달리 어떻게 생각할 수 있겠어요? 저는 어머니가 그러신 게 아니라면, 이 다섯 명 중 한 명이 저지른 짓이라고 생각했어요. 동기에 대해서 생각해 보기도 했죠."

"이런! 흥미롭군요. 한번 말씀해 보시겠습니까?"

"그저 가설일 뿐이에요. 예를 들어 필립 블레이크 씨요. 그 사람은 주식 중개인이자 제 아버지의 절친한 친구였죠. 제 아버지는 그분을 신뢰하셨을 거예요. 그리고 예술가들이란 대개가 돈 문제에는 문외한인 법이죠. 그래서 어쩌면 필립 블레이크 씨가 곤경에 빠져 제 아버지의 돈을 썼을 수도 있고 혹은 제 아버지가 어떤 서류에 사인을 하도록 만들었을 수도 있어요. 그리고 나서 자신이 한 짓이 드러나게 될 위험에 처하자…… 제 아버지를 죽음으로 몰아넣는 수밖에는 없었겠죠. 이게 제가 생각해 본 가설 중 한 가지예요."

"꽤 그럴 듯하군요. 또 뭐가 있죠?"

"엘사 그리어요. 필립 블레이크는 편지에서 엘사가 아주 영리한 여자라 독약을 쓰진 않았을 거라고 했지만, 전 그렇게 생각하지 않아요. 제 어머니가 그녀에게 찾아가 아버지와 이혼하지 않겠다고 말했다면 말이에요. 무슈 푸아로는 뭐라고 생각하실지 모르겠지만, 저는 엘사라는 여자가 지극히 물질 만능주의적인 사고방식을 가지고 있다고 생각해요. 남부럽지 않은 결혼식을 올리고 싶었겠죠. 엘사 또한 그 독약을 몰래 집어 왔을 가능성이 높아요. 그날 오후에 그럴 기회가 충분히 있었을 거예요. 어쩌면 자신의 미래를 위해 어머니를 독살하려 했을 수도 있죠. 저는 그게 엘사다운 행동인 것 같아요. 그리고……, 끔찍한 실수로 어머니 대신 아버지가 그 독약을 마신 거죠."

"이번에도 역시 꽤 그럴 듯한 이론입니다. 또 뭐가 있죠?"

칼라는 천천히 입을 열었다.

"글쎄요, 어쩌면 메러디스 블레이크 씨가 범인일지도 모른다고…… 생각했어요."

"아, 메러디스 블레이크요?"

"네. 제가 보기에는 그 사람이야말로 살인을 저지를 만한 사람인 것 같아요. 메러디스란 사람은 행동이 굼떠 사람들의 비웃음을 사지만, 그 이면으로는 그런 데 앙심을 품고 있었을지도 몰라요. 그리고 메러디스가 결혼하고 싶어 하던 여자가 제 아버지와 결혼을 했죠. 제 아버지는 성공한 화가에 부유한 사람이었고요. 그래서 메러디스는 그런 독약을 만든 거예요! 아마도 언젠가 누구를 죽여 버리고 싶다는 생각을 품고 그 약을 만들었겠죠. 그 약이 없어졌다고 소란을 피워 자신이 의심을 받지 않도록 꾸며야 했을 거예요. 주인이 자신의 약을 훔쳐갔다는 의심을 받진 않을 테니까요. 오래전 제 어머니가 그 사람의 청혼을 거절한 이유로 어쩌면 그 사람은 제 어머니가 교수형을 당하길 바랐을지도 몰라요. 저는 그가 겉보기와 다른, 예기치 못한 일들을 사람들이 저지르곤 한다는 이야기를 쓴 것도 뭔가 수상하다는 느낌이 들어요. 어쩌면 자기 자신의 이야기일지도 모르잖아요?"

"마드무아젤께선 적어도 한 가지 옳은 판단을 하셨습니다. 이 편지들이 꼭 사실일 거라고 받아들이지 않은 점 말입니다. 이 글들은 어쩌면 교묘한 거짓일 수 있으니까요."

"네, 그럼요. 저도 그 점을 염두에 두고 있어요."

"또 다른 이론은요?"

칼라는 천천히 입을 열었다.

"이 편지들을 읽기 전에는 윌리엄스 양이 좀 의심스러웠어요. 안젤라 이모가 학교에 들어가게 되면서 직장을 잃었잖아요. 만약 제 아버지가 갑자기 돌아가셨다면 안젤라 이모는 학교에 가지 않았을 수도 있어요. 그러니까 아버지의 죽음이 자연사로 판명이 났더라면 말이에요……. 메러디스가 코닌이 없어진 사실을 눈치 채지 못했더라면 충분히 일어날 수 있는 일이었겠죠. 제가 코닌에 대한 자료를 읽어 봤는데 부검 때도 특별한 징후를 나타내진 않는다고 하더군요. 어쩌면 일사병으로 판명이 날 수도 있었을 거예요. 물론 직장을 잃는 것이 살해 동기로서는 그리 적절치 않다는 건 잘 알아요. 하지만 살인자들은 말도 안 되는 동기로 살인을 거듭 저지르곤 하죠. 때로는 아주 적은 돈 때문에 사람을 죽이기도 하고요. 중년의 무능한 가정 교사가 어느 날 갑자기 덜컥 겁을 집어 먹고 자신의 미래를 걱정했을 수 있죠.

하지만 아까도 말씀드렸듯이 이건 편지를 읽기 전의 생각이에요. 윌리엄스 양의 편지를 읽어보니 전혀 그런 사람이 아닌 것 같더군요. 적어도 무능하지는 않은 것 같아요."

"맞는 말씀입니다. 윌리엄스 양은 여전히 유능하고 지적인 여성이죠."

"저도 알아요, 충분히 알 수가 있어요. 그리고 신뢰할 수 있는 사람 같더군요. 그 때문에 더 화가 나요. 오, 이런……. 무슈 푸아로도 아시겠죠……, 이해하시겠죠? 아니, 신경 쓰지 마세요. 처음부터 무슈 푸아로는 진실을 원한다고 분명히 말씀하셨으니까요. 아무래도 이제 진실이 밝혀진 것 같아요! 윌리엄스 양의 말이 맞아요. 사람이라면 진실을 받아들일 줄 알아야죠. 그저 마음이 편하려고 거짓말에 매달려 봐야 소용없는 짓일 거예요. 좋아요……, 전 받아들일 수 있어요! 제 어머니는 결백하지 않으셨어요! 어머니께서 제게 그런 편지를 남기신 건, 어머니가 너무 약해지고 불행한 데다 절 아끼시는 마음에 그러신 거예요. 어머니를 비난하지 않아요. 저라도 그랬을지 모르죠. 감옥이라는 데 갇혀 있다는 것이 어떤 건지 전 모르니까요. 그리고 전 어머니를 탓하지도 않아요. 아버지 때문에 그토록 절망적이었다면 어쩔 수가 없었겠죠. 하지만 아버지도 탓하지 않아요. 아버지가 어떤 기분이었을지 아주 조금은 이해할 것 같아요. 생명력이 넘치는 사람, 이 세상 모든 것을 팔 안에 가득 안고 싶은 사람……, 그런 사람이니 어쩔 수가 없었을 거예요. 원래 그렇게 타고난 사람이었는걸요. 그리고 아버지는 위대한 화가셨잖아요. 저는 그점만으로도 많은 걸 용서받을 수 있다고 생각해요."

칼라는 거만하게 턱을 들어 올린 채 발갛게 상기된 얼굴로 에르퀼 푸아로를 바라보았다.

"그래서……, 그걸로 만족하십니까?"

"만족이라고요?"

칼라는 날카로운 목소리로 되물었다.

푸아로는 몸을 앞으로 숙이며 마치 아버지처럼 그녀의 어깨를 토닥였다.

"잘 들으세요. 마드무아젤께서는 가장 싸울 만한 가치가 있는 순간에 싸움을 포기한 겁니다. 저, 에르퀼 푸아로가 실제로 무슨 일이 일어났는지 알아낸 그 순간에 말입니다."

칼라는 푸아로를 뚫어지게 쳐다보았다.

"윌리엄스 양은 제 어머니에게 깊은 애정을 가지고 있었어요. 그런 그녀가 그 두 눈으로 직접 어머니가 증거를 조작하는 모습을 목격했어요. 그녀의 말을 믿는다면……."

에르퀼 푸아로는 자리에서 일어났다.

"마드무아젤, 세실리아 윌리엄스가 크레일 부인이 맥주병에(명심하세요, 맥주병입니다.) 남편의 지문을 찍는 모습을 봤다고 했기 때문에, 마드무아젤의 어머니께서는 남편을 죽이지 않았다고 확실히 말씀드릴 수 있습니다."

푸아로는 서너 번 고개를 끄덕이고는 그를 멍하니 바라보고 있는 칼라를 뒤로 한 채 방을 나섰다.

푸아로, 다섯 가지 질문을 던지다

"자, 무슈 푸아로?"

필립 블레이크의 목소리에서는 조급함이 배어 나왔다.

"먼저 크레일 사건에 대해 경탄할 만큼 뛰어난 설명을 보내 주셔서 감사드립니다."

필립 블레이크는 약간 쑥스러워하는 듯했다.

"다행이군요. 그 편지를 쓰면서 내가 얼마나 많은 일을 기억하고 있는지에 정말 놀랐습니다."

그는 중얼거렸다.

"정말 감탄이 나올 정도로 구체적인 설명이었지만, 몇 가지 빠진 부분이 있죠, 그렇지 않습니까?"

"빠진 부분이라고요?"

필립 블레이크는 얼굴을 찌푸렸다.

"블레이크 씨의 이야기는 100퍼센트 진실은 아니었습니다."

푸아로는 좀 더 굳은 목소리로 말을 이었다.

"블레이크 씨, 저는 그해 여름의 어느 날 밤 의심스러운 시각에 크레일 부인께서 당신의 방에서 나오는 장면을 목격했다는 정보를 입수했습니다."

한동안 필립 블레이크의 거친 숨소리를 제외하고는 침묵만이 흘렀다. 마침내 그가 입을 열었다.

"누구에게 들은 겁니까?"

에르퀼 푸아로는 고개를 저으며 이렇게 대답했다.

"누구에게 들었는지는 중요하지 않습니다. 제가 알고 있다는 게 중요한 거죠."

다시 한 번 침묵이 흘렀다. 그리고 마침내 마음을 정한 필립 블레이크가 다시 입을 열었다.

"어쩌다 우연히도 지극히 개인적인 문제를 파헤치시게 된 것 같군요. 물론 그 점이 내가 쓴 편지와 다르다는 것은 인정합니다. 하지만 무슈 푸아로가 생각하는 것처럼 그리 모순되는 것만은 아닙니다. 이제 진실을 말씀드려야겠군요.

내가 캐롤라인 크레일에게 증오심을 품고 있었던 것은 사실입니다. 그와 동시에 항상 그녀에게 강하게 이끌리고 있었죠. 어쩌면 후자가 전자보다 더 강했을 겁니다. 그녀가 내게 미치는 그 영향력에 너무나도 화가 났고, 끊임없이 그녀의 단점을 찾아내어 그녀에게 끌리는 내 마음을 막아 보려 했습니다. 이해할 수 있으실지 모르겠지만, 나는 캐롤라인을 절대 좋아하진 않았습니다. 하지만 언제라도 그녀에게 사랑 고백을 할 수 있었죠. 나는 어릴 적부터 그녀를 사랑했지만 그녀는 나를 안중에도 두지 않았습니다. 그 점은 용서하기가 힘들었어요.

에이미어스가 그리어라는 여자애한테 완전히 빠져 있었을 때 내게도 기회가 왔습니다. 어느 순간 정신을 차려 보니 캐롤라인에게 사랑한다고 고백을 하고 있더군요. 그녀는 아주 차분하게 말했습니다. '네, 알고 있었어요.' 얼마나 거만한 여잡니까!

물론 캐롤라인이 날 사랑하지 않는다는 건 알고 있었지만, 그녀는 에이미어스의 불륜 때문에 마음이 심란한 상태였죠. 여자들이 그런 상태일 때는 쉽게 마음을 얻을 수 있는 법이니까요. 캐롤라인은 그날 밤 내 방으로 오겠다고 했습니다. 그리고 정말 왔죠."

블레이크는 말을 멈추었다. 차마 말을 꺼내기가 힘든 것 같았다.

"캐롤라인이 내 방으로 왔습니다. 그리고 내 품 안에서 아주 차갑게 '쓸모없는 짓'이라고 말하더군요! 결국 자신은 한 남자의 여자, 좋든 나쁘든 자신은 에이미어스 크레일의 여자라는 겁니다. 캐롤라인은 나에게 가혹하게 굴었다는 걸 인정했지만, 어쩔 수가 없다고 했습니다. 나더러 용서해 달라고 했습니다.

그러고는 나를 떠났습니다. 떠났다고요! 무슈 푸아로, 그녀에 대한 내 증오심이 100배는 더 커졌겠죠? 그리고 그녀를 절대 용서하지도 않았겠죠? 그 여자는 날 모욕하고 내가 이 세상에서 그 누구보다도 사랑한 친구를 죽였으니까요!"

필립 블레이크는 격렬하게 떨리는 목소리로 외쳤다.

"그 얘긴 더 이상 하고 싶지 않아요. 아시겠습니까? 이제 원하는 대답을 얻었으니 가세요! 그리고 나에게 그 문제는 두 번 다시 언급하지 마십시오!"

"블레이크 씨, 그날 손님들이 실험실에서 나간 순서를 알고 싶습니다."

메러디스 블레이크는 볼멘 소리로 항의했다.

"세상에, 무슈 푸아로. 그건 16년 전이란 말입니다! 제가 그걸 어떻게 기억하겠습니까? 캐롤라인이 마지막으로 나갔다는 건 이미 말씀드렸고요."

"그건 확신하십니까?"

"네, 적어도…… 그렇게 생각합니다."

"지금 당장 그곳으로 다시 함께 가 보죠. 이 문제를 확실히 해야 합니다."

메러디스 블레이크는 여전히 투덜거리며 실험실로 안내했다. 그는 덧문을 열고 창문을 열어젖혔다. 푸아로는 그에게 위엄 있는 목소리로 말을 건넸다.

"자 그럼, 당신은 손님들에게 흥미로운 약제들을 보여 줍니다. 눈을 감고 당시의 장면을 떠올려 보세요……."

메러디스 블레이크는 잠자코 푸아로의 말에 따랐다. 푸아로는 주머니에서 손수건을 하나 꺼내어 조심스럽게 앞뒤로 흔들었다. 블레이크는 코를 움찔거리며 중얼대기 시작했다.

"네……, 그 옛날 일들이 떠오르다니 정말 신기하네요. 캐롤라인은 연한 커피색 원피스를 입고 있었어요. 필립은 지루한 표정을 짓고 있었죠. 그 앤 항상 제 취미 생활을 따분하다고만 생각했어요."

"자 이제 떠올려 보세요. 당신은 실험실을 나가려 하고 있습니다. 소크라테스의 죽음에 관한 구절을 읽어 주기 위해 서재로 가려고 말입니다. 누가 가장 먼저 실험실을 나섰습니까? 당신인가요?"

"네, 엘사와 제가 먼저 나갔습니다. 엘사가 먼저 문을 열고 나갔고 제가 그 뒤를 따라 나가며 문을 닫았습니다. 엘사와 전 이야기를 나누고 있었습니다. 다른 사람들이 모두 나오면 문을 잠그려고 그 앞에 서서 기다렸죠. 필립……, 맞아요, 필립이 그 다음으로 나왔어요. 그리고 안젤라, 안젤라는 필립에게 주식 시장의 호황과 불황이 뭔지 묻고 있었어요. 그 둘은 홀을 가로질러 갔죠. 그리고 에이미어스가 그 뒤를 따라 갔습니다. 물론 저는 계속 문 앞에서 기다리고 있었습니다. 캐롤라인이 나오기를요."

"그렇다면 캐롤라인이 뒤에 남아 있다는 걸 확신하시는군요. 그녀가 무엇을 하는지 보셨습니까?"

블레이크는 고개를 저었다.

"아니요. 저는 문을 등지고 서서 엘사와 이야기를 나누고 있었죠. 지루했을 겁니다. 오래된 미신에 따라 특정한 식물들은 만월에 채집해야 한다는 뭐 그런 설명을 했던 것 같습니다. 그리고 나서 캐롤라인이 약간 허둥지둥하면서 나온 뒤에 저는 문을 잠갔습니다."

그는 말을 멈추고 주머니에 손수건을 집어넣는 푸아로를 바라보았다. 메러디스 블레이크는 기분 나쁜 듯 쿵쿵거리고는 생각했다.

'세상에, 이 친구는 향수도 뿌리고 다니는 모양이야!'

그리고 이렇게 말했다.

"확실합니다, 그 순서가 맞아요. 엘사, 저, 필립, 안젤라, 마지막으로 캐롤라인이 나갔습니다. 이게 도움이 됐습니까?"

"모든 게 맞아떨어지는군요. 참, 제가 이곳에서 모임을 가질까 합니다. 물론 블레이크 씨께서 괜찮으시다면요……."

"무슨 일이죠?"

엘사 디티셤은 마치 아이처럼 아주 열중한 표정이었다.

"마담께 질문이 있습니다."

"뭐죠?"

"재판이 끝난 후에, 메러디스 블레이크 씨께서 마담에게 청혼을 하셨죠?"

엘사는 푸아로를 뚫어지게 바라보았다. 오만한……, 거의 따분하다는 표정이 떠올랐다.

"네, 그랬어요. 왜요?"

"청혼을 받고 놀라셨나요?"

"내가요? 기억이 나질 않네요."

"뭐라고 대답하셨습니까?"

엘사는 깔깔거리고 웃었다.

"내가 뭐라고 말했을 것 같아요? 에이미어스가 죽었으니까 그 다음엔 메러디스? 그건 말도 안 되는 일이에요! 정말 멍청한 짓을 한 거죠, 그 사람……. 항상 좀 멍청한 구석이 있긴 했어요."

엘사는 갑자기 미소를 지었다.

"그 사람은 날 보호해 주길 원한다더군요. 날 돌봐주겠다고, 그렇게 말했죠! 그 사람은 다른 사람들과 마찬가지로 제게도 재판이 커다란 시련이 될 거라고 생각했어요. 그래서 몰려드는 기자들로부터, 저에게 야유를 보내는 사람들로부터, 제게 쏟아지는 비난의 화살로부터! 절 보호해 주겠다는 거예요."

그녀는 잠시 생각에 잠기더니 다시 입을 열었다.

"불쌍한 메러디스! 정말 바보짓이었어요!"

그러고는 또다시 깔깔거리며 웃었다.

다시 한 번 에르퀼 푸아로는 윌리엄스 양의 날카로운 시선과 마주했으며, 또다시 에르퀼 푸아로는 자신이 온순하고 총명한 어린 소년이 된 것 같은 느낌을 받았다.

그는 묻고 싶은 질문이 한 가지 있다고 말했다.

윌리엄스 양은 기꺼이 그 질문을 들을 요량이 있다는 뜻을 나타냈다.

푸아로는 조심스럽게 단어를 고르며, 천천히 입을 열었다.

"안젤라 워런은 아주 어릴 적 상처를 입었습니다. 제가 두 사람에게서 그에 대한 증언을 들었는데 한 사람은 크레일 부인이 안젤라에게 문진을 던졌다고 했고, 또 한 사람은 크레일 부인이 안젤라에게 쇠지레를 휘둘렀다고 했습니다. 어느 쪽 말이 맞습니까?"

윌리엄스 양은 무뚝뚝하게 대답했다.

"쇠지레 이야기는 처음 들어 보는군요. 문진 쪽이 맞습니다."

"어디서 들으셨죠?"

"안젤라 본인에게서요. 스스럼없이 본인이 먼저 이야기를 꺼내더군요."

"정확히 뭐라고 말하던가요?"

"안젤라가 뺨을 만지면서 이렇게 말했습니다. '제가 어릴 때 캐롤라인 언니가 이런 거예요. 저에게 문진을 던졌죠. 하지만 절대 이런 말은 언니에게 하지 마세요. 언니가 너무 괴로워할 테니까.'"

"크레일 부인께서도 그 문제에 대해 말씀하신 적이 있나요?"

"그저 완곡하게만 언급하셨습니다. 제가 이미 그 일을 알고 있을 거라고 생각하셔서 한번은 이렇게 말씀하시더군요. '내가 안젤라를 너무 버릇없게 키운다고 생각하시죠? 하지만 내가 저지른 짓을 보상해 주기에는 그 무엇을 해 줘도 부족하다는 생각이 들어요.' 그리고 또 한번은 이런 이야기도 하셨습니다. '다른 누군가에게 평생 지워지지 않을 상처를 남겼다는 사실은 가장 참아내기 힘든 짐이에요.'"

"감사합니다, 윌리엄스 양. 바로 그게 제가 알고 싶었던 점입니다."

세실리아 윌리엄스는 날카롭게 쏘아붙였다.

"무슈 푸아로, 당신을 이해할 수가 없군요. 칼라에게 당시의 사건을 기록한 제 편지를 보여 주셨나요?"

푸아로가 고개를 끄덕였다.

"그런데도 계속……."

윌리엄스는 말이 끊겼다.

"한번 생각해 보십시오. 생선가게 앞을 지나가다가 판자 위에 12마리의 생선이 쭉 늘어져 있는 걸 본다면, 그게 전부 진짜 생선이라고 생각하시겠죠? 그렇지 않습니까? 하지만 그중 하나는 박제일 수도 있습니다."

윌리엄스 양은 기운차게 대꾸했다.

"정말이지 가능성이 희박한 일이군요……."

"아, 물론 가능성이 희박하긴 하지만 불가능한 일은 아니지요. 제 친구 하나가 한번은 진짜 생선과 비교를 하기 위해 박제 생선을 바닥에 내려친 적이 있었죠! 물론 그 친구는 거래 때문에 그랬던 겁니다. 그리고 12월의 응접실에 백일초가 한가득 꽂혀 있는 걸 본다면 그건 다 가짜 꽃이라고 생각하시겠지요? 하지만 그건 바그다드에서 건너 온 진짜 꽃일 수도 있습니다."

"이게 다 무슨 소리죠?"

윌리엄스 양이 힐난조로 다그쳤다.

"사람들은 마음의 눈으로 모든 것을 본다는 걸 알려 드리기 위해서 드리는 말씀입니다……."

푸아로는 리젠트 공원이 내려다보이는 커다란 아파트에 다다르며 발걸음이 느려졌다.

아무리 생각해 봐도 안젤라 워런에게는 더 이상 질문을 하고 싶지가 않았다. 단 하나, 그녀에게 묻고 싶은 그 질문은 나중에 해도 상관없는 것이었다.

그러나 그를 여기까지 이끈 것은 모든 것의 균형이 맞아야 한다는 그칠 줄 모르는 열정 때문이었다. 다섯 명의 용의자가 있으니 다섯 개의 질문을 던져야 하는 것이다! 그래야 모든 게 깔끔했다. 그게 제대로 일을 마무리 짓는 것이다.

아, 이런……. 푸아로는 다른 생각에 빠져 들었다.

안젤라 워런은 아주 열정적으로 그를 맞이했다.

"뭘 좀 찾으셨어요? 뭔가 알아내신 거예요?"

푸아로는 마치 중국 목각 인형처럼 고개를 천천히 끄덕였다.

"마침내 진전이 있었습니다."

"필립 블레이크?"

안젤라는 확신하는 듯, 묻는 듯 어정쩡한 말을 던졌다.

"마드무아젤, 지금으로서는 아무런 말씀도 드릴 수 없습니다. 아직은 때가 아니에요. 다만 핸드크로스 매너로 와 주시면 정말 고맙겠다는 말씀을 드리고 싶습니다. 다른 분들은 이미 그러겠다고 하셨지요."

안젤라는 살짝 인상을 찌푸리며 물었다.

"도대체 뭘 하자는 거예요? 16년 전에 일어난 일을 재구성이라도 하시려는 거예요?"

"좀 더 명확한 각도에서 사건을 바라보자는 것이지요. 오시겠습니까?"

안젤라 워런은 천천히 입을 열었다.

"아, 네. 가도록 하죠. 그 사람들을 다시 만나 보는 것도 재미있겠네요. 지금이라면 무슈 푸아로의 표현대로 좀 더 명확한 각도에서 그 사람들을 볼 수 있겠죠."

"그리고 제게 보여 주신 그 편지도 가져오시겠습니까?"

안젤라 워런은 인상을 찌푸렸다.

"그 편지는 제 거예요. 그럴 만한 이유가 있어 무슈 푸아로께는 보여 드렸지만, 동정심이라곤 눈곱만큼도 없는 사람들에게까지 보여 줄 생각은 조금도 없어요."

"하지만 이 문제에 관해서는 제 의견을 따라 주시겠습니까?"

"절대 그런 일은 없을 거예요. 편지는 가져가겠지만, 제 판단에 따를 거예요."

푸아로는 단념한다는 듯 손을 펼쳐 보였다. 그는 자리에서 일어섰다.

"제가 질문 하나 해도 될까요?"

"뭔데요?"

"그 비극적인 사건이 일어나기 얼마 전에 서머싯 몸의 『달과 6펜스』를 읽으셨죠? 그렇지 않습니까?"

안젤라는 푸아로를 멍하니 바라보고는 대답했다.

"네. 그랬던 것 같아요……. 세상에, 맞아요! 어떻게 아셨죠?"

그녀는 솔직하게 호기심을 드러내며 푸아로를 바라보았다.

"마드무아젤, 아주 사소해 보이는 부분에서도 제가 마술사처럼 중요한 사실을 알아낼 수 있다는 걸 보여 드리고 싶었습니다. 말하지 않아도 알 수 있는 것들이 있지요."

사건의 재구성

오후의 햇살이 핸드크로스 매너의 실험실 안을 비추었다. 실험실 안에는 안락의자 몇 개와 기다란 소파가 준비되어 있었지만, 그 의자들은 실험실 안의 황량함을 더욱 강조해 줄 뿐이었다.

메러디스 블레이크는 살짝 무안한 표정으로 콧수염을 잡아당기며 칼라에게 두서없이 이야기를 늘어놓고 있었다. 뜬금없이 이런 말을 던지기도 했다.

"세상에, 넌 정말이지 네 엄마를 쏙 빼닮았구나……. 그리고 네 엄마와 닮지 않기도 했고."

칼라가 물었다.

"제가 엄마의 어디가 닮고 어디가 닮지 않았죠?"

"네 엄마의 얼굴과 몸짓은 꼭 닮았지만 너는, 어떻게 말해야 할지……, 네 엄마보다 더 적극적인 것 같아."

한편 이마를 잔뜩 찌푸린 필립 블레이크는 창밖을 내다보며 초조하게 유리창을 두드려 댔다.

"이게 다 무슨 일이야? 이렇게 화창한 토요일 오후에……."

에르퀼 푸아로는 어수선한 분위기를 가라앉히기 위해 서둘러 입을 열었다.

"정말 사과드립니다. 골프 약속을 취소하게 만들다니 정말 용서할 수 없는 일이란 건 잘 알고 있습니다. 메 부아이옹(그래도 자), 무슈 블레이크, 이분은 절친한 친구 분의 따님이 아닙니까. 이분을 봐서라도 너그럽게 용서해 주시겠죠?"

그 순간 집사가 외쳤다.

"워런 양께서 도착하셨습니다."

메러디스는 그녀를 맞이하기 위해 나갔다.

"시간을 내 줘서 정말 고맙구나, 안젤라. 많이 바쁠 텐데."

메러디스는 그녀를 창가로 안내했다.

칼라가 입을 열었다.

"안녕하세요, 안젤라 이모. 오늘 아침에 《타임스》에 실린 이모 기사를 봤어요. 제게 이렇게 유명한 친척이 있다니 정말 근사해요."

그리고 칼라는 키가 훤칠하고 각진 턱에 진지한 회색 눈을 하고 있는 한 청년을 가리켰다.

"이 사람은 존 래터리에요. 저와…… 희망사항이긴 하지만 결혼할 사이에요."

안젤라 워런이 대답했다.

"아! 그렇구나……."

메러디스는 또 다른 손님을 맞이하기 위해 나섰다.

"이런, 윌리엄스 양. 이게 몇 년만입니까."

깨질 것처럼 깡말랐지만 강인해 보이는 늙은 가정 교사가 실험실 안으로 들어섰다. 그녀의 눈은 잠시 푸아로에게 머물다가, 맵시 있는 트위드 정장을 입은 키가 크고 어깨가 넓은 여성에게로 향했다.

안젤라 워런은 앞으로 나와 미소를 지으며 인사했다.

"제가 다시 학생 시절로 돌아간 것 같은 기분이 드는데요."

"네가 정말 자랑스럽구나. 내 학생이 이렇게 훌륭한 사람이 되다니 정말 자랑스러워. 그럼 이 아가씨가 칼라니? 나를 기억 못할 거야. 그때는 너무 어렸으니까……."

계속 안절부절 못하던 필립 블레이크가 벌컥 화를 냈다.

"이게 다 무슨 일이냐고? 누가 말 좀 해 봐."

에르퀼 푸아로가 입을 열었다.

"제가 이런 자리를 마련한 것은, 과거로 작은 여행을 떠나 보기 위해서입니다. 다들 자리에 앉지 않는 편이 좋겠죠? 마지막 손님이 도착하자마자 시작해 볼 수 있도록 말입니다. 그분이 여기에 도착하면 그 일을……, 그러니까 영혼을 달래는 일을 진행해 볼 수 있을 겁니다."

필립 블레이크가 외쳤다.

"이게 무슨 바보 같은 짓입니까? 지금 강령회라도 열자는 겁니까?"

"아니요, 아닙니다. 그저 오래 전에 일어난 사건들에 대해 토론해 보자는 겁니다. 그 사건들에 대해 토론을 해 보면 좀 더 명확하게 알 수 있지 않겠습니까. 그리고 영혼에 관한 얘기를 하자면, 영혼은 눈에 보이지는 않지만 이 방 안에 영혼이 없다고 그 누가 단언할 수 있겠습니까. 에이미어스와 캐롤라인의 영혼이 이 방에서 우리의 이야기를 듣고 있지 않다고 그 누가 단언할 수 있겠습니까?"

필립 블레이크가 퉁명스럽게 내뱉었다.

"말도 안 되는 헛소리⋯⋯."

다시 한 번 문이 열리더니 집사가 레이디 디티섐의 도착을 알렸다.

엘사 디티섐은 언제나 그랬듯이 내키지 않는 것처럼 따분하고 오만한 태도를 보이며 실험실 안으로 걸어 들어왔다. 메러디스에게는 살짝 미소를 보내고 안젤라와 필립을 차갑게 쏘아보고는 다른 사람들과 조금 떨어져 있는 창가의 의자에 가 앉았다. 목에 두른 옅은 색의 풍성한 모피를 풀어 뒤로 넘기며 잠시 방 안을 둘러보다가 칼라와 눈이 마주쳤다. 칼라 또한 부모님의 인생을 파멸로 이끈 여자를 유심히 바라보았다. 칼라의 젊고 진지한 얼굴에는 적개심이라고는 조금도 엿보이지 않았다. 그저 순수한 호기심뿐이었다.

엘사가 입을 열었다.

"늦어서 죄송해요, 무슈 푸아로."

"마담, 이렇게 와 주셔서 정말 감사합니다."

세실리아 윌리엄스는 경멸한다는 듯 콧방귀를 뀌었다. 엘사는 윌리엄스의 적개심에 가득한 눈을 그저 무관심하게 바라보고는 입을 열었다.

"안젤라, 널 못 알아볼 뻔했어. 이게 얼마만이야? 16년?"

에르퀼 푸아로는 재빨리 기회를 잡았다.

"네, 앞으로 우리가 이야기하게 될 사건이 일어난 지도 16년이라는 세월이 흘렀습니다. 하지만 먼저 제가 왜 이런 모임을 소집했는지 그 이유를 말씀드려야겠군요."

푸아로는 간단하게 칼라가 자신에게 찾아온 이야기, 그리고 자신이 그 일을 받아들였다는 이야기를 했다.

점점 부아가 치밀어 오르는 듯한 필립의 표정, 몹시 충격을 받은 메러디스의 표정은 모두 무시한 채 푸아로는 재빨리 말을 이어나갔다.

"저는 칼라 양의 의뢰를 받아들여, 진실을 찾기 위한 작업에 착수했습니다."

커다란 의자에 앉아 다른 생각에 빠져 있던 칼라 레마챈트에게 푸아로의 목소리는 아주 먼 곳에서 들려오는 것처럼 희미했다.

칼라는 손으로 눈을 가린 채 조심스럽게 다섯 명의 얼굴을 낱낱이 떠올렸다. 이 사람들 중에서 살인자를 발견해 낼 수 있을까? 특이한 엘사, 얼굴을 붉히고 있는 필립, 친절하고 상냥한 메러디스 블레이크 씨, 엄격하고 억척스러운 가정 교사, 유능한 안젤라 워런?

그중 누군가가 사람을 죽이는 모습을 떠올려 볼 수 있을까? 그래, 어쩌면……. 하지만 정상적인 살인은 아닐 것이다. 불같은 성미의 필립 블레이크가 여자들을 목 졸라 죽이는 모습을 상상할 수 있었다. 그래, 분명 상상이 가능했다. 그리고 메러디스 블레이크가 권총으로 강도를 위협하다가 실수로 발사하는 모습, 또한 안젤라 워런이 총을 쏘는 모습도 상상할 수 있었다. 하지만 실수는 아닐 것이다. 개인적인 감정도 아닌 탐사대의 안전을 위한 그런 일일 것이다! 그리고 엘사…… 환상적인 성에 사는 엘사가 동양산 실크로 만들어진 의자에 앉아 '저 몹쓸 것을 난간 밖으로 던져 버려!'라고 말하는 모습을 상상할 수 있었다. 전부 말도 안 되는 상상이긴 했지만, 그럼에도 윌리엄스 양의 경우는 누군가를 죽이는 모습을 상상할 수조차 없었다. 엉뚱하게도 이런 장면이 떠올랐다.

"윌리엄스 양, 누굴 죽여 보신 적 있으세요?"

"칼라, 쓸데없는 소리 하지 말고 수학 문제나 계속해서 풀어. 사람을 죽이는 건 아주 나쁜 짓이야."

칼라는 생각했다.

'내 머리가 이상해진 게 분명해……. 이제 엉뚱한 생각은 그만 하자. 이 바보, 무슈 푸아로는 진실을 아신다고 했잖아. 그분 말씀을 잘 들어야지.'

에르퀼 푸아로는 여전히 이야기 중이었다.

"과거로 돌아가, 그 당시에 실제 어떤 일이 벌어졌는지를 알아내는 것이 제가 맡은 임무였습니다."

필립 블레이크가 입을 열었다.

"우리 모두 어떤 일이 일어났는지는 잘 알고 있습니다. 우리가 알고 있는 게 사실이 아니라고 한다면 그건 사기죠……. 그래요, 뻔뻔스러운 거짓말입니다. 당신은 뻔뻔한 사기 행각을 벌여 이 아가씨에게서 돈을 뜯어내려고 하는 것에 불과하단 말입니다."

푸아로는 치밀어 오르는 화를 억눌렀다.

"블레이크 씨는 우리 모두 어떤 일이 일어났는지 잘 알고 있다고
하셨죠? 그건 경솔한 말씀입니다. 다들 알고 있는 사실이라고 해서
반드시 그것이 진실일 수는 없는 법이지요. 이를테면 블레이크 씨,
당신은 표면적으로는 캐롤라인 크레일을 증오했습니다. 이게 바로
당신의 태도에 대해 다들 알고 있는 사실이지요. 하지만 심리학에
조금이라도 조예가 있는 사람이라면 진실은 그와 정반대라는 걸 즉
시 알아차릴 수 있을 겁니다. 당신은 캐롤라인 크레일에게 격렬하
게 끌리고 있었던 거죠. 그 사실이 싫어 끊임없이 캐롤라인 크레일
의 단점을 찾아내고 그녀를 증오한다고 스스로를 세뇌시켰던 겁니
다. 마찬가지로 메러디스 블레이크 씨 또한 아주 오랜 세월 캐롤라
인 크레일에게 헌신적이었습니다. 그분이 서술하신 비극적인 사건
이야기에서 캐롤라인을 대하는 에이미어스 크레일의 처신에 분노
했다고 했지만, 행간을 주의 깊게 읽어 보면 오랫동안의 헌신은 이
미 그 빛이 바랬고 그의 마음을 사로잡은 건 젊고 아름다운 엘사 그
리어였다는 사실을 알 수가 있을 겁니다."

순간 메러디스는 당황한 듯 두서없이 웅얼거렸고 레이디 디티셤
은 빙그레 미소를 지었다.

푸아로는 계속해서 말을 이어 나갔다.

"제가 이 일들을 말씀드린 것은 그저 예를 들기 위해서이지만 물
론 사건과도 연관이 있습니다. 좋습니다, 그럼 제가 그동안 그 비극

적인 사건에 대해 알아낸 모든 것들을 바탕으로 과거로의 여행을 떠나 볼까요? 먼저 제가 이 일을 어떻게 시작했는지부터 말씀드려야겠습니다. 저는 캐롤라인 크레일을 변호한 변호사부터 시작해 검사, 크레일 가와 친밀한 관계를 유지했던 나이 많은 사무 변호사, 재판 당시 법원에 있었던 변호사의 서기, 그 사건을 담당한 경찰관까지 찾아가 이야기를 나누어 보았습니다. 그리고 마침내 당시 사건 현장에 있었던 다섯 명의 목격자들과도 만나게 된 것이지요. 이를 통해 저는 한 여성의 모습을 그려 볼 수 있었습니다. 그리고 다음과 같은 사실들을 알게 되었죠.

캐롤라인 크레일은 자신의 무죄를 주장하지 않았다는 겁니다.(딸에게 보낸 편지 한 통을 제외하고는 말입니다.)

캐롤라인 크레일은 피고석에서도 전혀 두려워하는 기색이 없었으며 사실상 재판에 아무런 관심을 보이지 않았다는 점, 재판 내내 패배주의자적 태도를 보였다는 점, 감옥에 갇혀 있는 동안에도 침착하고 조용했다는 점, 평결이 내려지자마자 동생에게 쓴 편지에서 자신에게 닥친 운명에 순종한다고 했던 사실들을 알게 되었습니다. 그리고 제가 이야기를 나눠 본 모든 분들은 전부 (단 한 분을 제외하고는) 캐롤라인 크레일이 유죄라고 생각하고 있었습니다."

필립 블레이크는 고개를 끄덕이며 말했다.

"그게 당연하죠!"

에르퀼 푸아로가 다시 입을 열었다.

"하지만 저는 다른 사람들의 의견을 곧이곧대로 받아들일 수는 없었고 직접 조사를 해 봐야 했죠. 사건의 심리적 부분이 증거와 일치해야 만족할 수 있으니까요. 그래서 저는 경찰의 사건 조사 기록을 주의 깊게 살펴보았고, 당시 현장에 있던 다섯 명에게도 그 일에 대한 이야기를 써서 제게 보내 달라고 했습니다. 이 이야기들은 경찰 사건 조사 기록에서는 발견할 수 없는 아주 귀중한 정보들을 담고 있었습니다. 첫 번째로 경찰의 입장에서 사건과 관련이 없다고 생각한 대화와 사건들, 두 번째로 다섯 명의 사람들 각자가 캐롤라인 크레일이 어떤 생각을 하고 어떤 감정을 느꼈을지 나름대로 판단한 의견(이 또한 법적인 증거는 될 수가 없죠.), 그리고 세 번째로 경찰이 의도적으로 누락했던 증거들이 바로 그 귀중한 정보들입니다.

이러한 과정을 통해 저는 그 사건을 제 스스로 판단해 볼 수 있는 위치에 서게 되었죠. 캐롤라인 크레일에게 범죄를 저지를 수 있는 동기가 충분하다는 것에는 의심의 여지가 없더군요. 그녀는 남편을 사랑했는데, 남편은 다른 여자 때문에 그녀를 떠나겠다는 걸 공공연히 인정한 셈이었고 게다가 캐롤라인 스스로도 자신이 질투심 많은 여자라는 걸 인정했으니까요.

그러한 동기를 입증해 주는 증거물로 코닌이 들어 있던 빈 향수병이 캐롤라인의 서랍장에서 발견 되었습니다. 그 병에는 캐롤라인의 지문밖에 없었죠. 경찰에게 추궁을 당하자, 캐롤라인은 우리가 지금 있는 이 실험실에서 몰래 코닌을 가져왔다고 털어놓았습니다. 물론 여기 이 실험실에 있던 코닌 병에서도 그녀의 지문이 검출되었고요. 그래서 저는 메러디스 블레이크 씨에게 그날 다섯 명이

이 실험실을 나간 순서를 물어 보았습니다. 다른 사람들과 함께 있는 동안에는 그 독약을 손에 넣기란 어려운 일이었을 테니까요. 실험실을 나간 사람들의 순서는 엘사 그리어, 메러디스 블레이크, 안젤라 워런과 필립 블레이크, 에이미어스 크레일, 그리고 마지막으로 캐롤라인 크레일이었습니다. 게다가 메러디스 블레이크 씨는 방문을 등진 채 크레일 부인이 나오기를 기다리고 있었기 때문에 캐롤라인이 무엇을 하는지 볼 수가 없었습니다. 다시 말해, 캐롤라인 크레일에게는 기회가 있었던 겁니다. 그래서 전 캐롤라인 크레일이 코닌을 가져간 게 분명하다고 결론을 내렸습니다. 그리고 그 사실을 다시 한 번 확인할 수 있는 일화가 있습니다. 일전에 메러디스 블레이크 씨께서 제게 이렇게 말한 적이 있죠. '여기에 서서 열린 창문을 통해 들어오는 재스민 향을 맡았던 게 기억이 납니다.' 하지만 그때는 9월이었고 창밖에 있던 재스민 나무는 꽃이 피지 않았을 때죠. 일반적으로 재스민은 6월과 7월에 꽃을 피웁니다. 캐롤라인 크레일의 방에서 발견된 코닌 병은 원래 재스민 향수가 담긴 향수병이었습니다. 그래서 저는 크레일 부인이 코닌을 훔치기로 작정한 뒤에 가방에 있던 향수병을 꺼내어 몰래 쏟아 버렸다고 확신하게 되었습니다.

저는 이러한 사실을 한 번 더 확인하기 위해, 메러디스 블레이크 씨에게 눈을 감고 실험실을 나간 사람들의 순서를 떠올려 달라고 부탁했습니다. 제가 재스민 향수를 뿌린 손수건을 살짝 흔들자 블레이크 씨는 그 즉시 과거의 기억을 떠올렸습니다. 우리 인간은 생각보다 후각에 많은 영향을 받지요.

자, 이제 운명적인 일이 벌어진 아침으로 가 봅시다. 지금까지는 그날 벌어진 일들에 모두 이견이 없습니다. 그리어 양이 갑작스레 크레일 씨와 결혼을 하겠다고 밝혔고, 에이미어스 크레일이 그에 대해 인정했으며, 캐롤라인 크레일은 극심한 우울증에 시달렸습니다. 이는 모두들 잘 알고 있는 사실일 겁니다.

그 다음 날 아침 크레일 씨와 크레일 부인은 서재에서 말다툼을 벌였습니다. 처음으로 누군가가 들은 말은 캐롤라인 크레일이 아주 씁쓸한 목소리로 이렇게 외치는 말이었죠. '당신과 당신의 그 여자들!' 그리고 결국엔 이런 말까지 했죠. '언젠가는 당신을 죽이고 말겠어.' 필립 블레이크 씨가 홀에 있다가 이 말을 들었습니다. 그리고 그리어 양은 서재 바깥의 테라스에 있다가 들었고요.

그리고 그리어 양은 크레일 씨가 부인더러 이성적으로 생각하라고 하는 얘길 들었습니다. 그리고 크레일 부인이 '당신을 그 아가씨에게 보내느니 차라리 죽여 버리겠어.' 라고 하는 말도 들었습니다. 그리고 얼마 지나지 않아 밖으로 나온 에이미어스 크레일은 엘사 그리어 양에게 배터리 가든으로 내려가 포즈를 취하라며 무뚝뚝하게 말했지요. 그리어 양은 스웨터를 챙기고 그와 함께 내려갔습니다.

지금까지는 심리학적인 면에서 잘못된 부분은 하나도 없습니다. 모두들 평소와 다름없이 행동했으니까요. 하지만 이제 뭔가 이상한 일이 벌어집니다.

메러디스 블레이크는 코닌이 없어진 걸 발견하고는 동생에게 전화를 겁니다. 그리고 둘은 해변가에서 만나 캐롤라인 크레일과 그녀의 남편이 안젤라의 학교 문제를 상의하고 있던 배터리 가든 앞을 지나가게 되죠. 그게 전 아주 이상하다는 생각이 들었습니다. 부부가 그렇게 심한 말다툼을 벌이고 부인이 남편에게 위협까지 했는데도, 20분도 채 지나지 않아 남편과 함께 사소한 집안 문제를 논의하다니요."

푸아로는 메러디스 블레이크를 돌아보았다.

"제게 보내 주신 편지에서 크레일이 이렇게 말하는 걸 들었다고 하셨죠. '다 정해졌어. 내가 짐을 싸서 내보낼 거야.' 맞죠?"

"네, 그런 말이었습니다…… 맞아요."

푸아로는 이번에 필립 블레이크를 돌아보았다.

"같은 생각이십니까?"

필립 블레이크는 얼굴을 찌푸리며 입을 열었다.

"당신이 그 말을 하기 전까지는 까맣게 잊고 있었어요. 하지만 이젠 기억이 나는군요. 분명 짐 싸는 이야기를 하긴 했습니다!"

"크레일 부인이 아니라, 크레일 씨가 하신 말씀이죠?"

"에이미어스가 그렇게 말했습니다. 제가 들은 거라고는 캐롤라인이 그건 어린 여자애에게 너무 힘든 일이 될 거라고 한 말뿐이었습니다. 어찌됐든 그게 뭐 그리 중요한 일이겠습니까? 하루 이틀 뒤면 안젤라가 학교에 들어간다는 건 다들 알고 있는 일이었는데요."

"제 말뜻을 모르시는군요. 왜 에이미어스 크레일이 짐을 싸 준단 말입니까? 정말 이상하죠! 크레일 부인도 있고 윌리엄스 양도 있고 하녀도 있습니다. 짐을 싸는 건 여자가 할 일이지, 남자가 할 몫은 아니죠."

필립 블레이크는 못 참겠다는 듯 성급하게 대꾸했다.

"그게 뭐 중요합니까? 그건 사건과는 아무런 관련도 없어요."

"그렇게 생각하십니까? 제겐 그 대화가 첫 번째 의문이었습니다. 그리고 그 즉시 또 다른 의문이 떠올랐죠. 상심하고 절망에 빠져 자살이나 살인을 계획한 게 분명한 크레일 부인이 갑자기 지극히 상냥한 태도로 남편에게 시원한 맥주를 가져다주다니요."

메러디스 블레이크가 천천히 입을 열었다.

"캐롤라인이 살인을 계획하고 있었다면 이상한 일이라고 할 순 없습니다. 완벽하게 시치미를 떼려 했을 테니까요!"

"그렇게 생각하십니까? 캐롤라인은 남편을 독살할 결심을 하고 이미 독약도 손에 넣었습니다. 게다가 남편은 항상 배터리 가든에 맥주를 준비해 두고 있었고요. 캐롤라인이 조금이라도 머리가 있었다면, 아무도 보지 않을 때 그 맥주병들 중 하나에 독약을 넣었을 겁니다."

메러디스 블레이크가 푸아로의 말에 반박했다.

"그럴 수는 없었을 겁니다. 다른 누군가가 마실지도 모를 일이니까요."

"네, 엘사 그리어가 마셨을지도 모르죠. 캐롤라인이 남편을 살해하겠다고 마음을 먹은 마당에 그 아가씨 죽이는 걸 주저했을까요?

하지만 일단 그 부분은 넘어가도록 하죠. 사실만을 이야기해 보도록 합시다. 캐롤라인 크레일은 남편에게 시원한 맥주를 가져다 주겠다고 말합니다. 그러고는 집으로 올라와 온실 냉장고에서 맥주를 한 병 꺼내 남편에게 갖다 주죠. 잔에 따라 주기까지 합니다.

에이미어스 크레일은 맥주를 마시고는 이렇게 말했습니다. '오늘은 먹는 것마다 맛이 왜 이렇게 고약해.'

그리고 크레일 부인은 집으로 올라갑니다. 점심 식사를 하는 동안에도 평소와 다름없는 모습이었죠. 그녀의 표정이 조금 근심스러워 보이고 다른 생각에 빠져 있는 듯했다는 말도 있었습니다. 하지만 이건 전혀 도움이 안 되는 말입니다. 살인자가 반드시 이러한 태도를 보일 거다라는 기준은 없으니까요. 차분한 태도를 보이는 살인자도 있고 흥분해서 어쩔 줄 모르는 살인자도 있는 법입니다.

점심 식사를 마친 후, 캐롤라인은 다시 한 번 배터리 가든으로 내려갑니다. 남편이 죽은 것을 발견하고 그녀는 '예상했던 것처럼'이라고 할까요? 그렇게 행동합니다. 캐롤라인은 감정을 드러내고 가정 교사더러 전화를 해 의사를 부르라고 하죠. 그 후에 우리가 미처 몰랐던 사실이 하나 발생합니다."

푸아로는 윌리엄스 양을 바라보았다.

"반대하지 않으시죠?"

윌리엄스 양의 얼굴이 살짝 창백해졌다.

"비밀로 해 달라고 부탁드리진 않았죠."

조용히, 하지만 효과적으로 푸아로는 가정 교사가 본 것을 이야기했다.

엘사 디티섬이 몸을 살짝 움직였다. 그녀는 커다란 의자에 앉아 있는 수수하고 깡마른 노부인을 쏘아보며, 뜻밖의 질문을 던졌다.

"캐롤라인이 그러는 걸 정말 봤다고요?"

필립 블레이크는 자리에서 벌떡 일어나며 소리쳤다.

"그럼 다 끝난 것 아닙니까! 다 끝난 일이군요."

에르퀼 푸아로는 부드럽게 그를 바라보며 말했다.

"꼭 그런 것만은 아닙니다."

안젤라 워런은 날카롭게 쏘아붙였다.

"난 믿을 수가 없어요."

그리고 자그마한 체구의 가정 교사를 흘끗 바라보는 그녀의 눈에는 적개심이 배어 있었다.

메러디스 블레이크는 낙담한 표정으로 콧수염만 잡아당기고 있었다. 윌리엄스 양 혼자만이 아무런 동요도 없이 조용했다. 그녀는 등을 꼿꼿이 펴고 앉아, 양쪽 뺨이 발갛게 상기된 채로 말했다.

"제가 본 장면이 맞습니다."

푸아로가 천천히 입을 열었다.

"윌리엄스 양의 증언뿐이긴 합니다만……."

"물론 그 사실을 입증하는 건 제 증언밖에 없습니다."

강인한 회색 눈이 푸아로를 마주 보았다.

"무슈 푸아로, 저는 제 말을 의심하는 데 익숙하지가 않습니다."

에르퀼 푸아로는 고개를 살짝 숙이며 말했다.

"저는 윌리엄스 양의 말씀을 의심하지 않습니다. 말씀하신 대로 그런 일이 벌어졌던 것이지요. 그리고 윌리엄스 양의 말씀 때문에 저는 캐롤라인 크레일이 유죄가 아니라는 것, 유죄일 수가 없다는 사실을 깨달았습니다."

키가 훤칠하고 걱정스런 표정을 한 청년 존 래터리가 처음으로 입을 열었다.

"무슈 푸아로, 왜 그런 말씀을 하시는지 궁금합니다."

푸아로가 그를 바라보았다.

"물론입니다. 말씀드리지요. 윌리엄스 양이 본 것은 캐롤라인 크레일이 아주 조심스럽게 맥주병에 묻은 지문을 지워 낸 다음, 죽은 남편의 지문을 찍는 장면이었습니다. 맥주병 위에 말이죠. 하지만 코닌은 맥주잔에서 검출되었죠, 병이 아니고요. 경찰은 맥주병에서는 코닌의 흔적을 전혀 발견하지 못했습니다. 맥주병에는 코닌이 조금도 들어 있지 않았던 겁니다. 그리고 캐롤라인 크레일은 그 사실을 전혀 몰랐던 거지요.

남편을 독살했을 그녀가 남편이 어떻게 독살됐는지도 몰랐던 겁니다. 그저 독은 맥주병에 들어 있는 거라고 생각한 거지요."

순간 메러디스가 끼어들었다.

"하지만 왜……."

푸아로가 번개처럼 그의 말을 가로챘다.

"네, 왜일까요? 왜 캐롤라인 크레일은 그토록 절박하게 자살을 주장했을까요? 대답은 아주 간단합니다. 캐롤라인은 누가 남편을 독살했는지 알았고, 그 사람이 살인자로 드러나는 걸 그 무엇보다도 견딜 수가 없었던 겁니다.

　이제 이야기의 결말이 서서히 다가오고 있습니다. 도대체 그 살인자는 누구였을까요? 캐롤라인이 필립 블레이크를 감싸려 했을까요? 아니면 메러디스? 엘사 그리어? 세실리아 윌리엄스? 아닙니다, 캐롤라인이 무슨 짓을 해서라도 보호하고 싶었던 건 단 한 사람뿐이었을 겁니다."

　푸아로는 잠시 말을 멈추었다.

　"워런 양, 언니의 편지를 가져 오셨죠? 제가 그 편지를 여기서 읽어드려도 될까요?"

　"안 돼요."

　"하지만 워런 양……."

　안젤라는 자리에서 일어섰다. 그녀의 목소리는 아주 차갑게 울려 퍼졌다.

　"무슨 말씀을 하시려는 건지 아주 잘 알겠어요. 제가 형부를 죽였고 그 사실을 언니가 알고 있었다고 말씀하시려는 거죠? 그렇지 않나요? 하지만 그건 터무니없는 주장이에요."

　푸아로가 다시 입을 열었다.

　"그 편지를……."

　"그 편지는 언니가 제게 보낸 사적인 편지에요."

　푸아로는 실험실 한 쪽에 나란히 서 있는 한 쌍의 젊은이들에게 눈을 돌렸다.

　칼라 레마챈트가 입을 열었다.

"안젤라 이모, 부탁이에요. 무슈 푸아로의 부탁대로 해 주세요."

안젤라 워런은 씁쓸하게 내뱉었다.

"세상에, 칼라! 넌 체면도 없니? 네 엄마라고, 넌……."

칼라는 똑 부러지는 목소리로 말했다.

"네, 그분은 제 어머니세요. 그렇기 때문에 전 이모에게 부탁할 권리가 있는 거예요, 저는 어머니 대신이니까요. 그 편지를 무슈 푸아로께 주세요."

천천히, 안젤라 워런은 가방에서 편지를 꺼내 푸아로에게 건넸다. 그러고는 씁쓸하게 말했다.

"차라리 당신에게 보여 주지 말걸 그랬어요."

그러고는 몸을 돌려 창밖만 내다보았다.

에르퀼 푸아로가 캐롤라인 크레일의 마지막 편지를 읽는 동안, 방에 진 그림자는 더욱 깊어져 갔다. 칼라는 문득 누군가, 형태를 갖춘 누군가가 귀를 기울이고 숨을 쉬며 기다리고 있다는 느낌을 받았다.

'이 방에 계신 거야. 어머니가 여기에 계셔! 캐롤라인……, 캐롤라인 크레일이 이 방에 있다고!'

에르퀼 푸아로의 목소리가 그쳤다. 그리고 다시 한 번 그는 입을 열어 이렇게 말했다.

"이 편지가 아주 놀라운 편지라는 건 다들 동의하실 거라 생각합니다. 매우 아름다운 편지기도 하지만 분명 놀라운 편지입니다. 아주 중요한 부분이 빠져 있기 때문이죠……. 결백을 주장하는 내용이 말입니다."

안젤라 워런은 고개도 돌리지 않은 채 말했다.

"그럴 필요가 없었으니까요."

"네, 워런 양. 그럴 필요는 없었죠. 캐롤라인 크레일은 동생에게 자신의 결백을 밝힐 필요가 없었습니다. 이미 동생이 사건의 전말을 모두 알고 있다고 생각했기 때문입니다. 캐롤라인 크레일은 안젤라가 절대 자백을 하지 못하도록 위로하고 안심시켜 주는 데만 신경을 썼습니다. 캐롤라인 크레일은 이 편지에서 계속해서 이런 말을 반복합니다. 다 괜찮을 거야……, 다 괜찮을 거야."

안젤라 워런이 입을 열었다.

"이해 못 하시겠어요? 언니는 제가 행복하길 바란 것뿐이라고요."

"네, 그분은 워런 양이 행복하길 바랐습니다. 그건 분명한 사실이죠. 그분의 단 한 가지 바램이기도 했을 겁니다. 물론 자신에게는 아이가 있었지만 그녀가 걱정한 건 그 아이가 아니었습니다. 아이는 부차적인 문제일 뿐이고, 그 무엇보다도 그녀의 마음속은 동생에 대한 걱정으로 가득 차 있었습니다. 동생이 행복하고 건강하게 자신만의 삶을 살아 나갈 수 있도록 안심을 시켜 주려 했죠. 그래서 살인죄를 받아들이는 것 또한 그리 큰 짐은 아니었고, 아주 의미심장한 말을 하기도 했습니다. '사람이라면 누구나 빚을 갚아야지.'

그 한 구절이 모든 걸 다 설명해 줍니다. 캐롤라인이 사춘기의 분노를 참지 못하고 어린 여동생에게 문진을 던져 평생 지워지지 않는 상처를 안겨 준 그 순간부터, 얼마나 커다란 마음의 짐을 지고 살아 왔는지를 명백히 보여 주는 구절입니다. 이제 마침내 그녀에게도 자신이 진 빚을 갚을 기회가 온 겁니다. 그리고 위로가 될지는 모르겠지만, 그런 식으로 빚을 갚으면서 캐롤라인 크레일은 그 어느 때보다도 평화로운 마음이 들었을 게 분명합니다. 자신이 빚을 갚는 것이라 믿었기 때문에 재판이라는 시련과 사람들의 비난도 아무렇지 않았던 겁니다. 살인죄를 언도받은 사람에게 이런 말을 하는 건 이상하겠지만 캐롤라인 크레일은 행복했습니다. 네, 여러분들이 상상하는 것보다 더 말입니다.

이렇게 생각해 보면 당시 캐롤라인의 반응이 모두 딱딱 맞아 떨어지죠? 그녀의 관점에서 일련의 사건들을 살펴보죠. 먼저 전날 저녁, 캐롤라인에게 자신의 버릇없던 사춘기 소녀 시절을 떠올리게 만드는 사건이 일어납니다. 안젤라가 에이미어스 크레일에게 문진을 집어 던진 거죠. 캐롤라인이 아주 오래전 했던 행동과 똑같은 것이었습니다. 그리고 안젤라는 에이미어스가 죽어 버렸으면 좋겠다고 소리를 질렀습니다. 다음 날 아침, 캐롤라인은 온실에 들어오다가 안젤라가 맥주병을 만지작거리고 있는 걸 발견합니다. 윌리엄스 양이 한 말을 떠올려 보세요. '안젤라가 거기 있었죠. 죄책감을 느끼는 표정으로……' 물론 윌리엄스 양은 그게 땡땡이를 친 데 대한 죄책감이라고 생각했지만, 캐롤라인은 그걸 다른 의미의 죄책감으로 받아들인 겁니다. 안젤라는 전에도 한 번 에이미어스의 음료수에 이상한 걸 넣은 적이 있다는 사실을 명심하십시오. 따라서 캐롤라인은 쉽게 그런 생각을 떠올렸을 겁니다.

캐롤라인은 안젤라가 건네 준 맥주병을 들고 배터리 가든으로 내려갑니다. 그리고 그곳에서 맥주를 잔에 따라 에이미어스에게 건넸고, 그는 단숨에 맥주를 들이키고는 인상을 쓰며 의미심장한 말을 내뱉습니다. '오늘은 먹는 것마다 맛이 왜 이렇게 고약해.'

당시만 해도 캐롤라인은 아무런 의심을 하지 않습니다. 하지만 점심 식사를 마친 후 배터리 가든으로 내려간 그녀는 죽은 남편을 발견합니다. 그리고 독살 당한 게 분명하다고 생각했죠. 내가 그런 게 아니야! 그럼 누가? 그 순간 무언가가 그녀의 머릿속을 스치고 지나갑니다. 안젤라가 에이미어스에게 던진 협박, 맥주를 건네주던 안젤라의 얼굴, 미처 눈치 채지 못한 죄책감……, 죄책감……, 죄책감. 왜 그 아이가 그런 짓을 한 걸까? 에이미어스에게 다만 복수하고자, 죽이려는 것이 아니라 그저 장난을 치려던 게 아닐까? 아니면 언니를 위해서 그런 짓을 저지른 걸까? 에이미어스가 언니를 버리려 한다는 걸 알고 분노했던 것일까? 캐롤라인은 자신이 안젤라의 나이 때 얼마나 감정이 격렬했으며 통제할 수 없었는지 아주 잘 기억하고 있었습니다. 그리고 캐롤라인의 마음속에는 단 한 가지 생각만이 떠올랐습니다. 어떻게 하면 안젤라를 지켜 줄 수 있을까? 안젤라가 그 맥주병을 만졌으니 안젤라의 지문이 그 병에 남아 있을 것이라는 생각에 캐롤라인은 재빨리 맥주병을 닦아 냅니다. 다들 에이미어스의 죽음을 자살이라고 믿기만 한다면, 그 맥주병에서 에이미어스의 지문만이 검출된다면. 캐롤라인은 필사적으로 맥주병에다 죽은 남편의 지문을 찍으려 노력합니다. 누가 오는 건 아닌지 노심초사하면서 말입니다…….

 이 가정이 사실이라면 모든 것들이 다 맞아 떨어집니다. 안젤라에 대한 염려, 안젤라를 외국으로 보내겠다고 고집한 것, 안젤라에게 사건에 대한 일을 알리지 않으려 한 것들 전부가 말입니다. 혹시라도 안젤라가 경찰에게 과도한 심문을 받지 않을까 하는 두려움 때문이었던 것이죠. 안젤라가 좌절에 빠져 자백해 버릴까 계속 염려했던 캐롤라인은 재판 날짜가 오기 전에 안젤라를 영국 밖으로 내보냅니다."

진실

창밖만 바라보던 안젤라 워런은 천천히 몸을 틀었다. 날카롭고 경멸하는 눈빛으로 주위의 사람들을 하나씩 훑어보았다.

"당신들은 전부 눈먼 바보들이군요. 제가 그런 짓을 저질렀다면 당연히 자백했을 거예요! 전 제가 한 일로 캐롤라인 언니가 고통을 받도록 내버려 두진 않았을 거라고요! 절대로!"

푸아로가 입을 열었다.

"하지만 맥주병에 손을 댄 건 사실이죠."

"제가요? 맥주병에 손을 대요?"

푸아로는 메러디스 블레이크에게 몸을 돌렸다.

"무슈, 제게 보내 주신 편지에서 사건이 일어나던 날 아침, 침실 아래쪽에 있는 이 실험실에서 무슨 소리를 들었다고 하셨죠?"

블레이크는 고개를 끄덕였다.

"하지만 그저 고양이 소리였을 뿐입니다."

"그게 고양이였다는 걸 어떻게 아시죠?"

"저는…… 잘 모르겠습니다. 하지만 고양이였어요. 고양이가 들어왔던 게 분명합니다. 창문이 고양이가 드나들 수 있을 만큼 열려 있었으니까요."

"그러나 창문은 그 상태로 고정되어 있었던 것이 아닙니다. 얼마든지 더 열 수가 있었죠. 창문을 완전히 밀어 올리면 사람도 들락거릴 수 있었을 겁니다."

"네, 하지만 분명 고양이였습니다."

"그런데 고양이를 직접 보진 못하셨죠?"

블레이크는 혼란스러운 듯 천천히 입을 열었다.

"네, 보진 못했습니다……."

그는 말을 멈추고는 얼굴을 찌푸렸다.

"그렇지만 분명 고양이였습니다."

"왜 블레이크 씨께서 고양이가 분명하다고 생각하시는지 그 이유를 말씀드리죠. 그날 아침 누군가 아무도 모르게 이 집으로 몰래 들어와 실험실 선반에서 무언가를 가지고 나갔을 겁니다. 만약 그 누군가가 앨더베리에서 건너온 사람이라면 필립 블레이크도, 엘사 그리어나 에이미어스 크레일, 캐롤라인 크레일도 아닐 겁니다. 이 네 사람들이 그날 아침 무엇을 하고 있었는지는 서로 잘 알고 있으니까요. 그렇다면 안젤라 워런과 윌리엄스 양만이 남습니다. 윌리엄스 양은 이 집에 왔고 실제로 메러디스 블레이크 씨는 집을 나서

다가 윌리엄스 양을 만나셨죠. 그리고 그녀는 안젤라를 찾고 있다고 말합니다. 안젤라는 아침 일찍 수영을 하러 갔지만 바다에서도, 해변가에서도 찾을 수가 없었죠. 안젤라는 이 정도의 좁은 만은 쉽게 헤엄쳐 건널 수가 있었습니다. 실제로 그날 점심 식사를 하기 전에도 필립 블레이크와 함께 만을 건너다니며 수영을 했으니까요. 저는 안젤라가 헤엄을 쳐서 이곳으로 건너와 창문으로 몰래 들어온 다음, 선반에서 무언가를 가져갔다고 생각합니다."

안젤라 워런이 입을 열었다.

"저는 그런 종류의 어떤 일도 한 적이 없어요. 아니, 적어도……."

푸아로는 의기양양하게 외쳤다.

"아! 이제 기억이 나셨군요. 에이미어스 크레일에게 못된 장난을 치기 위해 '고양이밥'이라는 걸 몰래 훔친 적이 있다고 하셨죠?"

순간 메러디스 블레이크가 갑자기 외쳤다.

"쥐오줌풀! 그래, 그거야."

"맞습니다. 그것 때문에 블레이크 씨는 실험실 안으로 고양이가 들어왔던 거라고 확신을 하셨던 거죠. 블레이크 씨는 후각이 아주 예민합니다. 그래서 실험실에서 희미하게 불쾌한 쥐오줌풀 냄새를 맡고는, 무의식적으로 '고양이'가 들어온 거라 생각한 겁니다. 고양이는 쥐오줌풀을 아주 좋아해서 그게 있는 곳이라면 어디든 달려가죠. 쥐오줌풀은 특히 맛이 아주 고약합니다. 그리고 블레이크 씨는 안젤라 양이 형부가 뭐든 단숨에 들이킨다는 걸 알고 형부가 마실 맥주에 못된 장난을 치기도 했다고 말씀하셨죠."

안젤라 워런은 고개를 갸우뚱하며 입을 열었다.

"그게 정말 그날이었어요? 쥐오줌풀을 가져갔던 건 확실히 기억나요. 네, 맥주병을 꺼내는데 캐롤라인 언니가 들어오는 바람에 하마터면 들킬 뻔했죠! 네, 기억나요……. 하지만 그게 그날의 일인 줄은 몰랐네요."

"물론 그러셨을 겁니다. 안젤라 양의 기억 속에서 그 두 사건들은 전혀 아무런 관계도 없었을 테니까 말입니다. 하나는 그저 짓궂은 장난에 불과했고, 다른 하나는 예상도 하지 못한 충격적인 비극이라 다른 사소한 사건들은 모두 잊어버리고 말았을 겁니다. 하지만 저는 안젤라 양이 '형부의 음료수에 넣으려고 무엇무엇을 몰래 훔쳤어요.'라고 말했을 때 이미 알아차렸습니다. 실제로 음료수에 넣는 행동을 했다는 말은 아니지요."

"네, 그렇게 하지 못했거든요. 제가 병을 따려고 할 때 마침 언니가 들어왔어요. 아!"

비명 같은 외침이었다.

"그때 언니는 생각한 거군요, 제가 그랬다고!"

안젤라는 말을 멈추었다. 그러고는 주위를 둘러보며 평소처럼 차분한 목소리로 조용히 말했다.

"다들 그렇게 생각하겠군요."

안젤라는 다시 말을 멈추었다가 이렇게 말했다.

"저는 형부를 죽이지 않았어요. 못된 장난을 치려다가 실수로 그렇게 된 것도 아니고 일부러 죽이려고는 더더욱 하지 않았어요. 만약 그랬더라면 절대 잠자코 있지는 않았을 거예요."

윌리엄스 양이 끼어들었다.

"물론 너라면 그러지 않았을 게야."

그러고는 에르퀼 푸아로를 바라보며 말을 이었다.

"바보가 아닌 이상 아무도 안젤라가 그랬다고는 생각하지 않을 겁니다."

에르퀼 푸아로는 부드럽게 말했다.

"저는 바보가 아니고 그렇게 생각하지도 않습니다. 저는 누가 에이미어스 크레일을 죽였는지 아주 잘 알고 있죠."

푸아로는 잠시 말을 멈추었다가 다시 이어나갔다.

"정황은 겉보기와 전혀 다를 때가 있습니다. 당시 앨더베리의 상황을 다시 한 번 살펴보죠. 아주 흔히 볼 수 있는 상황입니다. 두 여자와 한 남자. 우리는 에이미어스 크레일이 다른 여자 때문에 아내를 떠나리라고 당연하게 생각했습니다. 하지만 실제 에이미어스 크레일에게는 그런 의도가 조금도 없었습니다.

그는 전에도 여러 여자들과 바람을 피웠습니다. 그 여자에게 빠져 있는 그 순간에는 정신을 차리지 못했지만, 그런 관계는 오래 지속되지 못하고 끝났습니다. 그리고 에이미어스 크레일이 만났던 여자들은 대부분 남자 경험이 많은 여자들이라 그에게 많은 것을 기대하지도 않았지요. 하지만 이번에는 달랐습니다. 여자라고 할 수도 없는 어린 아가씨였고 캐롤라인 크레일의 말에 의하면 그 아가씨가 무서울 정도로 진지하다고 했죠. 말할 때는 현실적이고 이성적이었을지 몰라도, 사랑에 있어서만큼은 무서우리만치 한결같았던 겁니다. 그녀는 자신이 에이미어스 크레일에게 깊은 열정과 애정을 가지고 있었기 때문에, 크레일 또한 같은 마음일 거라고 생각했습니다. 그리고 아무런 의심 없이 둘의 사랑이 영원할 것이며 에이미어스 크레일이 부인을 떠날 거라고 여겼던 것입니다.

그렇다면 왜 에이미어스 크레일은 그 아가씨를 기만한 걸까요? 제 생각에는 바로 그림 때문입니다. 에이미어스 크레일은 그림을 완성하고 싶었던 거죠.

말도 안 된다고 생각하는 사람들도 있겠지만, 예술가란 원래 그런 법입니다. 이미 그러한 사실은 다들 알고 계시겠죠? 크레일과 메러디스 블레이크가 나눴다는 대화도 이제는 더 확실히 이해가 갑니다. 크레일은 난처했죠. 다만 블레이크의 등을 두드리며 모든 것이 다 잘될 거라고 안심을 시켜 주었습니다. 에이미어스 크레일에게 있어 모든 것은 간단했기 때문이죠. 그는 그림을 그리고 있었고 두 명의 질투심 많고 신경질적인 여자들 때문에 좀 귀찮긴 했지만, 그 둘 중 어느 누구도 그의 인생에서 가장 중요한 것을 방해할 순 없었던 겁니다.

만약 그가 엘사에게 진실을 말했더라면 그림을 완성할 수 없었을 겁니다. 어쩌면 엘사에게 푹 빠져 있을 때는 캐롤라인을 떠나겠다고 말했을지도 모르지요. 남자들이란 여자에게 빠져 있을 때는 무슨 말이라도 하니까요. 아니면 일부러 엘사가 마음대로 생각하도록 내버려 둔 건지도 모릅니다. 그 사람은 엘사가 무슨 생각을 하는지에는 신경 쓰지 않았어요. 그저 마음대로 생각하면서 하루나 이틀 더 입만 다물고 있어 준다면 그걸로 족했던 겁니다.

그는 처음부터 엘사와 깊은 관계를 맺지 않으려 노력했던 것 같습니다. 자신이 어떤 남자인지 미리 경고했지만, 그녀는 그런 경고는 신경도 쓰지 않았습니다. 그저 자신의 운명에 몸을 내던졌던 거죠. 그러나 크레일 같은 남자에게 있어 여자란 그저 사냥감에 불과했습니다. 누군가 물었더라면 아마 그는 아무렇지 않게 엘사는 어리며 금세 극복할 수 있을 거라고 대답했을 겁니다. 에이미어스 크레일이란 남자는 그렇게 생각했던 거죠.

그가 조금이라도 신경을 쓴 사람이 있다면 그건 자신의 아내뿐이었습니다. 그리고 아내에 대해서도 그다지 걱정하지는 않았습니다. 그저 며칠만 더 참으면 되니까요. 엘사가 캐롤라인에게 쓸데없는 이야기를 털어놓자 에이미어스 크레일은 잔뜩 화를 내긴 했지만, 그래도 다 잘 해결될 거라고 생각했습니다. 캐롤라인은 이제껏 그래왔듯 그를 용서해 줄 테고, 엘사는…… 엘사도 그냥 참는 수밖에는 없을 거라고요. 에이미어스 크레일에겐 세상만사 모든 일이 그렇게 간단했던 겁니다.

하지만 사건이 일어나기 전날 저녁, 그는 정말 걱정이 되기 시작했을 겁니다. 엘사가 아닌 캐롤라인이요. 아마 아내의 방으로 갔지만 아내가 이야기조차 하지 않으려 했을 테지요. 밤새 뒤척인 그는 결국 다음 날 아침 식사가 끝난 후, 아내에게 사실을 털어놓습니다. 엘사에게 빠졌던 건 사실이지만 이미 다 끝난 일이고 그림만 완성하면 다시는 만나지 않겠다고 말입니다.

그래서 캐롤라인 크레일이 화를 내며 이렇게 외쳤던 겁니다. '당신과 당신의 그 여자들!' 아시겠지만 이 말에서는 엘사를 다른 여자들, 즉 에이미어스가 그동안 만났던 여자들과 한 무리에 넣고 있습니다. 그리고 화를 내며 이렇게 덧붙였죠. '언젠가는 당신을 죽여 버릴 거야.'

캐롤라인은 그 아가씨에 대한 에이미어스의 냉담하고 잔인한 처사에 화를 냈던 겁니다. 또한 홀에 서 있던 필립 블레이크는 캐롤라인이 혼자 이렇게 중얼거리는 소리를 들었습니다. '그건 너무 잔인해!' 캐롤라인은 엘사에 대한 처사가 잔인하다고 생각했던 거죠.

한편 서재를 나간 크레일은 엘사가 필립 블레이크와 함께 있는 걸 보고는, 무뚝뚝하게 배터리 가든으로 내려가 포즈를 취하라고 말합니다. 그는 엘사 그리어가 서재 창 바깥에서 모든 걸 다 들었다는 사실을 몰랐던 겁니다. 그리고 엘사 그리어 양이 편지에 쓴 당시의 대화 내용은 거짓이었습니다. 그 대화를 전부 들은 건 엘사뿐이었다는 걸 명심하십시오.

그렇게 잔인한 진실을 알게 된 그녀의 충격이 얼마나 컸겠습니까!

그 전날 오후, 메러디스 블레이크는 실험실에서 캐롤라인이 나오길 기다리는 동안 엘사 그리어와 이야기를 나누면서 문을 등지고 서 있었다고 했습니다. 그렇다면 엘사는 메러디스 블레이크와 얼굴을 마주보고 있었을테고, 그의 어깨 너머로 캐롤라인이 무엇을 하는지도 정확히 볼 수 있었을 겁니다. 그럴 수 있었던 것은 엘사뿐이었습니다.

그녀는 캐롤라인이 그 독약을 몰래 넣는 것을 봤습니다. 당시엔 아무 말도 하지 않았지만, 서재 창 밖에 앉아 있는 동안 그것을 기억해 냈습니다.

에이미어스 크레일이 서재에서 나오자 그녀는 스웨터를 가져와야겠다는 핑계를 대고 캐롤라인 크레일의 방으로 올라가 그 독약을 찾아봅니다. 여자들은 다른 여자들이 어디에 물건을 숨기는지 잘 아는 법이죠. 결국 독약을 찾은 그녀는 병에 자신의 지문이 남지 않도록 조심스럽게 지우고는, 그 독약을 만년필의 잉크 주입기에 넣습니다.

그러고 나서는 다시 테라스로 내려와 크레일과 함께 배터리 가든으로 내려갔지요. 크레일에게 맥주를 따라 준다면 그는 평소처럼 단숨에 들이킬 게 분명했습니다.

한편 캐롤라인 크레일은 아주 마음이 심란했습니다. 엘사가 집으로 올라가는 것을(이번에는 진짜로 스웨터를 가지러) 본 그녀는 재빨리 배터리 가든으로 내려가 남편에게 따집니다. 그가 하는 행동은 못된 짓이다! 그 아가씨는 견딜 수가 없을 거다, 어린 소녀에게는 너무나도 잔인하고 가혹한 일이다 하고 말입니다. 방해를 받은 에이미어스는 짜증을 내며 모든 것은 다 결정됐고, 그림이 완성되면 짐을 싸서 그녀를 내보낼 거라고 말합니다! '다 결정된 일이야……. 분명히 말하지만 내가 짐을 싸서 내보낼 거야.'

그리고 두 블레이크 형제의 발자국 소리를 듣고 좀 당황한 캐롤라인은, 밖으로 나와 안젤라의 학교 문제 때문에 할 일이 많다며 중얼거렸고 자연스럽게 두 남자는 그 둘이 하던 얘기가 안젤라에 관한 것이라고 생각하게 된 것이죠.

그리고 스웨터를 손에 든 엘사는 차분하게 미소를 지으며 내려와 다시 한 번 포즈를 잡습니다.

그녀는 캐롤라인이 의심을 받게 될 것이며, 코닌 병이 그녀의 방에서 발견될 거라는 것 또한 염두에 두고 있었던 게 분명합니다. 게다가 캐롤라인은 엘사의 계획을 오히려 도와주는 행동을 하고 맙니다. 시원한 맥주를 가져와 남편에게 따라 준 것이지요.

에이미어스는 단숨에 맥주를 들이키고는 인상을 쓰며 이렇게 말합니다.

'오늘은 먹는 것마다 맛이 고약하군.'

이게 얼마나 의미심장한 발언인지 아시겠습니까? 먹는 것마다 맛이 고약하다니? 그렇다면 그 맥주를 마시기 전에도 뭔가 불쾌한 맛을 내는 무언가를 먹었고, 여전히 그 맛이 입안에 맴돌고 있었다는 겁니다. 그리고 크레일이 조금 비틀거리길래 술을 마신 건 아닌가 하고 생각했다는 필립 블레이크의 말도 한번 생각해 보시죠. 살짝 비틀거리는 것이 바로 코닌 중독의 첫 번째 증상이고, 그렇다면 에이미어스 크레일은 캐롤라인이 시원한 맥주를 따라 주기 전에 이미 코닌에 중독되어 있었다는 걸 의미합니다.

회색 난간 위에 앉아 포즈를 취하고 있던 엘사 그리어는 에이미어스가 눈치 채지 못하게 하려고 평소와 다름없이 자연스럽게 말을 걸었습니다. 그리고 배터리 가든의 위쪽에 있는 벤치에 메러디스가 앉아 있는 걸 발견하고는, 그에게 손을 흔들어 보이는 등 철저하게 연기를 하죠.

병을 싫어하고 병에 걸린 것도 인정하기 싫어하는 에이미어스 크레일은 팔다리가 움직이지 않고 혀가 굳어 벤치 위에 축 늘어질 때까지 끈질기게 그림을 그렸습니다. 하지만 여전히 정신만은 말짱했습니다.

집에서 점심 식사 종소리가 울리자 메러디스는 벤치에서 일어나 배터리 가든으로 내려옵니다. 제 생각에는 그 짧은 순간 엘사는 자리에서 일어나 탁자 위에 있던, 아무것도 들어 있지 않은 맥주잔에 독약을 몇 방울 떨어뜨렸을 겁니다. (그리고 잉크 주입기는 집으로 올라가는 길에 밟아 부숴 버렸고요.) 그런 다음 배터리 가든의 문지방에서 메러디스를 맞이한 겁니다.

그늘에 있던 메러디스는 배터리 가든의 환한 빛에 앞을 제대로 보지 못했습니다. 그저 친구가 평소와 다름없는 자세로 의자에 축 늘어져 있다는 것, 그림에서 눈을 돌리는 친구의 시선에 증오심이 가득했다는 것만 알았죠.

에이미어스는 얼마나 많은 것을 짐작하고 있었던 걸까요? 아직 멀쩡하던 그의 정신이 얼마나 많은 것을 헤아리고 있었는지는 알 수 없지만, 그의 손과 눈은 사실을 알고 있었던 겁니다."

에르퀼 푸아로는 벽에 걸려 있는 그림을 가리켰다.

"저 그림을 처음 보는 그 순간에 알아차렸어야 했습니다. 정말이

지 놀라운 그림이니까요. 희생자가 그린 살인범의 그림, 자신의 연
인이 죽어 가는 걸 말없이 지켜본 한 아가씨의 그림입니다……."

결론

방 안에는 침묵이……, 충격적이고 오싹한 침묵이 흘렀다. 서서히 넘어가는 해의 마지막 햇살이 검은 머리카락에 엷은 색 모피를 두른 여성이 앉은 창가에 머물렀다.

엘사 디티섐이 마침내 입을 열었다.

"메러디스, 다들 데리고 나가요. 무슈 푸아로와 단둘이 있게 해 주세요."

그녀는 문이 닫힐 때까지 미동도 하지 않은 채 앉아 있었다. 그러고는 입을 열었다.

"정말 영리하신 분이시군요?"

푸아로는 잠자코 아무 말도 하지 않았다.

"제가 어떻게 하길 바라세요? 자백이라도 하길 바라세요?"

푸아로는 고개를 저었다.

"전 절대 그러지 않을 거예요! 그리고 아무것도 인정하지 않을 거예요. 여기서 나눈 이야기도 문제될 건 없어요. 그저 당신이 개인적으로 제게 의심을 품은 것뿐이니까."

"맞는 말씀이십니다."

"이제 어떻게 하실 작정이신지 궁금하군요."

"캐롤라인 크레일의 사후 사면을 받아내기 위해 당국을 설득해 볼 겁니다."

엘사는 웃음을 터뜨렸다.

"정말 웃기는 일이군요! 하지도 않은 일에 대해 사면을 받다니."

그러고는 이렇게 덧붙였다.

"저는 어쩔 작정이죠?"

"필요한 사람들에게 제가 알아낸 것을 말할 겁니다. 그 사람들이 부인을 고소할 만한 가능성이 충분하다고 판단한다면 행동을 취하겠죠. 제 의견에는 증거가 충분하지 않습니다. 모든 것이 추론일 뿐 사실은 아니지요. 게다가 충분한 사유가 있지 않은 한은, 부인 정도 되는 지위에 있는 사람을 함부로 고소하려 들지 않을 겁니다."

"전 상관없어요. 피고석에 앉아서 제 인생을 위해 싸운다면 뭔가 살아 있다는 느낌, 흥분을 느낄 수 있겠죠. 재미있을 거예요."

"남편 분께서는 그렇게 생각하지 않으실 겁니다."

엘사는 푸아로를 뚫어지게 바라보았다.

"제가 남편의 기분을 조금이라도 신경 쓸 거라고 생각하세요?"

"물론 아닙니다. 부인께서는 여태껏 다른 사람의 감정은 단 한 번도 신경 쓴 적이 없으셨겠죠. 그랬더라면 지금보다는 행복했을 테지만요."

엘사는 날카롭게 쏘아붙였다.

"왜 절 불쌍하게 보는 거죠?"

"부인께서는 배워야 할 것들이 너무나 많기 때문이죠."

"제가 뭘 배워야 하는데요?"

"동정심, 연민, 이해……, 성숙한 감정들을 말입니다. 부인께서 여태껏 아는 감정이라고는 사랑과 증오뿐이니까요."

"전 캐롤라인이 코닌을 훔치는 걸 봤어요. 자살할 작정이라고 생각했죠. 그랬더라면 일이 더 쉬워졌을 거예요. 그리고 다음 날 아침, 저는 알아버렸어요. 그 사람이 캐롤라인에게 저를 조금도 신경 쓰지 않는다고 말하더군요. 예전엔 그랬지만 더 이상은 아니라고, 그림만 완성되면 짐을 싸서 내보낼 거라고 했어요. 그러니 걱정할 것 없다더군요.

그리고 캐롤라인은……, 절 불쌍하게 생각했어요. 그게 저한테 어떤 충격을 주었을지 짐작하시겠어요? 저는 그 약을 찾아내 에이미어스에게 먹이고는 그가 죽어 가는 걸 지켜봤어요. 그때처럼 생동감 넘치고 의기양양하며 힘이 넘쳤던 적은 없었어요. 저는 그가 죽어 가는 걸 지켜봤어요……."

그녀는 앞으로 손을 쭉 펴며 말했다.

"그땐 몰랐어요, 에이미어스가 아니라 저 자신을 죽이고 있는 거라는 사실을. 그리고 나서 캐롤라인이 함정에 걸리는 걸 지켜봤죠.

그것 역시 쓸모없는 짓이었어요. 저는 그녀에게 상처를 입힐 수가 없었어요. 그녀는 신경도 쓰지 않았으니까……. 캐롤라인은 그곳에 없었어요. 정신은 딴 곳에 가 있었죠. 캐롤라인과 에이미어스는 제가 찾아낼 수 없는 곳으로 함께 떠나 버렸어요. 하지만 죽은 건 그 둘이 아니에요. 죽은 건 저예요."

엘사 디티섐은 자리에서 일어났다. 문으로 다가서다 다시 한 번 말했다.

"죽은 건 저예요……."

그녀는 홀에 서 있던, 이제 막 함께 삶을 시작하려는 두 젊은이를 지나쳐 갔다.

바깥에 서 있던 운전수가 문을 열어 준 뒤 레이디 디티섐이 차에 오르자, 그녀의 무릎 위로 모피를 덮어 주었다.

〈끝〉

옮긴이 | 원은주

충북대학교에서 고고미술사학을 전공했으며 영어강사로 활동했다. 현재 인트랜스 번역원 소속 전문 번역가로 활동 중이다. 옮긴 책으로는 『주스테라피』, 『멘토: 지식 경영 시대의 새로운 리더』, 『벙어리 목격자』, 『다섯 마리 아기 돼지』, 『할로 저택의 비극』, 『장례식을 마치고』, 『헤라클레스의 모험』, 『시계들』, 『비즈니스맨을 위한 아티스트 웨이』 등이 있다.

애거서 크리스티 에디터스 초이스

다섯 마리 아기 돼지

1판 1쇄 펴냄 2013년 12월 31일
1판 15쇄 펴냄 2024년 1월 24일

지은이 | 애거서 크리스티
옮긴이 | 원은주
발행인 | 박근섭
편집인 | 김준혁
펴낸곳 | 황금가지

출판등록 | 2009. 10. 8 (제2009-000273호)
주소 | 06027 서울 강남구 도산대로 1길 62 강남출판문화센터 5층
전화 | 영업부 515-2000 **편집부** 3446-8774 **팩시밀리** 515-2007
홈페이지 | www.goldenbough.co.kr

도서 파본 등의 이유로 반송이 필요할 경우에는 구매처에서 교환하시고
출판사 교환이 필요할 경우에는 아래 주소로 반송 사유를 적어 도서와 함께 보내주세요.
06027 서울 강남구 도산대로 1길 62 강남출판문화센터 6층 민음인 마케팅부

© ㈜민음인, 2013. Printed in Seoul, Korea

ISBN 978-89-6017-783-3 04840
ISBN 978-89-8273-108-2 04840 (set)

㈜민음인은 민음사 출판 그룹의 자회사입니다.
황금가지는 ㈜민음인의 픽션 전문 출간 브랜드입니다.